NOEL O'REILLY

RELITTO

TRADUZIONE DI
ROBERTA ZUPPET

HarperCollins

ISBN 978-88-6905-382-5

Titolo originale in lingua inglese:
Wrecker
HQ
An Imprint of HarperCollins *Publishers*

Traduzione di Roberta Zuppet

Prima edizione HaperCollins
gennaio 2019

MISTO
Carta da fonti gestite
in maniera responsabile
FSC® C021883

Questo libro è prodotto con carta FSC® certificata e da fonti controllate con un sistema
di controllo di parte terza indipendente per garantire una gestione forestale responsabile.

God moves in a mysterious way
His wonders to perform;
He plants his footsteps in the sea,
And rides upon the storm.

Dio si muove in un modo misterioso
per compiere i suoi prodigi;
nel mare egli calca le sue impronte
e cavalca la tempesta.

William Cowper, *Olney Hymns*, n. 35 (1779)

Myreugh orth an vorvoren, hanter pysk ha hanter den.
Y vos Dew ha den, yn-lan dhe'n keth uta-na crygyans ren.

Guardate la sirena, metà pesce e metà umana.
Che Egli sia Dio e uomo, a questo stesso fatto
prestiamo pienamente fede.

Louis T. Stanley, *Journey Through Cornwall* (1958)

A Sally

PENWITH, CORNOVAGLIA

CIRCA DIECI ANNI DOPO LE GUERRE RIVOLUZIONARIE FRANCESI

I

LA PRIMAVERA

1

Arrivai sulla spiaggia troppo tardi per trovare qualcosa di davvero prezioso. La burrasca si era spostata verso l'entroterra, lasciandosi dietro una brezza gelida, e c'era un tanfo salmastro come se il fondo dell'oceano e tutti i suoi segreti fossero stati strappati via durante la notte e gettati sulla riva. Intorno a me, i morti dei naufragi precedenti mormoravano e gemevano nelle lingue dei loro paesi. Scivolati via dalle loro tombe maledette, si trascinavano qua e là in cerca di qualche oggetto perduto. Se li guardavi troppo a lungo, svanivano nella bruma che invadeva la sponda.

Un relitto abbandonato, tutto l'equipaggio annegato. Alle mie orecchie, trasportati dalle raffiche, giunsero i rumori degli abitanti del villaggio che facevano a pezzi la nave, tavola dopo tavola. Erano rimaste soltanto le costole nude dello scafo, incastrato tra Jack e Jill, due scogli che si innalzavano come i denti di un mostro all'estremità occidentale della baia. Il fondo della nave era stato demolito e le assi erano impilate una sopra l'altra. Lì accanto aspettavano casse e barili, e pony e carretti carichi di bottino si allontanavano dal veliero lungo il ripido sentiero verso il promontorio. Non era la prima volta che vedevo ripulire un'intera nave in una volta sola.

Mi strofinai gli occhi assonnati e mi legai i capelli, guardandomi bene intorno per assicurarmi di essere sola. Sulla sabbia, tra i morti, giacevano alcuni passeggeri, ma gli abitanti del villaggio avevano già spogliato gran parte dei cadaveri. Tra i corpi erano sparpagliati il mobilio e le suppellettili delle cabine, tratti di tubature, una bussola e altri strumenti nautici di cui ignoravo lo scopo. C'erano meduse ovunque, simili a lastre di vetro con il cielo grigio che tremava all'interno. Il dettaglio più bizzarro di tutti erano le centinaia di arance sparse tra i cadaveri come se fossero piovute dal cielo, ancora più vivide in un mondo plumbeo e stanco come un vecchio indumento sbiadito. Mi tolsi lo scialle e vi raccolsi tutte quelle che potevo portare.

A pochi passi vidi una mano con il palmo rivolto verso la sabbia. Temendo che potesse strisciare verso di me e afferrarmi la caviglia, mi affrettai ad andarmene. Lì vicino c'erano un piede mozzato, ancora nella scarpa, e altri irriconoscibili grumi di carne umana. I latrati squarciavano l'aria a est, dove i cani stavano dilaniando un cadavere. La mia migliore possibilità era spostarmi verso la bassa marea, dove avrei potuto trovare un corpo appena sospinto a riva dalle onde. Il caso volle che, nel punto in cui la sabbia era ancora umida e scintillante, mi imbattessi in un uomo di bell'aspetto, lungo disteso. Zigzagai nella sua direzione, costringendomi a toccare per scaramanzia ogni cadavere che oltrepassavo. Il gentiluomo indossava un completo scuro, così austero che, quando si era vestito, doveva aver avuto il presentimento di essere diretto al proprio funerale. Un tipo ben piantato. Se l'avessi messo in piedi, avrebbe superato di una spanna qualunque uomo del villaggio, a eccezione del gigante, Pentecost. Mi domandai per quanto tempo avesse lottato nell'acqua fredda.

Diventava ogni minuto più chiaro. I licheni pallidi facevano capolino sulle rocce, i cristalli rosa luccicavano nelle spaccature delle scogliere e l'alba illuminava il volto dell'uomo. I capelli castani gli coprivano la guancia, rivestita di una viscida brina incolore. Aveva un taglio sullo zigomo e un velo di barba sul mento. Essendo appena uscito dal mare, non puzzava ancora. Contrita, mi feci il segno della croce, quindi frugai nelle tasche dei pantaloni fradici, gli ispezionai i polsi e l'interno della giacca, ma trovai soltanto un taccuino con le pagine incollate, che gettai via, e un orologio con una catena d'argento, pieno d'acqua. Il tempo si era fermato e Dio aveva voltato le spalle al mondo.

Quando ebbi finito, mi raddrizzai e vagai tra la foschia, quasi inciampando nel corpo di un bambino, sdraiato sulla sabbia come una bambola da pochi soldi. Grazie al cielo, il visetto era girato dall'altra parte. Avanzai verso il punto in cui la marea si stava ritirando, ma mi fermai di colpo notando due graziosi stivaletti che spuntavano da sotto l'orlo della gonna di una signora. Pur essendo bagnati, erano del più morbido cuoio marrone chiaro, allacciati davanti, alti appena sopra la caviglia. Era una moda che non conoscevo. Sulla punta di uno dei due spiccava una rosellina intagliata nel cuoio, ma la sua gemella era sparita. La donna calzava un numero più piccolo del mio, ma sarei stata disposta a sopportare il dolore pur di sfoggiare stivaletti come quelli.

Mi inginocchiai per sfilarglieli. Il primo scivolò via abbastanza facilmente, ma il secondo mi diede del filo da torcere. Strattonai i lacci, ma erano umidi e annodati stretti e, in ogni caso, il mio sangue si stava trasformando in ghiaccio e le mie dita, di solito molto vigorose, stavano perdendo energia. Quasi piangendo per la frustrazione, tirai con tutte le mie forze, ma invano, perché la caviglia della sconosciuta era gonfia d'acqua e lo stivaletto non si levava. Se solo avessi avuto con me il coltello! Ormai avevo le dita così intorpidite da faticare a muoverle, ma diedi un ultimo strattone e lo stivaletto venne via, talmente all'improvviso che mi colpì la bocca e caddi all'indietro. Per un attimo rimasi lì, trafelata, con le labbra doloranti.

Quando ebbi ripreso fiato, misi gli stivaletti nello scialle e lo annodai. Senza perdere tempo, iniziai a perquisire il resto del corpo. Il vestito era stato strappato via e la sottoveste di seta che aderiva alle membra della donna era lacerata irreparabilmente. Non c'erano altri oggetti di valore.

Dal labbro superiore le penzolava un dente attaccato a un filo di carne rosa, così lo presi, un amuleto che avrei potuto usare per curare la bronchite cronica di mia madre. Benché mi vergognassi a fissare i visi dei morti, non potei fare a meno di esaminare quello della signora. Il delicato nasino all'insù, nero come se fosse carbonizzato, risaltava sul volto, ancora più candido perché incrostato di sale. Gli occhi erano righe scure, con il bianco delle sclere appena visibile. La sabbia chiara copriva i capelli come brina e una striatura rosso brillante attraversava un ricciolo caduto sull'orecchio. Guardando meglio, trasalii inorridita quando mi accorsi che le avevano strappato il lobo. Era lo stesso dall'altra parte, i bordi irregolari dell'orecchio ancora bagnati di sangue. Per un lungo momento chiusi gli occhi, facendo profondi respiri per tenere a bada la bile calda che mi saliva in gola.

Mentre infilavo il dente nella tasca del grembiule, udii un rumore, un gemito sommesso, più animale che umano. La donna respirava ancora? L'avevo riportata in vita strappandole il dente? Gli occhi e la bocca parvero muoversi, ma era possibile che tremassero semplicemente nel vento. Tra le labbra comparvero delle bolle, poi di nuovo quel suono, parte mugolio e parte rutto, il petto che si alzava e si abbassava, e alla fine solo il sibilo dell'aria. L'anima stava lasciando il corpo e quel pensiero mi spaventò al punto che urlai, provocando le strida dei gabbiani, che rivelarono le mie intenzioni al mondo intero. Sarei fuggita, ma in quell'istante udii un rumore di passi, e una vecchia vestita a lutto sbucò dalla nebbia, affondando il bastone nella sabbia a ogni passo, con la gerla che le formava una gobba sulla spalla e lo scialle che le svolazzava dietro. Era Marget Maddern, che gli abitanti della baia chiamavano zia Madgie, l'ultima persona che avrei voluto incontrare in quel momento. Si avvicinò e si piegò sul bastone, ansimando mentre mi squadrava, la fronte corrugata sotto una cuffia bianca.

«Sei stata tu a urlare poco fa, Mary Blight?»

Annuii. «Ho preso un terribile spavento, vedendo ciò che qualche demonio ha fatto alle orecchie di questa povera signora.»

Zia Madgie si chinò sopra la donna e la osservò, quindi puntò lo sguardo sui brandelli di carne dai bordi seghettati color cremisi. Si voltò e mi sbirciò stringendo le palpebre. «Non ti facevo così pusillanime» disse. «Vedo che, nonostante la tua sensibilità delicata, sei ugualmente riuscita a riempirti lo scialle.» Si allungò ancora di più verso di me, scrutandomi in volto. «Cos'è successo alla tua bocca?»

«Alla mia bocca?»

«Sta sanguinando.»

Mi portai la mano alle labbra e vidi le gocce rosse sui polpastrelli. «Ho urtato qualcosa nella nebbia e mi sono tagliata.»

Lanciò un'altra occhiata alle orecchie della donna. «Mi giuri che non è opera tua, Mary Blight?»

«Sì.» Mi fissò così severamente che dovetti abbassare gli occhi. Potevo sostenere lo sguardo di chiunque tranne il suo.

«Eppure ti ho trovata accovacciata sul suo corpo, con le labbra insanguinate.»

«Cielo! Confesso di averle preso gli stivaletti e, così facendo, di essermi colpita la faccia. Non ve l'ho detto subito perché ero agitatissima quando vi ho vista, ma è la verità, Dio mi è testimone. Qualche altro demonio è arrivato qui prima di me e ha fatto il resto.»

Mi scoccò un'occhiata ancora più penetrante. «Ed era morta quando sei incappata nel suo corpo?»

«Lo giuro su Dio.»

«Attenta a non giurare il falso. Forse hai pensato che finché ci fosse stata ancora vita in questa donna, non avresti avuto il diritto legittimo di prendere gli stivaletti. Forse hai aiutato la sua anima ad andarsene?»

«Giammai! Non sono un'assassina.»

«Sarei più incline a crederti se non fossi così famosa per la tua abitudine di rubare vestiti e gioielli alle donne morte.»

«Non sono l'unica.»

«Sì, è vero, ma non dobbiamo superare i limiti della decenza, altrimenti la baia sarà infestata da funzionari della dogana.» Una cornacchia volò basso sopra le nostre teste e gracchiò per scacciarci lontano dal cadavere. «Non spetta a te andartene in giro a rubacchiare in questo modo, Mary Blight. Conosco il tuo trucchetto, cercare refurtiva sugli ultimi corpi trasportati dalla corrente sulla spiaggia. Solo per vanità. Quando imparerai che in questa baia si agisce, e si è sempre agito, per il bene di tutti? Cos'altro hai raccolto questa mattina? Sovrane? Dollari spagnoli? Fa' vedere.»

«Solo qualche arancia.» Le feci dondolare davanti lo scialle. «E ho trovato questo addosso a un uomo poco lontano da qui. Un orologio pieno d'acqua.» Frugando nella tasca del grembiule, lo tirai fuori e glielo porsi.

«Forse possiamo farlo riparare a Penzance» disse. «Il proprietario non avrà bisogno di sapere l'ora nella sua nuova destinazione.»

Finalmente si girò e si allontanò zoppicando ma, dopo aver percorso non più di qualche passo, si fermò e parlò di nuovo, senza voltarsi. «Ti tengo d'occhio, Mary Blight. Fa' attenzione.»

Quando se ne fu andata, mi alzai e mi gettai lo scialle annodato in spalla. La nebbia si era diradata, rivelando una massa di nuvole sbrindellate, distribuite nel cielo da est a ovest, incandescenti nel fuoco rosso del sole. Ma la pallida luna rotonda indugiava ancora nella volta celeste, sapendo che il lavoro di quella notte non era ancora finito.

Un naufragio è un evento bizzarro, durante il quale i calcoli della bussola vanno a farsi benedire e la natura scuote il mondo fino a metterlo sottosopra. Il mio primo raccolto era stato a cinque o sei anni e da allora forse cento navi si erano schiantate contro gli scogli occidentali. Ogni volta provavo un senso di disagio che mi tormentava per giorni. Quella mattina, dopo che zia Madgie mi aveva pizzicata sulla spiaggia, non riuscivo a trovare pace. Avevo i nervi a pezzi dopo aver visto l'anima salire gorgogliando dalla gola della donna annegata. E poi essere costretta a rendere conto a quella vecchia megera e a tollerare le sue occhiate torve! Non riuscivo a liberarmi della paura che potesse accusarmi di aver rubato gli orecchini della sconosciuta. Per calmarmi scesi al porto, ansiosa di scoprire come stessero le cose.

Sullo scalo di alaggio, un bel cavallo sauro con le bisacce infangate era impastoiato a un palo davanti al magazzino. Aveva i fianchi coperti di sudore e la testa bassa, come se fosse reduce da una cavalcata faticosa. Al mio passaggio sbuffò e raspò le lastre di pietra con lo zoccolo. Del relitto rimanevano soltanto un vecchio mobiletto sconquassato, appoggiato al muro del deposito, e un paio di botti con i lati sfondati e il contenuto rovinato. Senza dubbio il resto era nascosto, al sicuro dagli sguardi del funzionario doganale, in fattorie nella brughiera o giù nei tunnel, oppure al largo, in attesa di essere recuperato.

Un capannello di uomini era riunito accanto al muro della banchina. Stavo per superarli quando si spostarono per far passare due tipi che trasportavano un sacco pesante, un'estremità per ciascuno. Dal modo in cui il carico si afflosciava in mezzo a loro intuii che si trattava di un cadavere. Al solo vederlo mi bloccai. I membri del gruppetto non mi degnarono di uno sguardo, così i miei nervi si distesero un pochino. Gli altri due trasferirono il corpo in una bassa rimessa nera sullo scalo di alaggio, dove venivano tenuti i cadaveri prima di essere portati al cimitero.

Al centro del gruppo c'era un signore alto, un forestiero con un lungo mantello di tela marrone. Il cavallo doveva essere suo. L'avevo già visto in occasione di altri naufragi. Faceva il perito liquidatore a Penzance per l'assicuratore della nave naufragata. Aveva i pantaloni infangati e le scarpe sporche di sabbia. Alcuni uomini del villaggio rispondevano alle sue domande mentre li guardava dall'alto in basso e prendeva appunti su un taccuino nero. Si spostarono lungo il muro del porto e li seguii, tenendomi a distanza. Per una frazione di secondo, prima che mi ostruissero la visuale, intravidi due corpi stesi sulla pietra fredda e ruvida, una donna con una lurida sottoveste sbrindellata e un bambino forse di quattro o cinque anni. Incrociai le braccia e me le strinsi intorno al busto per smettere di tremare.

Il perito guardò gli uomini con la sua aria altezzosa, un sopracciglio inarcato, e parlò. «Dunque volete farmi credere che nessuno di voi si è avvicinato al relitto la notte scorsa? Che una nave da cinquecento tonnellate come la *Constant Service* è stata saccheggiata fino all'ultima oncia di carico e che le sue assi sono state sfasciate mentre voi dormivate, ignari di tutto?!» Gli altri scrollarono il capo, lisciandosi le barbe ed evitando il suo sguardo.

«Il mio cliente, Lord S__, era il proprietario della maggior parte della merce, ma questo scempio sarà un'inezia in confronto alla sua collera.» Abbassò lo sguardo sui corpi e annotò qualcos'altro sul suo taccuino nero. «Ascoltatemi bene, questa storia non finisce qui.» Avrei voluto sgattaiolare via, ma temevo di dare troppo nell'occhio.

«È la donna che sto cercando, senza dubbio» riprese il perito. «Il suo volto è noto in società, ovvero, per essere chiari, nel mondo civilizzato ben al di là di questa sponda. È un crimine nefando, e Sua Signoria non dormirà sonni tranquilli finché giustizia non sarà fatta.» Fece un cenno con la testa, ordinando loro di rimuovere il corpo. Due tipi robusti sollevarono la donna e la adagiarono su un telo. Fu allora che scorsi il suo viso e i brandelli di carne incrostati di sangue annerito dove i lobi erano stati strappati per sgraffignare i suoi gioielli. Il bambino lì accanto era sicuramente suo figlio. Per fortuna ero vicino a un deposito e potei appoggiarmi al muro, perché le gambe mi cedettero. Gli uomini, però, non se ne accorsero, spostandosi per esaminare un'altra vittima.

Quando riflettei sulle parole del perito riguardo a un gran signore che pretendeva giustizia, mille pensieri mi affollarono la testa e rividi mentalmente gli eleganti stivaletti che avevo lasciato ad asciugare accanto al camino nel nostro cottage. Distolsi lo sguardo quando i due uomini mi oltrepassarono facendo oscillare il loro carico. Della donna rimase solo una chiazza umida sulla pietra sulla quale era stata stesa.

Andandomene, imboccai il sentiero verso casa, ma dopo un breve tratto ebbi la sensazione di un'ombra che mi passava sopra, così mi fermai e mi guardai intorno.

Ero alla fine di Back Street, dove viveva zia Madgie. Eccola, quella strega, come avevo immaginato: in piedi tra le due colonne davanti al suo tugurio decrepito, avvolta come sempre nel vestito nero, una mano nodosa che stringeva il bastone e l'altra che teneva un vecchio vaso da notte di porcellana. Quando i nostri sguardi si incrociarono, scosse lentamente la testa, poi lo vuotò nel vicolo, gettando il contenuto nella mia direzione. Girandosi, mi scoccò un'occhiata malvagia prima di rientrare.

2

La sera successiva si tenne un banchetto per ringraziare la provvidenza. Tormentata per tutto il giorno da attacchi di nausea improvvisi, ero certa che zia Madgie mi avesse fatto il malocchio, ma intendevo partecipare ugualmente. Volevo vedere se la megera avesse sparso menzogne sul mio conto tra gli abitanti del villaggio. Se così fosse stato, sarebbe stato meglio saperlo e difendermi dalle calunnie.

Mi preparai nella vecchia camera della mamma, che lei non usava da quando si era ammalata, preferendo dormire in cucina su una poltrona accanto al fuoco. Tegen, la mia sorella minore, mi osservava tutta imbronciata dalla sedia con lo schienale diritto. Mi spazzolai i capelli rossi, rimirandomi nello specchio ovale appeso sopra il comò traballante. Il vetro era crepato e costellato di macchie che, per quanto lo strofinassi, non se ne andavano. Lo specchio era cesellato e, un tempo, doveva essere molto bello. Immaginavo che fosse stato nella cabina di una signora facoltosa ma, quando l'avevo trovato sulla spiaggia, aveva una crepa che lo attraversava da una parte all'altra.

Ora guardai il mio riflesso, tagliato in due in corrispondenza della spaccatura.

Un vestito e una sottogonna erano appesi a chiodi arrugginiti contro la parete umida per spianare le sgualciture. Gli indumenti si stagliavano sgargianti sulla vernice verdognola scolorita. Mi infilai una sottoveste bianca, quindi una sottogonna e un vestito scarlatto. D'un tratto ricordai la *chemisette* rossa che tenevo nell'armadio per evitare che sbiadisse. Solo un po' logora e tarmata, aveva la stessa sfumatura intensa del vestito. La stoffa era gelida sulla mia pelle e rabbrividii ricordando come ne ero entrata in possesso.

«Sei così elegante da sembrare un dipinto» fece Tegen, ancora con il muso lungo.

«Più tardi manderò su uno dei bambini con carne e bevande per te e la mamma» le dissi, appuntandomi un giglio bianco tra i capelli sciolti. Il fiore spandeva un profumo inebriante. «È meglio che resti a casa, Teg. Non farebbero altro che schernirti.»

«Non mi importa» rispose, ma sapevo che mentiva. «Comunque preferisco rimanere qui. Secondo me non è giusto divertirsi, festeggiare, quando sono morte tutte quelle povere anime. Tra cui un bambino piccolo.»

«Ebbene, *qualcuno* ha la luna storta stasera!» commentai scendendo di sotto. Mi seguì e, con le braccia incrociate, mi osservò andare al camino a prendere gli stivaletti nuovi. Erano quasi asciutti, il cuoio solo leggermente macchiato dall'acqua salata. Mi sedetti ad allacciarli, quindi mi alzai per vedere come mi stessero.

«Sarà come ballare sulla tomba di quella povera donna» disse Tegen.

Fingendo di non aver sentito, mi precipitai fuori dalla porta. Era quasi buio. I tacchi picchiettarono sugli sportelli di legno della cantina nel cortiletto, che emanava un tanfo disgustoso per colpa del vecchio gatto incontinente di zia Merryn. Sgusciai nel vicolo angusto e scesi il ripido sentiero verso il porto. Più camminavo, e più gli stivaletti mi stringevano le dita dei piedi.

La banchina era illuminata da una fila di lanterne che fumavano per l'olio di pesce che ci bruciava dentro. Quella stessa puzza emanava persino dall'appetitoso maiale allo spiedo, che era stato ingrassato con interiora di pesce. Sarebbe stato divorato fino all'ultimo brandello. Un lungo tavolo era formato da assi sostenute da barili. Per una volta, gli abitanti del villaggio si comportavano come vecchi amici, ed era una delle rare occasioni in cui uomini e donne si riunivano come se fosse la cosa più naturale del mondo. I più facoltosi, quelli che vivevano nei cottage più raffinati in Fore Street, si pavoneggiavano in una piccola fila all'estremità opposta del tavolo. Sussultando per la paura, vidi che tra di loro c'era anche zia Madgie, ma nessuno mi lanciò occhiate di rimprovero, sicché presi posto dall'altra parte, tra Cissie Olds e la vedova Chegwidden. Il primo sorso di rum mi bruciò la gola, ma ben presto mi rilassai, pervasa da un senso di pace. Cissie mi riempì il piatto di interiora di maiale fritte e tagliuzzate, accompagnate da cipolle, ma non avevo voglia di mangiare la carne e la vista dello sformato, i musi delle sardine che spuntavano attraverso la pasta sfoglia, mi diede la nausea. A quanto sembrava, la voce delle mie malefatte non aveva raggiunto Cissie Olds né gli altri. Ingollai un rum, poi un altro e ben presto persi il conto. Il mondo mi fluttuava intorno e mi sentivo sempre più disinibita.

I bambini erano turbolenti e i maschietti si avvicinavano di soppiatto per bere un sorso di rum quando i genitori non guardavano. Era ora che i fratelli e le sorelle maggiori li mettessero a letto. Di lì a poco qualcuno diede una manata sul tavolo e scese il silenzio. Zia Madgie si alzò per brindare – «Al bene di tutti!» – e gli altri la acclamarono con entusiasmo, tranne me. «Ora, se volete scusarmi, vado a dormire» concluse, e tutti applaudirono. La vecchia sapeva che presto si sarebbero aperte le danze e non voleva assistere a condotte inopportune. Una volta che se ne fu andata, mi sentii più leggera.

Ephraim Lavin, il violinista cieco, fu chiamato a strimpellare qualche giga e altri pezzi allegri. Suo figlio, il piccolo mutilato, si sedette al suo fianco, battendo il ritmo su un mastello. L'inizio delle danze fu abbastanza sobrio. Gli uomini si distribuirono nella fila sinistra e le donne nella destra, e l'urlatore assegnò i numeri alle coppie. Mi toccò cominciare con Lean Jack Bodilley, ma accettai di buon grado. Quando la musica attaccò, mi prese la mano e la sollevò, ed eseguimmo i passi senza pestarci i piedi a vicenda. Cambiavamo partner a ogni strofa e il mio turno con Johnenry Roscorla non tardò ad arrivare. Ricordai i giorni in cui io e lui uscivamo insieme e provai un improvviso desiderio ardente di riaverlo indietro. Ero certa che provasse la stessa cosa per me, perché quando ci trovammo faccia a faccia si immobilizzò, guardandomi dritta negli occhi. Dondolò, e il porto dondolò con lui. Sotto la luce colorata delle lanterne era l'uomo più bello del mondo. Gli lanciai un'occhiata che speravo gli facesse tremare le ginocchia. Poi gli altri ballerini ci urtarono e girammo in cerchio con loro, i gomiti allacciati e gli uomini che facevano piroettare le dame verso il cavaliere successivo. Noi donne sollevammo le gonne per non inciampare mentre andavamo avanti e indietro lungo la linea, e dalle panchine gli anziani e gli storpi battevano le mani per incitarci. Il domani pareva non avere alcuna importanza, con le chiazze di luce che mi ruotavano intorno alla testa e il viso di Johnenry che balenava continuamente davanti al mio, diventando ogni minuto più bello. Gli uomini divennero più audaci, facendoci volteggiare qua e là e, in alcuni casi, prendendosi libertà come afferrarci per la vita o palparci il fondoschiena.

Il tempo volò. La musica si spense e gli avanzi del banchetto rimasero lì a marcire, buoni soltanto per le mosche. Alcuni uomini, con la testa appoggiata sul tavolo, russavano tra le tazze rovesciate. Altri erano stesi sulla banchina. Mi dolevano i piedi, le dita distrutte per aver ballato con quegli stivaletti stretti. Io e Johnenry crollammo contro una colonna d'ormeggio e fui contenta di avere qualcosa che mi sorreggesse. Ben presto, però, anche quella perse stabilità e iniziò a vacillare. Loveday Skewes, appoggiata a un'altra colonna, aveva una faccia da cane bastonato. Aveva l'abitudine di rosicchiarsi le unghie e lo stava facendo anche in quel momento. Da qualche parte nella mia testa annebbiata ricordai che da tempo Johnenry corteggiava Loveday. Chiusi gli occhi per ragionare più lucidamente, ma il senso di vertigine aumentò. Lungo la banchina, una o due mogli inviperite cercavano di trascinare i mariti a casa, ma la maggior parte dei gozzovigliatori era già a letto. Vidi il giglio che avevo messo tra i capelli sulle lastre di pietra, calpestato. Non volevo andare a dormire. Non volevo che la notte finisse né svegliarmi l'indomani con la solita irrequietezza oscura e, per giunta, con un'emicrania martellante.

Le donne più facoltose erano riunite sulla banchina. Millie Hicks disse con la sua melensa voce da bigotta: «È tempo che noi signore ci congediamo, a mio avviso. È sconveniente che le donne stiano fuori a quest'ora». L'avevo sempre paragonata a un uccello alto, un airone forse, con il suo collo lungo e sottile e il naso adunco che riusciva a ficcare ovunque, specie in quelli che non erano affari suoi.

Prese a braccetto Grace Skewes, la madre di Loveday, nonché la donna più importante del villaggio dopo zia Madgie. «È sconveniente anche che bevano liquori forti» aggiunse Grace. Il suo gruppetto di seguaci espresse la sua approvazione bofonchiando e raccolse i cestini, pronto ad andarsene. «Basta un bicchiere per mandare in confusione un corpo» proseguì Grace, ed ebbi l'impressione che mi guardasse mentre lo diceva. Tutto perché le bruciava che Johnenry preferisse me a Loveday.

Nancy Spargo, una grassona piuttosto brutta che viveva nei cottage degli stagnai in Uplong Row, si allontanò dal tavolo, dove stava ridacchiando con una delle sue amiche. «Be', forse è opportuno che le donne più rispettabili vadano a letto, ma io ho la gola secca e voglio fermarmi ancora un po'» disse. Si chinò con i seni che quasi le uscivano dal corsetto e, corrugando la fronte, fece un sonoro peto. «Scusate, signore, ho scoreggiato come un maiale per tutta la sera» disse in un finto tono raffinato. «Meglio fuori che dentro, no?» Sorrise mostrando la bocca sdentata.

Vacillando, salii i gradini verso la banchina. Vedendo che quella sera andava di moda prendersi sottobraccio, mi avvicinai a Nancy e le agganciai il gomito. «Lavoriamo sodo quanto gli uomini, dunque perché non dovremmo divertirci con loro?» dissi incespicando. Se Nancy non mi avesse sostenuta, sarei finita lunga distesa.

«Io bado soltanto a ciò che è decoroso» disse Millie Hicks massaggiandosi il lungo collo, come faceva quando stava per sparlare di uno degli abitanti del villaggio. «Che ciascuna pensi alla propria reputazione. Vieni, Zenobia.» Trascinò via la figlia, bigotta quanto lei.

Loveday ci raggiunse abbandonando la colonna d'ormeggio dove era stata appoggiata con il broncio fino a quel momento. L'aveva rabbonita la sua amica Betsy Stoddern, che le restava accanto e combatteva tutte le sue battaglie da quando erano piccole. «Alcune di noi tengono ancora all'opinione degli altri» borbottò lanciandomi un'occhiata.

Non gliel'avrei fatta passare liscia. Lasciai Nancy e andai verso di lei. «Di chi stai parlando? Se hai qualcosa da dire, dimmelo in faccia, Loveday.» Qualcuno mi trascinò via afferrandomi per il braccio. Cercai di oppormi, ma poi vidi che era Johnenry, e lo seguii. Aveva una tazza di brandy in mano. Mi condusse giù dallo scalo, verso la spiaggia.

«Guarda, mi hai fatto venire il singhiozzo.» Lo schiaffeggiai. Mi guidò dove l'oscurità era più fitta. «Aspetta! Fammi togliere questi stivaletti. Mi stanno uccidendo.» Me li sfilò dalla mano e mi cinse la vita con il braccio. Mi domandai se qualcuno ci stesse spiando dalle finestre buie in Fore Street.

«Sei tutto caldo e viscido, lasciami andare» protestai.
«Perché ho sudato ballando con te.»

Ci spostammo qualche passo più in là, dove si sentivano le onde lambire pigramente la battigia. Ci appoggiammo allo scafo umido di una barca, riparandoci dalla brezza. La sabbia fredda mi alleviò il dolore ai piedi. Johnenry mi accostò il brandy alle labbra, ma girai la testa. La tempesta che il giorno prima aveva spinto la nave verso gli scogli aveva spazzato via ogni nuvola e il cielo era punteggiato di stelle.

«Bello, vero?» mormorai, ma la mia voce si amplificò nel silenzio della notte. Johnenry si tolse la giacca e la gettò a terra perché potessi sdraiarmi, quindi si stese accanto a me. Ammirammo il cielo per un poco senza parlare. Una scia bianca attraversò la volta nera.

«Una stella cadente!» esclamò Johnenry. «Io ho espresso un desiderio. E tu?»

Sospirai. Sapevo benissimo qual era il suo desiderio, ma in quell'istante non avevo voglia di sentirlo. «Buffo pensare che ieri c'erano cadaveri sparsi su tutta la spiaggia» dissi rabbrividendo. «Quando li vedi stesi lì con i loro bei vestiti, ti chiedi mai come debbano aver vissuto prima di annegare? Non vorresti sbirciare dentro le loro case? E nei loro guardaroba? Non vorresti un'esistenza come quella?»

«A cosa serve bramare ciò che non si può avere? È perfettamente inutile.»

«Be', al contrario di te sono stanca della stessa vecchia vita ogni giorno. Ti accontenti di poco, mi sembra.»

«Io ho un sogno.»

«E quale sarebbe?» Mi sollevai appoggiando la testa su una mano per guardarlo.

«Hai presente l'antica legge secondo cui chiunque costruisca una casa in una notte può rivendicarne la piena proprietà?»

«In una notte non riusciresti a costruire nemmeno un pollaio.»

«Ho alcuni amici disposti ad aiutarmi e ho trovato il posto giusto. Un appezzamento abbandonato poco distante da Uplong Row. C'è abbastanza spazio per una casetta e un porcile, e un pagliaio di ginestrone. Raccolgo il materiale da qualche tempo, argilla e pali per le pareti, paglia per il tetto. Una notte costruirò la casa e il giorno dopo porterò mia moglie oltre la soglia.»

«È questo il tuo sogno, dunque? Un tugurio e un porcile?»

Mi strinse e mi strofinò il mento sul collo, irritandomi la pelle. Lo spinsi via.

«Sei forte» disse con il fiato che puzzava di liquore.

«Non c'è da stupirsi, dato che sgobbo ogni giorno come una matta.»

«Sposami, e ti prometto che vivrai come una principessa.»

Mi rotolai sopra di lui. Eccitata, lo baciai sulle labbra. «Non lo dirò a nessuno, se non lo farai nemmeno tu» sussurrai.

«Aspettavo questo momento da così tanto tempo che credevo di morire» disse. Mi accarezzò i capelli e mi baciò ogni singolo tratto del viso finché non afferrai una ciocca dei suoi e non gli allontanai la testa per guadarlo dritto negli occhi. «Ciò di cui ho bisogno ora è l'amore» dissi.

Non furono necessarie altre esortazioni. Mi sollevò le gonne e lasciò vagare le mani ovunque volessero. Riabbassai il vestito per evitare che qualche abitante del villaggio sbirciasse dalla finestra e vedesse la luce della luna riflettersi sul mio sedere. Tornai di nuovo sopra di lui e Johnenry affondò dentro di me come zucchero sabbioso. Avrei voluto perdermi in quell'amplesso, dimenticare il resto della mia vita. Quando fu sul punto di venire, mi fermai per un attimo e gli avvicinai la bocca all'orecchio, bisbigliandogli di trattenersi ancora per un poco.

«A quanto pare, ora devo fare di te una donna onesta» disse dopo, con la brezza fredda che mi gonfiava le gonne e mi solleticava le parti intime. Una fitta improvvisa alla tempia mi restituì lucidità. «Lasciami andare, sto per vomitare» mormorai, staccandomi da lui. Mi allontanai barcollando, con le stelle ubriache che mi ruotavano intorno alla testa e la spiaggia che si alzava e si abbassava sotto i miei piedi.

«Siamo come marito e moglie» mi disse Johnenry, dopo avermi raggiunta mentre vacillavo verso la banchina.

Afflitta da ondate di nausea, mi appoggiai al fianco di una barca. Cadendo in ginocchio, impugnai la grossa catena che la legava al molo. «Sono tua, allora» dissi. «Va' a esporre le pubblicazioni, se vuoi, ma lasciami in pace. In questo istante ho soltanto voglia di vomitare.»

Mi accasciai, con la catena che mi tintinnava tra le dita. Rigettai, e il primo schizzo atterrò sulla sabbia.

Ero nella vecchia camera della mamma, che puzzava di umidità e di abbandono dopo essere rimasta vuota per settimane. Lei dormiva in cucina da quando le mancava il fiato per salire le scale. Salii su una sedia e mi allungai verso le travi dove custodivo i miei segreti. La sedia traballò quando presi una vecchia calza piena di monete, gioielli e altri ninnoli. Poi mi sedetti sul materasso, posandomela sulle ginocchia. Era avvolta in una pagina di giornale ingiallita, che avevo letto così tante volte da sbiadire l'inchiostro. Soffiai via la polvere e le ragnatele, spaventando uno scarafaggio nero che cadde sul pavimento e zampettò per un breve tratto prima che lo schiacciassi. Slacciai la cordicella intorno alla lana consunta, quindi frugai dentro in cerca dello straccio che copriva il mio tesoro più grande. Dopo aver rimosso la stoffa, guardai lo spillone per capelli e la farfalla che lo decorava, lavorata più finemente di qualunque pizzo. L'avevo preso a una signora che aveva esalato l'ultimo respiro dopo un naufragio qualche anno prima e, per quanto fossi al verde, non ero mai riuscita a separarmene. Quando mi fui stancata di fissarlo, mi misi davanti allo specchio sopra il comò.

Con mani tremanti, me lo appuntai alla nuca e girai la testa per vederlo scintillare nel polveroso raggio di luce che attraversava obliquamente il vetro. Corrugai la fronte, evidenziando ogni imperfezione e ogni ruga. Il lungo inverno aveva lasciato il segno. I capelli erano ruvidi sotto le mie dita. Erano insieme una benedizione e una maledizione, quei capelli, un faro acceso che attirava l'attenzione e mi distingueva dalle donne scialbe e dalle loro chiome color topo. Avrei usato il bottino dell'ultimo naufragio per comprare un poco d'aceto e restituire loro lucidità. Un solitario filo bianco spiccava tra quelli più scuri. Uno scherzo della luce, sperai. Lo strappai e scoprii che era color argento come lo spillone.

Continuavo a tornare col pensiero al relitto, a zia Madgie e a Loveday Skewes. Se non altro mi erano arrivate le mestruazioni da quando ero stata con Johnenry, perciò avevo una preoccupazione in meno. Per scacciare quei pensieri cupi, ritornai con la mente all'uomo che avevo visto sulla spiaggia dopo il naufragio, quello a cui avevo sgraffignato l'orologio. Se solo un tipo come quello fosse arrivato vivo. Se non un possidente terriero, almeno uno di quei tritoni... Uno di quelli che assumono sembianze umane la vigilia di mezz'estate e, completamente nudi, nuotano fino alla riva dopo l'imbrunire per accoppiarsi con una donna che aspetta sulla sponda in preda al desiderio. Poi la abbandonano all'alba e tornano dai loro simili, lasciando il proprio seme dentro di lei affinché si tramuti in un neonato che è tanto pesce quanto uomo. Oh, a forza di inseguire queste fantasie ero rimasta senza fiato. Avevo dimenticato di avere ancora lo spillone in mano e, prima che qualcuno mi sorprendesse, lo infilai nella calza e lo rimisi nel suo nascondiglio.

Quando fui più calma, tirai fuori da sotto il letto la scatola con l'esca, l'acciarino e la pietra focaia, mi sedetti e presi un pizzico della miscela di tabacco e canapa che avevo asciugato sul camino. Avevo aggiunto un raro tipo di fungo che ha un effetto rilassante sui nervi e provoca curiose fantasie. Queste erbe, si può starne certi, scatenano i sogni e permettono di dare un'occhiata all'altro mondo, che è solo a un soffio dal nostro. Diedi qualche rapida boccata alla pipa perché si accendesse, spandendo il suo aroma nell'aria. Di lì a poco il fumo turbinò nella stanza e i miei pensieri si dipanarono nelle sue spire. La statuetta di pietra era ai miei piedi, una donna senza arti con fianchi e seni enormi. La raccolsi e la tenni in grembo. Tegen diceva sempre che quell'idolo era soltanto una roccia deforme, ma io sapevo che era un'antica dea tramandata di generazione in generazione.

Disegni mutevoli le passarono sul viso come luce sull'acqua. Le chiesi mentalmente se facessi male a custodire i miei tesori in una vecchia calza quando avrei potuto comprare le medicine per la mamma. Ero malvagia ad abbandonarmi a fantasie oziose, a immaginare di essere una delle signore eleganti sospinte dalle onde sulla spiaggia dopo i naufragi? Mi batteva forte il cuore al pensiero delle libertà e dei lussi di cui godevano quelle donne. Come sarei mai potuta fuggire dalla mia umile vita nella baia, attorniata da uccellacci del malaugurio?

Abbassai lo sguardo sul volto della dea. *Sii prudente, Mary Blight,* pareva dire.

Nella mia mente, risposi: *Ciò che è saldo nel cuore deve pur uscire in qualche modo.*

Non esagerare, mi ammonì.

I fili di fumo, tuttavia, raccontavano un'altra storia. Prese lentamente forma il corpo pallido e nudo di un uomo. Procedette a tentoni nel mare di ombre capricciose mentre correnti fatali lo attiravano verso il mio abbraccio. Posai la statuetta a terra, con il viso verso la parete, e tornai a sedermi in una sorta di deliquio, le mani abbandonate in grembo.

3

Il giorno seguente scesi alla spiaggia insieme alle donne più povere, quelle costrette a guadagnarsi da vivere frugando tra le alghe portate dalle onde, come fanno i gabbiani. Formavamo una fila irregolare che si allungava sulla sponda tra gli sbuffi di nebbia. Il lavoro era lento, e avevo il colletto inzuppato di sudore e il cuoio capelluto irritato dal caldo umido. Con la schiena e le braccia indolenzite, attorcigliai le pesanti alghe intorno all'estremità della mia asta, quindi le sollevai e le aggiunsi al mucchio, pronte per le tenute del signorotto sul promontorio. Nugoli di mosche svolazzavano pigre sopra i vegetali che, asciugandosi, puzzavano sempre di più.

Finalmente la foschia si dissolse e uscì il sole. Mi spostai i capelli umidi dalla fronte con l'avambraccio e mi guardai intorno. Stavano arrivando due donne, sagome nere controluce. Quando si avvicinarono riconobbi Loveday Skewes e Betsy Stoddern, avvolte entrambe in bei vestiti puliti. Erano venute a farsi beffe di noi lavoratrici indigenti.

«Quelle portano guai» disse Tegen, al mio fianco.

Ci superarono. «Alcune persone non conoscono vergogna» osservò quella stupida di Betsy. «Si fanno vedere in giro dopo aver rubato l'uomo di un'altra donna.»

Tegen mi zittì con un'occhiata.

«Non importa, non lo voglio più» aggiunse Loveday. «Merce avariata.» Si strinse nello scialle fingendo di rabbrividire per il ribrezzo.

Betsy rincarò la dose. «Le donne di quella risma pensano soltanto a se stesse.»

«In questo villaggio si agisce per il bene di tutti, giusto, signore?» ribattei, conficcando l'asta tra le alghe e ruotandola energicamente. «Ma mi sembra che alcuni abbiano più di altri. C'è una ragione per cui alcuni sono ricchi sfondati e altri vivono nella miseria.»

«È povero soltanto chi merita di esserlo» replicò Loveday.

Scossi l'asta così forte che le alghe atterrarono ai loro piedi. «Se solo tu potessi vederti, Loveday» dissi, «tronfia come un tacchino.» Tegen mi prese per il braccio e cercò di portarmi via.

«La parassita dai capelli color carota ha mostrato anche oggi di che pasta è fatta» disse Betsy.

«Non ha un padre che la faccia rigare diritto, ecco perché» commentò Loveday mentre si dirigevano verso l'estremità orientale della spiaggia.

«Tenete per voi le vostre insolenze» borbottai quando se ne furono andate.

«Non dovresti reagire» ricominciò Tegen. «Mantieni la calma. Ultimamente sei come un fiume pronto a straripare dagli argini. Giurerei che ti diverti a contrariare le persone.» Si chinò a raccogliere il legname trasportato a riva dalle onde.

«Dunque anche tu vuoi tarparmi le ali?»

«Sai che sto sempre dalla tua parte, Mary.» Una ciocca di capelli crespi biondo rossiccio le cadde sul viso.

«Lo so» risposi e, per dimostrarle le mie buone intenzioni, mi avvicinai, le sistemai il ciuffo dietro l'orecchio e la abbracciai.

Qualcuno segnalò che era ora di pranzo. Non avevo voglia di sedermi con le altre donne e sentire il loro silenzio carico di significato, così scesi alle pozze dei granchi e mangiai pane e formaggio da sola. Il mare si allungava fino ai confini della terra e immaginai un futuro vuoto davanti a me, un'interminabile serie di giornate trascorse a imballare sardine, fare il bucato e cucinare. Quando ebbi finito di mangiare, mi nascosi dietro un grosso masso e sollevai le gonne. Premetti il sedere nudo contro la pietra fredda e lasciai che il lento pulsare nella terra mi attraversasse la carne per un lungo momento. Mi avrebbe portato fortuna. Vedendo una pietra aguzza accanto ai miei piedi, la raccolsi e, staccata una patella dallo scoglio, la aprii. Provavo rimorso ogni volta che gli umori del mare mi si riversavano sulla lingua.

Camminai sulla ghiaia verso il punto in cui le onde sciabordavano susseguendosi rapide. L'acqua era gelida intorno alle mie caviglie e la spuma mi oltrepassava risalendo la sponda, risucchiandomi la sabbia da sotto le dita dei piedi. Era come se la terraferma si muovesse verso il mare e non viceversa. Ricordavo di aver provato quella sensazione da bambina, ma invece di quella vecchia leggera meraviglia, ora temevo che la corrente mi trascinasse negli abissi dell'oceano.

Dall'acqua arrivò un gemito. Una foca, forse. Aprii gli

occhi e distinsi una sagoma che ballonzolava sulle onde a non più di trenta piedi, ma era soltanto una botte, forse proveniente dall'ultima nave che si era sfasciata contro gli scogli. Qualcosa, tuttavia, attirò la mia attenzione. La corrente cambiò e fece ruotare lentamente il contenitore, finché scorsi una forma scura che spiccava contro le doghe. Al lato del recipiente era legato qualcosa, anzi no, *qualcuno*, un uomo, con la testa posata sul coperchio. Forse mi aveva vista, perché in quel momento alzò stancamente gli occhi e girò il viso nella mia direzione. I lineamenti erano tirati e stravolti, e la vista di quell'anima tormentata mi fece pensare a Gesù e all'aspetto che avrebbe potuto avere se si fosse girato verso di te salendo al Calvario.

I marosi spingevano la botte verso lo Zarn, la grande caverna nera dove i contrabbandieri scaricavano le loro merci. Se nessuno l'avesse aiutato, l'uomo si sarebbe schiantato contro gli scogli. Provai a chiamare Tegen, ma le parole mi morirono in gola. Mi precipitai verso il punto in cui, cento iarde verso est, le donne si erano riparate dietro un grosso masso. Urlai ancora, più forte, mettendomi le mani a coppa intorno alla bocca – «Quaggiù!» – ma non diedero segno di avermi sentita. Gridai di nuovo con tutto il fiato che avevo in corpo, quindi vidi la sagoma tozza di Tegen che si alzava e sbirciava nella mia direzione.

«Sbrigati, Teg, c'è qualcuno in acqua! Un uomo quasi annegato. Sta galleggiando verso gli scogli. In nome di Dio, aiutami» urlai. Sollevando le gonne, si mise a correre sulla sabbia. Stavo già camminando verso la botte, con l'acqua gelida che, salendomi sotto il vestito, mi toglieva il fiato. Tegen, alle mie spalle, non era molto lontana. Il recipiente si impennò tra i flutti, mostrandosi un minuto e scomparendo il successivo. Ormai l'acqua mi arrivava alla vita e ogni nuova onda mi copriva le spalle e mi sferzava il viso. Le gonne fradice diventavano sempre più pesanti. Essendo solo una donna, non avevo mai imparato a nuotare e avevo paura che a un certo punto non avrei più toccato il fondo. Quando mi avvicinai all'uomo, notai che aveva un remo sotto ciascuna ascella, entrambi assicurati alla botte. Dovevo stare alla larga, altrimenti mi avrebbero spaccato il cranio, sicché aspettai un momento sicuro, mi immersi fra di loro e gettai le braccia intorno alla botte dall'altra parte, dove era legato l'uomo, sbattendo la tempia contro le doghe. Poi la spinsi con tutte le mie forze verso la spiaggia, ma il massimo che riuscii a fare fu rallentarne l'avanzata verso lo Zarn.

Il corpo di Tegen urtò contro la mia schiena. Un cavallone ci investì, sommergendoci le teste e staccandomi i piedi dalla sabbia. Mia sorella aveva due braccia vigorose e, insieme, con fatica portammo la botte verso la riva. Ci eravamo lasciate l'alta marea alle spalle, ma una corrente caparbia voleva mandarci nello Zarn. Ben presto fummo sul punto di arrenderci, ma Nancy Spargo arrivò ad aiutarci con le sue spalle robuste. Pian piano raggiungemmo le secche e il recipiente rotolò sulla sabbia bagnata. Accorsero alcune donne che ci diedero una mano a slegare il forestiero e a trascinarlo lungo la spiaggia.

Mi sdraiai sulla schiena, cercando di riprendere fiato. Il mondo pareva pulsare intorno a me, i suoni ora forti, ora attutiti. Quando alzai la testa, vidi delle sagome stagliarsi nitide contro il cielo e, di primo acchito, le scambiai per angeli del paradiso, ma erano soltanto i curiosi arrivati dal villaggio. Nuvole bianche si rincorrevano sopra di me mentre la sabbia tremava sotto il mio corpo. Il dolore alla tempia era come un buco fatto di luce, e il chiarore mi procurò una fitta come quando fissi il sole troppo a lungo. Girando la testa, vidi un mondo curiosamente sghembo, un sogno che si sarebbe potuto dissolvere da un momento all'altro, e fu allora che guardai davvero l'uomo per la prima volta. Era disteso, la testa posata sul grembo di Nancy Spargo, cosa avrei dato per poter essere al suo posto! Il naufrago aveva il naso lungo e diritto, e le ciglia scure che gli tremolavano sopra le guance. I ricci bagnati, incollati al collo e al colletto, erano neri come il catrame. Era un tipo robusto, con le spalle larghe e, a giudicare dalle gambe allungate sulla sabbia, di statura notevole. Nello stordimento, mi convinsi che fosse stata la mia fantasia a farlo comparire dal mare.

«Dobbiamo chiamare un sacerdote che gli dia l'estrema unzione?» La voce di Nancy veniva da un altro mondo.

«Meglio un medico» rispose un'altra donna.

Mi misi a sedere, incapace di alzarmi in piedi. D'un tratto di ogni persona ce n'erano due e non sapevo quale guardare. Jake Spargo, il marito di Nancy, si era inginocchiato e cercava di far bere un po' di liquore al forestiero. «Questa è medicina migliore» disse. La testa dell'uomo penzolò da una parte all'altra, come se l'odore dell'alcol lo infastidisse. «Bevetene un goccio per riscaldarvi» insistette Jake, versandogli il liquore tra le labbra. L'uomo tossì e gemette, contraendo il volto come se gli avessero cacciato in gola veleno anziché rum giamaicano di prima qualità. Agitò debolmente la mano, tentando di allontanare la tazza, e il liquido gli gocciolò sul mento.

«Poveretto, chi gli avrà fatto una cosa simile?» Nancy aveva le spalle umide sotto i capelli grondanti.

«Chiunque l'abbia legato alla botte voleva salvargli la vita, non fargli del male» disse Jake. «Ho già visto una cosa del genere in passato.»

«Qualcuno dovrebbe portarlo al coperto perché si asciughi» intervenne un'altra donna.

«Lo ospitiamo noi» mi offrii, alzandomi e barcollando. «Può riposarsi a casa nostra finché qualcuno non andrà a prendere il dottore a Newlyn.»

«Che diavolo stai dicendo?» mi bisbigliò Tegen all'orecchio, afferrandomi il braccio. «Non è opportuno che due nubili accolgano un uomo. Il colpo alla testa ti ha tolto il lume della ragione.»

La ignorai. «Ci serve una mano per portarlo sulla collina» dichiarai. Ero sull'orlo dello svenimento, ma mi sforzai di nasconderlo; non avevo alcuna intenzione di lasciare che qualcuno mi strappasse via il forestiero. Si fecero avanti due ragazzi, forse ansiosi di ostentare la propria forza davanti alle giovani lì intorno. Uno prese il naufrago sotto le ginocchia e l'altro sotto le ascelle, sollevandolo. Fu assai faticoso trasportarlo lungo la spiaggia e la banchina, e poi su per il sentiero scosceso. Dovettero fermarsi di tanto in tanto ai cottage per bere un sorso d'acqua.

Impiegammo molto tempo per raggiungere il vicolo che conduceva al nostro cortiletto, così angusto che vi passammo a stento. La mamma guardò sbigottita i due giovani sorreggere il forestiero fino al piano di sopra. Lo stesero sul letto. Tegen si fermò sulla soglia, rifiutandosi di mettere piede in una stanza con dentro un uomo.

«Non possiamo lasciargli addosso questi vestiti bagnati» dichiarai con la voce più ferma che riuscii a trovare. «Altrimenti morirà.»

«Ma non possiamo toglierglieli! Sei impazzita?» Tegen arrossì fino alla punta delle orecchie. Ignorandola, andai al comò, aprii un cassetto e presi alcuni vecchi indumenti di mio padre.

«Possiamo asciugarlo con questa» dissi lanciando una camicia sul letto. «E mettergli un'altra vecchia camicia di papà finché la sua non sarà asciutta.» Mi chinai sul forestiero e cominciai a spogliarlo. Chiamai Tegen. «Aiutami a sollevarlo. Guarda come trema, dobbiamo sbrigarci.» Obbedì, ma distolse lo sguardo per non vedere la pelle bianca dell'uomo mentre lo svestivo.

«Pensa a cosa dirà la gente» mi ammonì.

«Lascia che spettegolino. Hai dimenticato il buon samaritano?»

«Questo non è un ospedale.»

«Sicura? Ti sei scordata della mamma, allora.»

«Quest'uomo è un estraneo. Cos'è per te? Non ti capisco.»

«È stata la provvidenza a mandarlo qui. E io l'ho visto per prima. Era destino.»

Lo tirammo su e, a fatica, gli infilammo la camicia asciutta oltre la testa e sulle spalle.

«Chi farà il nostro lavoro, mi chiedo, se dobbiamo accudire un naufrago?» riprese Tegen.

«Non ti fa pena?»

Lo guardò, ma il suo viso esprimeva più vergogna che compassione.

Avevo la testa dolorante e la vista annebbiata. Posai il palmo sulla fronte del forestiero. La pelle era calda. Avevo le mani ghiacciate, perciò le strofinai una con l'altra prima di toccarlo di nuovo. «Ha la febbre» annunciai. Versai un po' d'acqua in una tazza e cercai di fargliela bere, ma si rovesciò quasi tutta sul suo mento. Tegen scese al piano di sotto.

Mi lasciai cadere sulla sedia e aspettai che la camera smettesse di girare lentamente. Chiusi gli occhi e stavo per assopirmi quando un lamento improvviso mi fece sussultare.

«È giunto il momento?» urlò l'uomo. «È la resa dei conti? Mio Signore, abbi pietà della mia anima!»

Mi avvicinai al letto. «Pietà?» bisbigliai. «Perché? Cosa avete fatto?»

Mi guardò stringendo le palpebre e fissai per la prima volta quegli occhi scuri, profondi e insondabili. Scrollò il capo e lanciò un urlo strozzato: «Demonio crudele! Lasciami in pace, per l'amor del cielo. Perché continui a tormentarmi, Molly?». Gli mancarono le forze e la testa gli ricadde sul cuscino.

«Vi sbagliate, signore, non sono Molly» dissi.

Emise un mugolio penoso. «Ti ho picchiata, Molly. Che Dio mi perdoni, ti ho fatto male. Il tuo viso...» Mi portai le dita dove aveva puntato lo sguardo e sentii il livido sensibile e pulsante sulla tempia. Il forestiero chiuse gli occhi e si addormentò.

Mentre riposava, mi incamminai verso il promontorio per comprare un talismano. Attraversai il boschetto in cui viveva la vecchia Jinny. I rami nudi scricchiolavano nella brezza e gli uccelli laceravano l'aria fredda con le loro strida, mettendomi in guardia. Si mormorava che certe volte, di notte, Jinny prendesse il volo e si librasse sopra il villaggio, non su un manico di scopa, bensì con il vestito aperto e allargato intorno a sé come le ali di una cornacchia. Seguii l'odore di legna bruciata e ben presto raggiunsi il passaggio che, tra i rovi appuntiti come aghi, conduceva alla sua porta.

Dentro era buio, con oggetti di ogni genere che penzolavano dalle travi e ruotavano piano nella corrente d'aria che mi seguì nel cottage: erbe essiccate, minuscoli ossi legati in fasci, bambole di legno, pentole e padelle di peltro. Quando i miei occhi si abituarono all'oscurità, vidi un mucchio di gabbie di vimini impilate e, lungo una parete, un comò azzurro, con la vernice crepata e scrostata. Un fuoco sibilava nel caminetto, con un grosso tegame appeso sopra.

La vecchia Jinny era seduta in un angolo, su una sedia dallo schienale alto con grossi falchi scolpiti sui braccioli, un piccolo telaio al suo fianco. Sobbalzai quando, con un improvviso frullo d'ali, una sagoma nera mi passò davanti per posarsi sulle ginocchia della vecchia. Era una taccola e Jinny la prese tra le mani, accarezzandola con lunghe dita nodose che avevano le unghie incrostate di sporcizia. L'uccello inclinò la testa da una parte e dall'altra per studiarmi da tutte le angolazioni. Avevo la strana convinzione che fosse figlio di Jinny.

«Amica o nemica?» domandò la vecchia con una voce sottile come la nota di uno zufolo e stridula come le urla di un bambino. «Cosa ti porta nella mia dimora?» Il suono non sembrava venire da lei, ma da un altro punto della casupola. Aveva della saliva ai lati della bocca baffuta e, sotto la sudicia cuffietta di pizzo, i capelli le cadevano intorno al collo e sulle spalle, arruffati e polverosi come le ragnatele che scendevano in spessi strati negli angoli della stanza. Il naso era adunco e appuntito come il becco di un uccello. Indossava una vestaglia di seta blu sbiadita, striata di escrementi di taccola come ogni altra cosa lì dentro. Aperta sul davanti, rivelava una sottogonna trapuntata di raso scolorito, punteggiata di macchie, e un grembiule che sembrava ricamato da Jinny stessa, costellato di decine di uccelli: scriccioli, pettirossi, beccaccini e gracchi. Le maniche finivano in gale di pizzo sfilacciate, che sfioravano il lurido pavimento di terra battuta.

Notando il mio sconcerto, Jinny scoppiò in una risata così aspra da farmi accapponare la pelle. Era palese che era matta come un cavallo.

«Non esitare, ragazza. Dimmi, cosa ci fai qui?» Parlò in tono altezzoso, come una vera snob. Con il dorso della mano, arruffò le penne pallide sulla nuca della taccola, facendola rabbrividire.

Deglutii a forza, inspirando a fondo. «Mi serve un talismano per guarire un uomo che ha la febbre e il fiato corto. È stato in mare a lungo, legato a una botte. Dorme quasi sempre, ma fa brutti sogni e vede cose che non ci sono.»

«Forse vede cose che ci sono, ma che tu non riesci a vedere... Vecchio o giovane? Forte e robusto o mingherlino?»

«Né vecchio né giovane, ma sicuramente forte e robusto.»

Aprì le mani per lasciare libera la taccola e le batté soddisfatta. «Ho il rimedio che fa per te!» Si alzò sulle gambe rigide. In piedi, non era più alta di quanto lo fosse da seduta, e la gobba la rimpiccioliva ancora di più. Allungò il palmo in attesa del pagamento. «Due scellini.»

«Due scellini?» Ero incredula.

Annuì sbrigativa.

Quello che avevo portato con me mi bastava appena. Contai le monete e, piegandomi, gliele misi in mano. Le morsicò a una a una per assicurarsi che fossero vere, quindi le infilò nella tasca del grembiule. Quando ebbe finito, uscì con una strana andatura elastica e andò sul retro a prendere il talismano. Si lasciò dietro un tanfo di piscio e sudore stantio, e la taccola mi saltellò e mi svolazzò intorno, cagando su ogni cosa, compresi i miei capelli. Il suo gracchiare era assordante in uno spazio così piccolo, e mi innervosì. L'uccello sapeva anche parlare, ma snocciolava bizzarri enigmi di cui non capivo il senso.

Aspettai così a lungo che di domandai se la vecchia fosse morta. Attraverso uno strappo nella tenda davanti alla finestra vidi la baracca in cui teneva prigionieri gli uccelli, il cui cinguettio lamentoso si udiva in tutto il bosco. Nella penombra, tra le gabbie c'erano oggetti inquietanti di ogni tipo. Preferii non chiedermi a cosa servissero.

Finalmente la vecchia Jinny tornò con una di quelle povere creature tra le mani, avvolta in un panno insanguinato. Faceva un tremendo baccano e indusse la taccola a saltellare e svolazzare freneticamente. Avevo i nervi a pezzi.

«Credo che lascerò stare» urlai per sovrastare il rumore.

Scoppiò in una serie di risatine acute. «Troppo tardi» disse allungando verso di me il fagottino. «L'ho già spennato.»

«Spennato? Come sarebbe a dire, spennato?»

«L'uccello va spennato, ragazza mia, se vuoi che il talismano funzioni.»

«È la cosa più crudele che abbia mai sentito!»

«Non posso riattaccare le penne, no?»

Cosa potevo fare? Le avevo già dato due scellini, una fortuna. E l'uccello sarebbe morto ugualmente. Le permisi di infilarmelo tra le mani tremanti e per poco non lo feci cadere quando sentii il suo calore e il modo in cui si contorceva nel panno lercio.

«Un tordo bottaccio. Femmina per un uomo, maschio per una donna.» Jinny fece un sorriso sdentato. «Legalo alle travi nella camera del malato. Ventiquattr'ore dovrebbero bastare. Potrebbe volerci di più se non ci sono sfoghi sulla pelle. Una volta che la febbre si sarà trasferita dall'essere umano all'animale, l'uccello diventerà nero e gonfio. Poi morirà.»

Sulla via del ritorno mi assicurai che nessuno mi vedesse. Cosa non facile, perché il tordo faceva un chiasso tale da svegliare i morti. Mi beccò le mani e i polsi. Quando rincasai, Tegen si rifiutò di aiutarmi, sicché dovetti legarlo alla trave da sola. Conoscevo il nodo più adatto per immobilizzargli le zampe, ma fu una faticaccia con una sola mano libera e l'animale che si contorceva tentando di liberarsi. Una volta che l'ebbi appeso, si infuriò ancora di più, girando come una trottola, con le ali deboli che battevano furiose e le strida assordanti che echeggiavano nella stanza mentre si aggrovigliava nella corda. Ero sopraffatta dall'orrore, ma ormai era troppo tardi per tornare indietro. Il forestiero gemette, disturbato dal frastuono. Quando l'uccello si fu stancato, tacque per un momento, in preda agli spasmi, con gli occhi sporgenti e la carne grigia e rugosa coperta di puntini insanguinati.

Non sopportando di restare nella camera con quella creatura sciagurata, scesi a rifugiarmi in cucina. Mi sedetti al tavolo e tirai dei profondi respiri, aspettando che il battito rallentasse. La mamma si voltò dall'altra parte e Tegen mi fissò accigliata.

«Smetti di guardarmi così» dissi. «È solo per un giorno o due. Al Creatore importa più dell'anima di un uomo che di quella di un uccello.»

Più tardi, mentre tornavo dal pozzo, incontrai Johnenry, che mi sbarrò la strada.

«Ho fretta.» Accennai ai secchi d'acqua che tenevo in mano. Non si mosse.

«Fretta di tornare dal tizio che hai ripescato dalla baia?»

«È stato un gesto di carità cristiana offrirgli ospitalità finché non si sarà ripreso. Ha rischiato di morire.»

«Sei l'ultima donna cui avrei attribuito una vocazione da infermiera.»

«Toccava a me, perché sono stata la prima a vederlo.»

«Be', non aspettarti che lo porti al cimitero quando esalerà l'ultimo respiro. Stai mettendo a dura prova la mia pazienza, Mary. Pensa a come stanno le cose ora. Devi prendere una decisione. Un uomo può continuare a procreare fin quando non tira le cuoia, ma una donna deve sfornare marmocchi finché è ancora in tempo.»

«Così sono queste le dolci parole romantiche che usi dopo aver fatto i tuoi porci comodi con me?»

«Le parole romantiche le ho consumate tutte l'altra notte, e mi sembrava che ti piacessero, a giudicare da come ti contorcevi sotto di me.»

«Lavati quella boccaccia.»

«Non litighiamo, Mary» disse, più conciliante. «Mi ribolle il sangue al pensiero del fango che alcuni ti gettano addosso, e voglio prendermi cura di te. Voglio proteggerti.»

«Me la sono cavata benissimo senza la protezione di un uomo per tutti questi anni, dunque perché dovrei averne bisogno ora?»

Johnenry fece un passo avanti come se un calabrone gli avesse punto il fondoschiena. «Non ho la pazienza di Giobbe. Siamo fatti l'uno per l'altra, noi due, anche se tu non vuoi ammetterlo. Perché non rispetti le consuetudini?»

«Forse perché non me ne importa niente. E tu non sei il mio padrone. Perciò lasciami passare.»

Mi afferrò il braccio, torcendolo fino a farmi male, con uno sguardo perfido negli occhi. «Cosa ti prende, in nome di Dio? Sei uscita di senno?»

Mi divincolai e mezzo secchio d'acqua gli si rovesciò sui pantaloni. Lo piantai lì, bagnato come se si fosse pisciato addosso.

Per tutta la notte vegliai sul forestiero alla luce fioca di una fumosa candela di sego. Sul comò c'era un infuso di erbe che mi aveva regalato la vedova Chegwidden. Prima ne avevo mescolato un poco con una piccola quantità di latte e ne avevo fatta bere qualche cucchiaiata al forestiero, con l'odore della pozione che si univa al puzzo della malattia.

La testa mi pulsava per la botta che avevo preso. Forse avevo davvero perso la ragione. Ripensai a Johnenry e a ciò che aveva detto quando ci eravamo incrociati. Perché avevo portato a casa uno sconosciuto e mi ero esposta alle maldicenze degli abitanti del villaggio? Forse ero davvero uscita di senno, come aveva suggerito Johnenry. Tuttavia non potevo farne a meno. Provai compassione per il forestiero, pensando a come fosse stato sballottato qua e là dalle onde, legato alla botte. La mia natura femminile si commosse all'idea di quell'uomo alto e bruno, un tempo forte e ora così impotente. Lo ammetto, il fascino che aveva su di me mi preoccupava. Consultai la dea di pietra, ma mi teneva il broncio, sicché la posai sul pavimento, con le spalle rivolte verso il letto.

Il respiro dell'uomo era rapido e affannoso. Mentre dormiva, l'uccello stava in silenzio, scosso da uno spasmo di tanto in tanto. Ogni volta che il naufrago si svegliava con un gemito e si rigirava sul materasso angusto, il tordo si dibatteva come impazzito, assorbendo i suoi tormenti. Il forestiero risucchiava la vita dal corpo dell'uccello nel proprio, e l'animale diventava via via più debole. Pregai che morisse e ci furono momenti in cui fui tentata di andare a prendere un paio di sassi per spaccargli la testa e mettere fine alle sue sofferenze. Ma vedevo che l'uomo si stava riprendendo, così strinsi forte la sedia e restai al mio posto. Ogni tanto mi avvicinavo e gli asciugavo il sudore dalla fronte con un panno inzuppato d'acqua fredda. Il tempo passò, e le forze gli tornarono a poco a poco mentre quelle del tordo diminuivano.

Nel cuore della notte, sul mondo calò un silenzio tale che le ali di una falena intenta a svolazzare intorno alla fiammella erano rumorose quanto le lenzuola stese al vento nel giorno di bucato. I cottage della nostra via erano così attaccati l'uno all'altro che udivo il russare dei vicini attraverso le pareti. All'ora di chiusura, i passi di quelli che tornavano barcollando dal pub – dove gli uomini della peggior specie trascorrevano il loro tempo bevendo e giocando d'azzardo – echeggiarono sul sentiero, accompagnati da frammenti di canzoni, un litigio e una sfilza di bestemmie. Gli ubriaconi disturbarono i gabbiani addormentati, che cominciarono a litigare sopra i tetti.

Quando i primi raggi dell'alba filtrarono dalla finestra, l'uomo era ormai sprofondato in un sonno calmo. Vedendolo perso nei suoi sogni, mi inginocchiai accanto al letto e gli presi la mano. Nonostante la stazza, aveva dita lunghe e affusolate, mani morbide che non avevano mai conosciuto il duro lavoro. Restai così a lungo, pensando che non mi sarei mai stancata di guardare il suo viso. La mascella volitiva era coperta da un velo di barba e i ricci neri erano sparpagliati sul cuscino. D'un tratto aprì gli occhi e mi fissò.

«Che razza di demone sei?» urlò con voce rauca. Cercai di zittirlo, temendo che avrebbe attirato l'intero villaggio alla nostra porta. «Perché mi stai avvelenando? Che male ti ho fatto?»

«Calmatevi ora, non agitatevi, non state bene» sussurrai, con il volto vicino al suo.

Ma gridò ancora, più forte di prima: «Il ragazzo! Poco più di un bambino, che Dio lo aiuti. Si è salvato?».

Lo strepito spaventò il tordo, che iniziò a battere le alucce nude. Il forestiero scrutò l'oscurità, cercando la causa del baccano. Poi si mise a studiare il mio viso come per capire che genere di nemico l'avesse preso prigioniero. Aveva il respiro affannoso.

«Se hai un briciolo di cristianità, ti supplico di informare mia moglie che sono salvo. Sbrigati, così da risparmiarle altre preoccupazioni.»

«Abbiamo mandato a chiamare il medico. Senza dubbio parlerà con vostra moglie.»

Tacque. Rimasi seduta accanto al letto, con le spalle curve. Per lungo tempo non pensai a nulla. Alla fine, oppressa da un grande senso di pesantezza, mi alzai e, come era giusto, andai nella mia stanza.

4

L'indomani il dottor Vyvyan venne a visitare il forestiero. Conosceva noi Blight perché negli ultimi mesi, da quando la mamma si era ammalata, passava a darle un'occhiata ogni volta che faceva il giro dei pazienti. Trascorse un poco di tempo con lei anche quel giorno, prima che lo accompagnassi al piano di sopra. Continuava a studiare il bernoccolo giallo sulla mia tempia e il mio occhio iniettato di sangue.

Non avevo previsto che arrivasse così presto, sicché non avevo staccato l'uccello dalla trave. Mi assicurai di entrare per prima e di mettermi davanti al povero animale, in modo che il medico non lo vedesse. La camera era buia e soffocante. Puzzava di sudore, di intónaco ammuffito e di infuso alle erbe, ma soprattutto c'era il tanfo rancido del tordo, che agonizzava all'estremità della sua corda. Immaginai come sarebbe apparso agli occhi del dottore, una creatura pietosa e sofferente, annerita e coperta di bolle suppuranti. Il medico arricciò il naso quando varcò la soglia. Alle mie spalle, udii l'uccello che si contorceva.

«State nascondendo qualcosa» disse subito il dottore,

invitandomi a spostarmi con un movimento della mano. Quando mi fui tolta di mezzo, guardò il tordo con profondo orrore, quindi mi scoccò un'occhiataccia. Prese un fazzoletto dalla giacca e si coprì il naso.

«Un'usanza barbara» commentò con la voce smorzata dalla stoffa. «L'uccello è ancora vivo, ma già nella prima fase della decomposizione. Questo abominio va rimosso. Senza dubbio è pieno di parassiti e sono certo che mette in agitazione il mio paziente.»

«Ma è servito a guarirlo dalla febbre, guardi. Il naufrago sta meglio» replicai. Ci voltammo entrambi verso il forestiero, che riposava sereno.

«Sciocchezze incivili, una superstizione campagnola secondo cui l'infezione può trasferirsi dall'uomo all'animale.» Si avvicinò al letto e, inginocchiatosi, prese alcuni strumenti dalla borsa. «Cosa dobbiamo fare con questa gente?» mormorò, sorridendo all'uomo. Il suo nome era Gideon Stone, e si scoprì che il dottor Vyvyan lo conosceva. Gli parlò come se io non ci fossi.

«Vi ringrazio dal profondo del cuore per questa visita, Jonathan» disse il forestiero. «Come sta Ellie? So che posso contare su di voi perché vi prendiate cura di lei.»

«Sta bene, tutto sommato.»

«Informatela che ora sto meglio, molto meglio. Ditele che un angelo custode ha vegliato su di me per tutto il tempo.» Il naufrago spostò lo sguardo su di me, facendomi arrossire. Il medico aggrottò le sopracciglia. Ai suoi occhi, temo, non sembravo un angelo.

«Come vi è saltato in mente di salire su una barca malconcia con due uomini e un bambino?» chiese il dottor Vyvyan.

«Avete notizie degli uomini che erano con me?» chiese il forestiero. «Vi prego, ditemi che sono salvi.»

«Purtroppo pensiamo che siano morti. Cosa è successo quel giorno?»

«Ho conosciuto l'inferno. C'eravamo soltanto io, un uomo con suo figlio e un vecchio di loro conoscenza. Volevo vedere questo posto con i miei occhi dopo i recenti resoconti nefasti e capire cosa potessi fare di buono quaggiù. Ma quando abbiamo raggiunto la baia, la barca ha cominciato a girare su se stessa. Qualcosa mescolava l'acqua da sotto, ne ero certo, il mare era così mosso, così turbolento.» Il suo respiro si fece più corto e affannoso. «La corrente andava in direzioni opposte su ciascun lato della barca. Innaturale! Giuro che qualcosa ci strattonava da sotto. All'improvviso, uno strappo, uno stridore e un getto che entrava nello scafo.»

«Basta così per ora. Risparmiate le energie. Potrete raccontarci tutta la storia quando tornerete a casa» lo interruppe il dottor Vyvyan, ma il forestiero parve non averlo sentito. Nella sua immaginazione era di nuovo sulla barca.

«Il capitano mi ha domandato se, pentendosi all'ultimo momento della sua vita di mendacità, avrebbe ottenuto il perdono del Creatore. Ho risposto che non è mai troppo tardi. Ma voleva salvare il bambino. Era suo figlio, capite? E non ho potuto fare nulla per lui. Le mie preghiere sono rimaste inascoltate. Prima che potessi fermarli, mi hanno sbattuto contro la botte. Il padre mi teneva fermo mentre il figlio mi legava stretto.» Ricadde sul cuscino, chiudendo gli occhi.

Quando il suo respiro si fu calmato, il dottor Vyvyan riprese: «Be', almeno voi siete ancora tra noi. Un uomo meno robusto non sarebbe sopravvissuto. A Newlyn tutti parlano di voi. Ellie ha ricevuto niente meno che la visita di un corrispondente dello *Sherborne Mercury*. Tutti vogliono sapere come il ministro metodista sia finito sulla spiaggia legato a una botte».

Il medico tirò fuori una specie di trombetta e si avvicinò l'estremità scampanata alla bocca per riscaldarla con il respiro. Ordinò al forestiero di stendersi su un fianco e fece per sollevargli la camicia. Uscii, restando ad aspettare sulle scale, dove potevo sentirli attraverso la porta socchiusa. Per qualche tempo regnò il silenzio, mentre il dottore esaminava il paziente, poi il tordo cominciò a battere rumorosamente le ali.

«Vi dispiace portare via quel coso disgustoso?» urlò il dottor Vyvyan. Trasalii rendendomi conto che stava parlando con me.

Andai a prendere uno straccio al piano di sotto e tornai in camera. L'uccello pendeva floscio dalla corda. Lo staccai dalla trave e lo avvolsi nel panno. Era leggero come una piuma. Portai il minuscolo fagotto in cortile, lasciandolo in pasto al gatto puzzolente di zia Merryn, quindi riguadagnai la mia posizione sulle scale.

Il forestiero stava raccontando le sue pene al dottore. «Credevo di essere passato da questo mondo all'altro. Ero legato a una grande ruota e demoni volanti, simili alle Furie, mi conficcavano attizzatoi roventi tra le costole. Le loro enormi ali mi sfioravano frusciando nel buio.»

«Siete stato vittima di un violento delirio provocato dalla febbre» rispose il dottor Vyvyan. «Il polmone destro è congestionato, ma l'altro sembra libero, il che è una grande fortuna per noi. Avete la polmonite, direi. In mare avete buscato un'infreddatura che vi ha esposto all'infezione portata dai miasmi malsani di questa baia.» Si schiarì la voce. «Posso essere schietto?»

«Certo.»

«Non appena ho saputo del vostro viaggio sconsiderato e del vostro salvataggio miracoloso, ho annullato i miei appuntamenti, non senza grave incomodo, e sono partito alla volta di questo posto.»

«Ve ne sarò eternamente grato.»

«Essendo originario di Penwith, conosco la necessità di assumere un pilota nato e cresciuto in questa maledetta baia per ridurre i rischi. La ragione per cui questo villaggio è così isolato e barbaro è il fatto che l'insenatura non sia utilizzabile come porto.»

«L'ho imparato a mie spese.»

«La vostra lodevole iniziativa ha arrecato notevole ansia a vostra moglie, per la quale, come sapete, nutro la massima stima. Se posso esprimere un'opinione, la vostra predicazione aggressiva e la vostra religiosità esagerata non sono la medicina di cui hanno bisogno queste povere anime. Quel che è necessario è una riforma morale, unita a un aiuto materiale.» Il medico cambiò tono quando urlò: «Ora potete uscire dal vostro nascondiglio, signorina».

Ero infastidita dal fatto che si fosse accorto della mia presenza e non mi piacque il modo in cui mi parlò. Soprattutto dato che ero stata io a salvare il paziente e non la sua stupida trombetta. Facendo un profondo respiro per placare la rabbia, rientrai in camera.

«Temo che dovremo approfittare della vostra ospitalità ancora per qualche giorno» disse il dottor Vyvyan. «Vi lascerò del denaro per rimborsarvi qualunque acquisto facciate per conto del mio paziente. Un pasto caldo non ci starebbe male. Tornerò tra due giorni, tempo permettendo, e spero di poter riportare Mr Stone a Newlyn e di poterlo restituire alla moglie. Ma prima di andare darò un'occhiata al vostro livido, signorina.»

«Non disturbatevi» risposi, voltandomi per uscire.

«Avete sentito?» chiese il medico al forestiero. «Creatura impertinente!»

Tornai di corsa dalla casa della vedova Chegwidden con altre erbe per il naufrago, salendo gli scalini a due a due. Quando entrai in camera, tuttavia, il letto era vuoto, coperto soltanto dal vecchio lenzuolo sgualcito, e i vestiti che avevo appena lavato erano scomparsi dalla sedia. La casa era immersa nel silenzio, abbandonata. Mi lanciai giù per i gradini così rapidamente che, se non fossi stata pronta ad appoggiare la mano alla parete umida, avrei fatto un bel ruzzolone.

Svegliai la mamma scuotendola per una spalla. «Dov'è il forestiero?»

«Il forestiero? Oh, tesoro, gliel'ho detto che non doveva alzarsi. Sta ancora male.» Cercò di tirarsi su dalla poltrona.

«Sono venuti a prenderlo?»

«No, è sceso ed è uscito.»

«Dov'è? Da che parte è andato?»

«Voleva testare le sue energie, ha detto. "Siete sicuro di essere abbastanza in forze?" ho chiesto. "Concedetevi un'altra giornata di riposo. Lasciate che vi prepari una tazza di tè." Ma ha risposto di no. Riesci a crederci? Rifiutare una tazza di tè? Non è nella natura umana rinunciare al tè!»

«Da che parte, mamma?»

«Lungo il sentiero, credo. Non si sarà arrischiato ad affrontare la salita, nelle sue condizioni.»

Precipitandomi in cortile, attraversai il vicolo, diretta verso Downlong Row. Era una mattinata terribilmente afosa, con nugoli di mosche che svolazzavano pigri sopra la fanghiglia puzzolente di pesce nel rigagnolo lungo il sentiero. Fui contenta quando raggiunsi la banchina, dove soffiava un po' di brezza dal mare, e fu lì che trovai il naufrago. Era appoggiato a una colonna d'ormeggio di granito, coperta di viscido muschio verde. Ansimava, con il viso lucido di sudore. Alzò lo sguardo su di me e rimpiansi di non essermi legata i capelli prima di uscire. Mi infilai la forcina in bocca per un attimo, cercando di sistemare i ricci arruffati.

«Vi sentite meglio?» chiesi, arrabbiata perché si era allontanato nelle sue condizioni.

Guardando la banchina, vidi Pentecost che fumava con Jake Spargo, Ethan Carbis e Davey Combelleck. Certa che mi stessero osservando, mi tenni alla larga dal forestiero e mi abbandonai contro la colonna accanto alla sua, con le braccia incrociate.

«Sono contento di avervi incontrata» disse. «Volevo parlarvi. Ho contratto con voi un profondo debito di gratitudine che non posso sperare di ripagare. Credo siate stata voi a trascinarmi fuori dal mare. Non potete avermi salvato senza esporvi a un notevole rischio. Non lo dimenticherò, ma non dovete lasciare che vi distolga dal vostro lavoro.»

«Dove eravate diretto quando per poco non siete annegato?» domandai.

«Stavo venendo qui. Volevo vedere questa baia arretrata con i miei occhi. Porthmorvoren si è fatta una cattiva fama ultimamente.»

«Porthmorvoren?»

«Siamo a Porthmorvoren, no? Oppure sono capitato per sbaglio in un altro villaggio?»

«Potete chiamarlo così, se volete.»

«Voi non lo chiamate così?»

Feci no con la testa.

«Allora sono davvero nel villaggio sbagliato.»

«Siete nel posto giusto. Questo è Porthmorvoren, certo, anche se da anni non sento nessuno quaggiù chiamarlo così.»

«Dovrete pur chiamarlo in qualche modo.»

«*Quaggiù.* Non abbiamo bisogno di altri nomi.»

«Capisco. E ogni altro luogo è *laggiù,* immagino. O *lassù*?»

«Lassù, calza a pennello. Tra qui e Land's End non ci sono altri villaggi.»

«Siamo ai confini della Terra, dunque. Nel vero senso della parola. Un luogo dove i demoni sono in agguato nelle correnti del porto, dove gli abitanti continuano a confidare in barbari rimedi pagani come gli uccelli spennati e appesi nelle camere dei malati.» Mi scrutò, costringendomi a voltarmi. «E, soprattutto, questa è la patria del temuto Cannibale di Porthmorvoren.»

«Cannibale! A cosa vi riferite?»

«I giornali non sono ancora arrivati su questa sponda? Tutta Penwith parla del criminale depravato che ha staccato a morsi i lobi di una signora per rubarle gli orecchini.»

Avvampai. Sapevo cosa avrebbe detto se avesse scoperto che avevo sgraffignato gli stivaletti alla stessa donna mentre giaceva morta sulla spiaggia. Per nascondere il viso attraversai la spiaggia di ciottoli. Raccolsi un sasso, esaminandolo come per assicurarmi che fosse liscio e piatto. Poi presi lo slancio e lo feci saltellare sull'acqua. Rimbalzò cinque o sei volte prima di affondare. Mi pulii le mani sul grembiule e andai ad appoggiarmi a un'altra colonna, più lontana della precedente.

«Siete preoccupata a causa di quegli uomini.» Il forestiero li guardò. Tacqui. «Siete una buona samaritana, sicché vi siete premurata di aiutarmi, ma non vorrei che la vostra azione generosa venisse fraintesa dagli abitanti del villaggio.»

«Il medico ha detto che siete metodista?»

«Sì, un ministro metodista, a dire il vero.» Chinò il capo e parve vacillare. Mi feci avanti per aiutarlo, ma ricordai gli uomini sulla banchina e mi trattenni.

«Ci vorrà più di un metodista per impedire agli uomini del villaggio di bere, assistere ai combattimenti dei galli e picchiare le mogli» bisbigliai per non farmi sentire da Pentecost e dai suoi amici. «Una volta è stato qui un altro ministro, ma se l'è data a gambe. Ero poco più di una bambina. Voleva costruire una cappella, ma l'ha lasciata a metà in cima alla collina. L'aria di queste parti non si addice a tutte le costituzioni.»

Si staccò dalla colonna e, stringendo le palpebre, guardò verso la collina. «Una cappella, avete detto? Mi piacerebbe vederla.»

«Siete ancora debole, e il sentiero è ripido.»

«Senza dubbio lo era anche il Calvario» borbottò. Poi, voltandosi verso di me, disse: «Posso chiedervi di accompagnarmi? Forse l'aria di questa baia si addice alla mia costituzione più che a quella del precedente ministro».

THE SHERBORNE MERCURY

Venerdì 4 febbraio 18__
EDITORIALE

È stato con grande rammarico che mercoledì 2 febbraio 18__ abbiamo annunciato il naufragio della Constant Service *a Porthmorvoren Strand. La nave, diretta a Liverpool da Charleston passando per la Giamaica, si è schiantata contro i fatali scogli della baia di Porthmorvoren con la perdita di tutti coloro che erano a bordo. Non passa mese senza una triste sciagura di tal genere, ma in questa occasione l'orrore ha superato persino le peggiori aspettative.*
Nel tardo pomeriggio, la guardia costiera ha avvistato la nave a quattordici miglia al largo di Sennen Cove, fuori rotta dopo essere stata gettata su una sponda sottovento ed essere andata passivamente alla deriva verso la costa. La nave, del peso di cinquecento tonnellate, aveva un equipaggio di ventotto persone e trasportava altresì otto passeggeri, tra cui la moglie e la figlia di Lord S__. Il duca possiede alcune piantagioni in Giamaica ed è un membro del Parlamento nonché un famoso collezionista d'arte. Secondo la guardia costiera, la nave era in pessimo stato, con le murate parzialmente distrutte e le vele ridotte a brandelli. Soffiando dall'Atlantico, un vento impetuoso ha agitato il mare, rendendo la Constant Service *ingovernabile. Perdendo velocità a ogni virata, ha sbattuto contro gli sco-*

gli all'estremità orientale della baia di Porthmorvoren e si è arenata, incastrandosi tra due rocce sporgenti. I flutti hanno seguitato a sferzarla mentre la marea saliva, fintantoché parte della carena è stata portata via e il carico si è perlopiù rovesciato in acqua. Durante la notte, gli alberi sono caduti in mare e, di lì a poco, sono rimaste soltanto le fiancate.
La Constant Service *trasportava merci soggette a dazio, compresi otto barili di zucchero, dieci di melassa, sei di tabacco, tre tonnellate di bacche di caffè, diciotto botti e sei barili di rum, diciotto fusti di indaco, sei di arance e quaranta balle di cotone. Tra gli altri oggetti smarriti o rubati figurano vele, pennoni, sartiame, pompe, cime, gomene, ancore e fusti di candele.*
Il relitto aveva un aspetto bizzarro, come coperto di stracci, giacché il cotone, attorcigliato e strappato, era stato sospinto dalle onde fino agli scogli di Porthmorvoren Strand. Una contadina, rimasta avviluppata nel filato dalla testa ai piedi, è annegata mentre cercava di recuperarlo.
La regione di Porthmorvoren pullula di saccheggiatori in misura inconsueta persino per la zona occidentale di Penwith, e un branco di barbari della Cornovaglia si è precipitato a depredare il relitto, ignorando qualunque scrupolo di coscienza. La notizia si è diffusa rapidamente e i campagnoli non hanno tardato a sopraggiungere in massa sul luogo della disgrazia, armati di picconi, asce, piedi di porco e funi per demolire e portare via qualunque cosa di cui sarebbero riusciti a impossessarsi.
Gli avvoltoi umani si sono dimostrati sordi alle urla dei naufraghi. A dispetto della natura crudele di questa iniziativa, la maggioranza dei furfanti era formata da donne, pronte a nascondere il rum sotto le gonne, in bollitori e

vasi da notte. Frattanto gli uomini sfondavano i coperchi delle botti e bevevano affondando i cappelli nel liquore.
Gli abitanti rispettabili della baia hanno fatto il possibile per fermare questa ignominiosa rapina, ma l'ostinazione della moltitudine e la mancanza di una guardia militare hanno vanificato i loro sforzi. Dopo essersi impadroniti del carico, gli avvoltoi hanno preso ogni altra parte della nave, tagliando e abbattendo vele e alberi, gomene e ancore. All'ebbrezza sono succeduti la stanchezza, il sonno, l'esplosione e la repressione di violenti tafferugli. I funzionari della dogana non avevano pressoché alcuna probabilità di salvare il relitto da una simile marmaglia di scellerati caparbi e senza regole, muniti di robusti randelli fatti in casa. Tutti gli uomini assennati devono unirsi nella condanna di riprovevoli atti di questa natura, che minacciano i nostri valori più preziosi e la nostra reputazione nazionale. Gli abitanti di Porthmorvoren sono avvezzi al lavoro notturno, all'insubordinazione verso l'autorità e al disprezzo delle leggi, che sono tutti prodotti dell'avidità. I saccheggiatori della Cornovaglia sono barbari quanto gli indiani del Nordamerica e indegni di essere cittadini di un paese civile.
È d'uopo creare un precedente giurisprudenziale per garantire la tutela della proprietà e delle imposte, oltre alla libera circolazione delle merci. L'istigazione dei bambini alla rapina, inoltre, è un'atrocità morale che va contrastata con l'istruzione religiosa. Razzie e saccheggi sono una minaccia per l'identità, il patriottismo e l'abilità commerciale inglesi. La barbarie va sostituita con la civiltà, anche in angoli così bui della nazione.
Nondimeno persino gli scempi descritti finora sono nulla in confronto alle azioni del Cannibale di Porthmor-

voren, *uno scellerato che merita questo soprannome per aver profanato il cadavere di Lady S__ al fine di trafugare gioielli di cui il malvagio responsabile di questo gesto non poteva certo apprezzare il valore.*
Occorre dare una lezione della massima severità a coloro che depredano come bruti le vittime dei mari in tempesta e che ne spogliano i corpi straziati prima ancora che le anime abbiano abbandonato i corpi.
La notizia della tragedia raggiungerà Lord S__ solo tra qualche settimana. Nel frattempo, questo giornale chiede un'inchiesta pubblica e un'indagine per stabilire quanto prima l'identità del famigerato Cannibale di Porthmorvoren e per far sì che riceva un'idonea punizione.

ANNUNCIO PUBBLICITARIO

MONSIEUR LEGRAND DI CHAPEL STREET,
PENZANCE, CORNOVAGLIA

prepara e vende ornamenti di zucchero filato, color oro e argento, studiati per esaltare ogni dessert e impreziosire ogni tavola raffinata. Ordinate i vostri dolciumi decorativi, scegliendo tra elaborati turbanti e padiglioni, velieri completamente armati *e alveari popolati di api in pasta di zucchero. Disponibili biscotti e* macarons *d'ogni sorta, fatti secondo la ricetta parigina. Malva contro la tosse, sciroppo e pasta d'orzata e* capillaires *di fiori d'arancio.*
Il tutto all'ingrosso o al dettaglio, a prezzi assai ragionevoli.

5

Ero certa che il forestiero sarebbe tornato. Arrivò intorno alla festa dell'Annunciazione, quando gli amenti verdi penzolavano dai rami e i fiori di magnolia si aprivano per crogiolarsi al sole. Un periodo in cui persino un forestiero era in grado di trovare, nella brughiera, il tortuoso sentiero per il bestiame che conduce alla baia. Era iniziata la stagione degli amori e i gabbiani si accoppiavano sui muri del porto. Allo stesso modo, le donne di Porthmorvoren erano in agitazione per la presenza dello sconosciuto alto e bruno. La costruzione della cappella ricominciò dopo più di dieci anni, e il rumore dei martelli e delle seghe riempì l'aria. Nel porto comparvero barche cariche di mattoni e le donne raccoglievano cesti di ciottoli dalla spiaggia per fare la malta.

Da quando il precedente ministro si era stancato e se l'era data a gambe, i più facoltosi e pochi altri avevano conservato la fede, ma la maggior parte era tornata alle antiche tradizioni. Prima di andarsene, il vecchio ministro aveva convinto zia Madgie a organizzare una scuola domenicale di catechismo, ed era stato allora che avevo imparato a leggere. La scuola era stata chiusa, ma a casa avevamo ancora una Bibbia e avevo passato più di una serata estiva a studiare le meravigliose storie narrate in quelle pagine.

Ora avremmo avuto un nuovo ministro. Le riunioni si tenevano a casa di Grace Skewes e i più abbienti finanziavano i lavori per la cappella. Io non avevo alcun ruolo in tutto questo. Sembrava che, pur dovendomi la vita, Gideon si fosse dimenticato di me. Ma cosa potevo fare? Noi Blight non potevamo contribuire all'erezione della cappella. A malapena avevamo di che sfamarci. Cos'altro avevo da offrire?

Il primo incontro di preghiera si svolse in un magazzino abbandonato accanto alla banchina. Quella sera, quando mi incamminai lungo il sentiero, Tegen mi seguì e cercò di dissuadermi. «Se ci vai, rammenterai a tutti che abbiamo ospitato quell'uomo. Pensaci. Due donne nubili! Almeno aspetta fino alla prossima riunione.»

«Lascia che parlino.» Liberai il braccio dalla sua stretta.

Abbassò la voce. «Loveday ce l'ha già a morte con te. Sai che Johnenry l'ha mollata dopo la sera in cui voi due...»

«Loveday può andare a quel paese.»

«Ti chiedo di restare a casa per il tuo bene.»

«Non è vero. Hai paura di cosa la gente potrebbe dire sul nostro conto.»

«Come posso farti ragionare? Hai perso la testa per quell'uomo e può soltanto finire male.»

Ci fermammo per un momento, faccia a faccia. «Resta a casa, Teg, se è questo che vuoi, ma io vado. Nel villaggio non è mai accaduto nulla del genere, e non ho intenzione di perdermelo solo per fare contenta Loveday Skewes.» Proseguii lungo il sentiero.

«Se vuoi andare nonostante tutto, vengo anch'io» disse, rincorrendomi.

Di lì a un minuto avevamo raggiunto il vecchio magazzino. Entrammo nella stanza buia e per poco non fummo assordate dal cicaleccio delle donne. Erano stipate come sardine e temetti che non avremmo mai trovato posto. L'unica luce era il chiarore verdognolo delle fumose candele di sego appese alle pareti. Le panche erano semplici assi sostenute da tinozze, con un rozzo pulpito davanti e una balaustra improvvisata. Sul lato degli uomini non c'erano più di cinque o sei persone. Diedi a Tegen una gomitata nelle costole per attirare la sua attenzione sul vecchio Thomas, inginocchiato su un fazzoletto in un grande sfoggio di devozione, le mani giunte in preghiera sotto il mento.

Sapevo, senza bisogno di guardare, che tutte le teste si erano voltate verso di me. La gerarchia era abbastanza chiara, con Millie Hicks e Grace Skewes in prima fila e Loveday Skewes tutta compita accanto alla madre, con una cuffietta nuova di zecca di un bianco verginale. Di lì a poco scese il silenzio e Gideon percorse il corridoio con il suo cappotto nero. Mi arrischiai a lanciargli soltanto un'occhiata furtiva mentre passava rivolgendo cenni di saluto a uno o due fedeli che avevano attirato il suo sguardo. Gli unici rumori che si udivano erano i suoi passi sul fango, il sibilo delle candele e, di tanto in tanto, il cigolio di una panca. Salì sul pulpito e armeggiò con i fogli, chinando il capo in una preghiera silenziosa prima di posare la fronte su un'enorme Bibbia. Notai che i dieci comandamenti erano stati affissi sulla parete dietro di lui. Alla fine alzò la testa e allungò le mani come se volesse afferrare un oggetto invisibile nell'aria. Le spalle gli tremavano per l'emozione. Sbirciando le donne della mia fila, vidi una serie di bocche aperte.

Gideon iniziò la preghiera, con la voce profonda e le parole che echeggiavano fino alle travi del soffitto. Non ascoltai nemmeno una sillaba, perché il mio sguardo era puntato sui movimenti delle sue mani, capaci di esprimere passione più delle parole severe che gli uscivano dalla bocca. Quando ebbe finito di pregare, prese un grosso innario e lo tirò verso di sé. Annunciò il numero dell'inno e chiese a sorella Skewes di farsi avanti e di leggere i versi. Loveday Skewes salì sul pulpito, mite come un agnellino. Era la stessa ragazza che non perdeva occasione per infangare il mio nome. Eccola lì, angelica, con i ricci biondo chiaro tirati in avanti cosicché spuntassero da sotto la cuffietta nuova. Siccome era alta un soldo di cacio, l'unica cosa che si vedeva dietro il leggio era la sommità della testa che andava su e giù. Meno male che non era stata così vanitosa da indossare nastrini e fiocchetti.

Lesse i primi due versi ad alta voce, incespicando su ogni parola a tutto vantaggio degli analfabeti, che costituivano la maggior parte dei presenti, anche se tentavano di nasconderlo fissando il testo sul rotolo di carta oltre la balaustra. Il ministro picchiettò un diapason contro il pulpito e quello ronzò per un attimo prima che Loveday iniziasse a cantare. Stonò quasi subito, così quelli che avevano l'orecchio più fino tra di noi furono costretti a riportare la melodia alla giusta tonalità. L'inno parlava della misericordia di Dio, ma chiunque lo ascoltasse aveva buone probabilità di abbandonare ogni speranza, date le infinite ripetizioni zoppicanti, il tono lamentoso e la mancanza di qualunque cosa assomigliasse a una melodia. Quanto avrei voluto lasciare che la mia voce soverchiasse il coro, rallegrando quei versi lugubri con un ritmo un po' più vivace! Tanto per peggiorare le cose, la congregazione doveva fermarsi ogni due versi mentre sorella Skewes, con la sua cuffietta sfrontata, balbettava le due righe successive.

Quando lo strazio finì, il ministro aprì la Bibbia e iniziò a leggere la parabola del figliol prodigo. Un ciuffo nero gli ricadeva sul viso ogni volta che si infervorava, e lui lo tirava indietro con la mano affusolata. Gli sguardi rapiti delle donne erano fissi sul bel forestiero. Temendo di incrociare i suoi occhi, mi guardai intorno finché vidi Millie Hicks, cucitrice e malalingua, seduta all'estremità della prima fila. Si era girata di lato verso il pulpito e riuscivo a vedere l'indumento disteso sulle sue ginocchia. Lo stava rammendando, facendosi scorrere lo strappo sotto il pollice per realizzare una cucitura perfettamente diritta. Quando udì che il figliol prodigo si era reso conto dei suoi errori, urlò: «Alleluia!» senza perdere neppure un punto.

Finalmente il sermone giunse al termine con l'uccisione del vitello grasso e il ritorno del figliol prodigo tra le braccia del padre, e il ministro ci invitò a raccontare le nostre esperienze, a liberare l'anima dai fardelli che la opprimevano. Il primo ad alzarsi fu Abraham Isbell, che disse di essere così occupato con il culto da non avere più tempo per lavorare. Scoprendo che aveva dodici bocche da sfamare, il ministro gli consigliò di moderare l'entusiasmo con l'adempimento dei doveri paterni. Sono certa di non essere stata l'unica a trattenere una risata. Abe era sempre stato uno scansafatiche.

Morivo dalla voglia di saltare su e parlare, ma Tegen mi prese per il braccio. «Non azzardarti» sussurrò.

Poi fu il turno di Henry Cutler, il vecchio chiacchierone che tutti temevano di incontrare lungo la strada per paura di non arrivare a casa in tempo per la cena. Raccontò di essersi svegliato di soprassalto, con l'improvvisa consapevolezza del suo peccato. Era successo verso le undici di sera, il 1° aprile, ed era stato un momento indimenticabile. Alle undici e un quarto, terrorizzato, aveva compreso la natura perniciosa del peccato e dei suoi numerosi torti a Dio, e si era stupito che la terra non si fosse spalancata per inghiottirlo. Tegen si portò la mano alla bocca per nascondere uno sbadiglio che doveva essere contagioso, perché metà delle donne sulla panca fece lo stesso.

Henry continuò a blaterare. L'indomani, proseguì, aveva lottato con la sua anima dal momento in cui si era alzato e inginocchiato per pregare, poco dopo le cinque del mattino, fino al crepuscolo, poco prima delle sette e mezzo. Aveva riflettuto sui meriti del Redentore e capito che sarebbe stato rovinato in eterno se non li avesse riconosciuti grazie alla fede in Cristo. Verso le nove della sera precedente, Gesù gli era apparso e aveva perdonato ogni suo peccato, sicché ora era davanti a noi con l'anima libera. Riferì moltissimi altri episodi insignificanti, precisando ogni volta l'ora del giorno o della notte in cui si erano verificati, come se fosse più un orologio che un uomo. Quindi quell'idiota passò a confessare ogni singolo peccato che riuscì a ricordare, tra cui almeno uno che non sarebbe stato opportuno ripetere davanti a un pubblico femminile. Io sarei morta piuttosto di rivelare anche solo il più piccolo dei miei vizietti segreti.

«Gloria, gloria, gloria!» urlò il vecchio Thomas, che ormai doveva avere le giunture in fiamme dopo tutto il tempo in cui era stato inginocchiato sul suo fazzoletto.

Poi prese la parola la cara vecchia zia Merryn. Disse al ministro di aver compiuto sessantadue anni alla festa di san Michele e di non aver ancora ricevuto la salvezza. Avendo trascurato la questione così a lungo, temeva che ora il Redentore non l'avrebbe ascoltata.

«Non è mai troppo tardi per implorare la misericordia del Signore, sorella, se abbiamo fede e preghiamo con fervore» le disse Gideon guardandola benevolo. La esortò a considerare l'esempio del figliol prodigo. Qualunque imbecille avrebbe intuito che l'anziana signora aveva paura di morire e che stava solo cercando conforto in una finta fede nel Salvatore. Avevo l'impressione che, per alcuni, il figliol prodigo fosse un cattivo modello, perché incoraggiava anche il più malvagio dei peccatori a tentare di rimediare alla depravazione di una vita pentendosi all'ultimo momento.

Tuttavia fui strappata da queste riflessioni dal suono di un battimani e, alzando lo sguardo, vidi Abe in piedi sulla panca, con le braccia sollevate. Nella foga aveva completamente dimenticato le buone maniere e dovetti aggrapparmi al sedile per timore che la follia si impossessasse anche di me. Altri si tirarono su e abbracciarono i vicini oppure strinsero la mano anche al loro peggior nemico.

Il ministro iniziò il sermone, descrivendo in termini commoventi il grande sacrificio che il Redentore aveva compiuto per la nostra salvezza, scendendo dal suo trono celeste e lasciando che lo condannassero pubblicamente, che gli sputassero addosso, gli mettessero una corona di spine, lo flagellassero e infine, quando il corpo umano non avrebbe sicuramente sopportato altro, che lo inchiodassero mani e piedi a una croce sul Calvario perché morisse dopo una lenta agonia. Al termine del sermone, tutti – compresi gli uomini adulti – stavano ormai tirando su con il naso, asciugandosi gli occhi. Quindi il ministro si scagliò contro di noi come se fossimo stati tra la folla che aveva chiesto la liberazione di Barabba anziché di Gesù. Domandò come avessimo ripagato le sofferenze di Cristo. Nessuno osò alzare la testa per rispondere. Gideon condannò i piaceri di questo mondo, gli svaghi, le gozzoviglie, le canzoni oziose, il gioco delle carte e il ballo. Ogni piccola consolazione che rendeva la vita sopportabile, insomma. La sua fede era salda come la panca su cui ero seduta e, più il ministro parlava, più il legno mi premeva contro l'osso sacro, così forte che, per quanto mi dimenassi, non riuscii a trovare sollievo. Allora capii perché alcuni dei più facoltosi avessero portato un cuscino. Gideon continuò a cianciare, deprecando le scommesse, i giochi, le fiere, l'ubriachezza, il consumo di tè, il tabacco, le zuffe, la fornicazione e la mancata osservanza della domenica. Sembrava che avesse scoperto molte cose su di noi durante il suo breve soggiorno.

Alla fine fece una lunga pausa, con il capo chino e il respiro affannoso. Una goccia di sudore gli cadde dalla punta del bel naso diritto e atterrò sulla Bibbia. Tremammo tutti, pensando che ci avrebbe puntato contro il dito del biasimo o che fosse giunto a conoscenza dei nostri peccati più segreti.

«Ora arriverò al dunque» annunciò fissandoci. «La

ragione per cui sono venuto a costruire una cappella in questa baia.» Agitò sopra il capo un giornale, lo *Sherborne Mercury*, prima di gettarlo sul leggio. «Qui c'è un resoconto dei barbari crimini commessi in questa zona dopo l'affondamento della *Constant Service* alcune settimane orsono.» Dandomi un'occhiata intorno, vidi che i miei vicini tenevano la testa bassa per la vergogna. «In conseguenza della malvagità e della sregolatezza di quella notte, il nome di Porthmorvoren è ora vituperato in tutto il paese. Un atto spregevole è divenuto il simbolo degli abissi più bui della natura umana, quando l'avidità prevale sul senso del decoro. Sapete a cosa mi riferisco?»

Restai immobile, temendo mi tradirmi.

«Forse il responsabile è tra noi oggi?» chiese.

Sapevo che stava parlando degli orecchini rubati e, pur essendo innocente, mi ritrovai in un bagno di sudore. Ero grata che zia Madgie non fosse nella congregazione quella sera e che non potesse girarsi verso di me con sguardo accusatorio.

«Permettetemi di rinfrescarvi la memoria leggendovi l'editoriale: "Nondimeno persino gli scempi descritti finora sono nulla in confronto alle azioni del *Cannibale di Porthmorvoren,* uno scellerato che merita questo soprannome per aver profanato il cadavere di Lady S__ al fine di trafugare gioielli di cui il malvagio responsabile di questo gesto non poteva certo apprezzare il valore". Lasciate che ve lo dica, fratelli e sorelle, è stata questa atrocità a convincermi a visitare questo avamposto della civiltà e a vedere cosa si potesse fare per spingervi alla conversione. È mia intenzione completare la costruzione della cappella sulla collina sopra il villaggio. Insieme accenderemo un faro di speranza dove prima regnavano le tenebre. Siete tutti figli di Dio, anche i più prodighi tra voi. Siete stati trascurati troppo a lungo. Se vi pentite e vi sottomettete al fuoco santo, i vostri peccati saranno perdonati quando vi troverete dinanzi al trono della misericordia. Vi prometto che mi impegnerò con ogni fibra del mio essere per sradicare le vostre tradizioni pagane e piantare la Santa Croce in questo terreno pietroso. Adesso è tardi. Al prossimo incontro vi parlerò dell'amore perfetto, delle gioie che vi attendono nell'altra vita se voltate le spalle al peccato e aprite il cuore alla salvezza. Orbene, chi tra voi vuole recitare un'ultima preghiera questa sera?»

Mi alzai senza riflettere. Tegen mi afferrò le gonne per trattenermi, rischiando di catapultarmi nella fila davanti. Tutte le facce si voltarono verso di me, alcune sconcertate, altre incredule, altre ancora sdegnate. Cosa mi aveva indotta a farlo? La paura dell'inferno o qualcos'altro? Ero così spaventata da non riuscire a respirare. Provai l'inspiegabile impulso di scoppiare a ridere ma, grazie a Dio, mi controllai. Mi salì alle labbra una litania sconosciuta che avevo letto, origliato o forse solo immaginato, e la recitai ad alta voce.

«Buon Signore, salvaci con la Tua agonia e il Tuo sudore intriso di sangue, con la Tua croce e la Tua passione.» La mia voce ritrovò la solita forza. «Con la corona di spine che Ti ha trafitto la fronte...» deglutendo, lanciai un'occhiata al ministro, che aveva posato su di me uno sguardo così torvo da farmi tremare le ginocchia sotto le gonne. Il silenzio era talmente assoluto che quando qualcuno tossì, sembrò un tuono. «Caro Gesù, quando verrò dinanzi a Te nell'ultima ora, se vorrai, Padre Celeste, per favore dammi la certezza che sei davvero Tu, magari con un segno...» Ero andata nel pallone, naturalmente, ma non potevo più tornare indietro. «Magari con le ferite dei chiodi sulle Tue mani, affinché...» persi il filo e rimasi lì impalata, vedendo le bocche spalancate di Grace Skewes e di Loveday, e un'intera fila di altri visi ostili che si era girata a guardarmi. L'amica di Loveday, Betsy Stoddern, mi fissava con gli occhi fuori dalle orbite, come se fosse l'unica cosa che potesse fare per trattenersi dall'avvicinarsi e mollarmi un ceffone sulla bocca.

«Ti offro questa preghiera, mio... mio...» Non riuscii a trovare la parola giusta.

«Mio *Salvatore*» bisbigliò Tegen.

«Mio Salvatore» ripetei, e mi lasciai cadere sulla panca borbottando un «Amen».

Un mormorio indignato attraversò la prima fila, poi risuonò un urlo rauco alle mie spalle. Era la voce di Nancy Spargo.

«Dio sia lodato!» gridò, e all'improvviso l'aria si riempì di *alleluia* e di *amen*.

Ero salva.

6

Raggiunsi la cappella, senza fiato dopo la salita dalla spiaggia, e posai a terra la cesta di ciottoli. Avevo le spalle indolenzite e i palmi graffiati e arrossati dai manici. Il ministro era in cima a una scala in maniche di camicia, con il tessuto incollato alla schiena mentre distribuiva la malta sui mattoni con la paletta da muratore. Vedere i muscoli scattanti delle sue spalle larghe mi catapultò in un confuso sogno a occhi aperti. In quell'istante, tuttavia, l'urlatore gridò dalla cima della scogliera: «Eccole! Eccole!». Guardai in alto e lo vidi davanti alla sua casupola, che agitava degli arbusti con entrambe le mani: era quello il suo ruolo, fare in modo che ognuno di noi sapesse quando arrivava il banco di sardine. La modesta flotta di barche era ancorata al largo da quattro giorni, e in quel momento gli uomini gettarono le reti. Il banco era ben visibile, una macchia scura dai contorni irregolari che crebbe fino ad allungarsi per centinaia di iarde e, in un attimo, si ridusse a una piccola chiazza color inchiostro.

Mollando la cesta, corsi sulla spiaggia. C'era tutto il villaggio, dagli anziani agli infermi, ai bambini più piccoli. Le vele color rame si stavano già dirigendo lentamente verso la riva, con i galleggianti di sughero che ballonzolavano per tutta la larghezza della baia nei punti in cui le reti – già zeppe di pesci, sufficienti per sfamare molta gente – venivano lanciate tra le barche. Esultando e agitando le mani, aspettammo che i pescherecci si avvicinassero, con le reti brulicanti di sardine, che a tratti saltavano e ruotavano nell'aria.

Di lì a poco c'erano più di trecento anime che sguazzavano tra i riflessi argentei e azzurri mentre i pesci si affollavano e si dibattevano fino a cinque piedi di profondità. Pesci e persone parevano un tutt'uno, le mani e gli avambracci degli uomini, delle donne e dei bambini coperti di squame scintillanti. Una dopo l'altra, le barche entrarono nelle secche per vuotare le ceste sulla spiaggia, non solo le preziosissime sardine, ma anche molve, rombi, merlanghi e altri mostri dentellati e baffuti che preferiresti non vedere nel tuo piatto. I bambini lottavano con merluzzi neri grandi quanto loro. All'udire la voce del ministro poco lontano, il mio battito accelerò.

«Che scena magnifica!» esclamò. «Cosa potrebbe essere più nobilitante, amici miei, dello svolgimento di una faticosa attività fisica?» Venne tra noi e si buttò a capofitto nel lavoro, arrotolandosi le maniche, riempiendosi le braccia di pesci e gettandoli nelle casse da portare al villaggio. «Chi non si meraviglierebbe davanti a questa dimostrazione della fecondità del mare e al miracolo della creazione divina?» Aveva gli occhi luminosi, i capelli che gli sferzavano il viso. Era talmente entusiasta da sembrare un bambino alla scoperta di un mondo sconosciuto, molto diverso dagli uomini del villaggio, così abbattuti e smaliziati.

Quel giorno persino l'aria era intrisa di magia. Sopra di noi si stendeva una sottile caligine, non più di un velo di foschia da cui il sole faceva capolino. Al largo, le nuvole si erano diradate a rivelare l'azzurro, e un arcobaleno luccicante disegnava un semicerchio perfetto sopra ogni cosa. Il ministro si diede un'occhiata intorno, con le mani sui fianchi, orgoglioso come Mosè che guida i suoi figli verso la Terra promessa.

«Vedendovi faticare insieme… ho l'impressione di guardarvi per la prima volta: come collaborate fra di voi per il bene comune, accantonando rivalità e risentimenti meschini, ammettendo apertamente che dipendete gli uni dagli altri!»

Mi avvicinai a lui pian piano, finché fummo fianco a fianco, tanto che avrei potuto tendere le dita e toccarlo. Se incrociava il mio sguardo, sorrideva. Non fece una piega quando le pescivendole camminarono scalze lungo la banchina, con le gonne sporche sollevate fino alle cosce senza il minimo riguardo per la decenza. Negli anni precedenti avevo fatto la stessa cosa, ma quel giorno restai coperta.

Cavalli, carri e muli già dotati di selle da carico trasferivano il pesce dal molo lungo le viuzze insanguinate del villaggio, che mi ricordarono la terra del faraone durante la strage degli innocenti. Ogni muro e ogni porta erano incrostati di sale e squame. La risciacquatura scorreva lungo i rigagnoli fino alla banchina, rendendo il terreno scivoloso per gli uomini robusti che trasportavano grosse casse con aste infilate negli angoli a mo' di manici, piene di pesce fino all'orlo. Le trasportavano su per la collina scoscesa alle cantine dove noi donne aspettavamo con le braccia incrociate. Gli scambi di battute tra le donne e i pescatori non erano adatti per orecchie rispettabili, ma il ministro parve non farvi caso. Le botole delle cantine nei cortili erano spalancate e, una volta che i pesci vi venivano rovesciati dentro, i bambini li porgevano alle donne lì sotto perché li disponessero a strati.

I gabbiani reali si azzuffavano rumorosamente per gli scarti, le sule scendevano in picchiata verso i mucchi di interiora cremisi e viola splendente, e un fitto nugolo di mosche attorniava ogni cosa. Gruppi di gatti sibilanti artigliavano l'aria per scacciare gli uccelli e correvano a rintanarsi negli angoli per divorare i loro trofei. L'aria, sempre calda e afosa nella baia, sembrava più soffocante che mai quel giorno, e persino le raffiche che di tanto in tanto soffiavano dall'oceano portavano tanfo di pesce. Al largo, un altro banco veniva già catturato con le immense reti e mi domandai se prima o poi il villaggio sarebbe rimasto sepolto sotto il pesce.

Il lavoro continuò a ritmo frenetico finché il sole tramontò e le luci delle barche, che non sarebbero rientrate fino all'alba, brillarono nel buio. Noi donne sgobbavamo in una densa oscurità rischiarata da candele tremolanti, con i grembiuli di tela imbrattati di sangue. Intorno a noi si innalzavano vere e proprie mura di pesce, scintillanti come gemme in una camera blindata. Battibeccavamo e scherzavamo e, ora che i bambini erano a letto, le nostre oscenità superavano addirittura quelle degli uomini, mentre infilavamo altre sardine nelle mura di pesce.

Un'ombra si allungò su di me. Alzando gli occhi, vidi la figura alta del ministro che sbirciava nella cantina. Non riuscivo a distinguere il suo viso contro la luce della lanterna sulla parete alle sue spalle, ma sentii il suo sguardo su di me. Non oso immaginare che aspetto dovessi avere, con le guance arrossate per la fatica, e le braccia, le dita e la faccia luride. Mi spostai un ricciolo dalla fronte con il dorso del polso, ma l'unico risultato fu cospargermi i capelli di nuove squame.

«Siete voi, Miss Blight?» Il cuore prese a battermi forte sotto il grembiule sudicio. Le donne, che continuarono a salare e ad ammucchiare il pesce, si zittirono facendo sorrisetti maliziosi. «Se solo potessi darvi una mano» disse, «ma temo che vi sarei soltanto d'intralcio.»

Nancy Spargo era seduta accanto a me. «Non è opportuno per un uomo nella vostra posizione sociale scendere quaggiù a insudiciarsi con noi donne.» Sfoderò un sorriso sdentato. «Inoltre avete già fatto abbastanza per noi, padre. Questa pesca generosa è merito vostro. È la benedizione di Dio per come avete convinto molti di noi a convertirsi.»

«Avete superato il Signore Gesù» aggiunsi, cogliendo la palla al balzo. «Abbiamo più pesce oggi di quanto ce ne fosse al discorso della montagna e il banco è arrivato con settimane di anticipo.»

«La pesca è stata scarsa negli ultimi due anni» proseguì Nancy. «Questo è sicuramente un segno della divina provvidenza.»

«Avete visto l'arcobaleno, ministro? Rappresenta una nuova alleanza, come nel caso di Noè» intervenni ancora, prendendo sempre più coraggio. Sapevo di avere tutti gli occhi puntati addosso, ma in quel momento non me ne importava nulla.

«Mi fa piacere che conosciate così bene la Bibbia.»

Gideon pensava forse che mi stessi facendo beffe di lui?

«La so quasi a memoria.» Chiusi gli occhi e recitai il primo frammento delle Scritture che mi si affacciò alla mente. «Beati i poveri in spirito, perché di essi è il regno dei cieli.»

«Potete dirlo forte!» approvò il ministro, infervorandosi. «Che giornata! Comincio a intravedere il disegno dell'Onnipotente negli avvenimenti delle ultime settimane. Siete stata voi a trascinarmi fuori dal mare quel giorno, vero?» mi chiese. «Sicuramente è stata la provvidenza a condurmi qui. Questa sera sento lo spirito di Dio che agisce con tutto il Suo potere dentro di noi. Oggi ho scoperto la natura leale ed eroica sotto la vostra apparenza ruvida. Siete fatti a immagine e somiglianza dell'Onnipotente.»

Fu interrotto da due uomini, Pentecost il gigante e Davey Combelleck, che scaricarono una cassa di pesce ai suoi piedi.

«Ca__o, non sulle mie dita, Davey» urlò Pentecost. «Fallo di nuovo e, ca__o, ti ficco l'uccello nell'orecchio e ti sco__o finché non ti entra un po' di sale in quella zucca vuota.» Le donne ridacchiarono. Alzai gli occhi per vedere come avesse reagito il ministro, ma se n'era andato.

Il giorno dopo, alle prime luci dell'alba, aprimmo la botola in cortile e scendemmo la scala a pioli per rimetterci al lavoro. La cantina era una tomba soffocante, con file e file di pesci sovrapposti, le teste che spuntavano fuori e gli occhi vitrei cerchiati di rosso che sembravano fissarci. Sulle prime rischiai di svenire per il puzzo, ma ben presto mi abituai. Noi donne lavoravamo una accanto all'altra, gomito a gomito, salando e ammassando, mezze intontite dalla mancanza di sonno, e fissavamo il muro che si alzava lentamente davanti a noi finché non riuscivamo più a vedere dall'altra parte. Coprivamo tutte le età, da Cissie Olds, che aveva appena sedici anni, alla vedova Chegwidden, che doveva averne almeno sessanta. I nostri stivali sguazzavano nella fanghiglia che scorreva verso la buca al centro. Dal pesce si staccava una sottile polvere umida che ostruiva la gola e toglieva il fiato. Nuvole scure si rincorrevano in un cielo cupo, che prometteva pioggia prima del pomeriggio. Per quel momento, mi accontentai degli sbuffi d'aria fresca sulla faccia.

«Non mi piace stare in piedi tutto il giorno» si lamentò Martha Tregaskis. «Questi calli mi stanno uccidendo.» Prese dalla sua vicina il rum giamaicano recuperato dal recente naufragio e bevve un lungo sorso. «A casa abbiamo solo vino di pastinaca. Non ho mai sopportato quella brodaglia.» Ruttò. «Questo è più di mio gradimento.»

Martha era una terribile sciattona e, come dimostravano le chiazze sulla sua pelle, aveva un debole per i liquori forti. Pochi l'avrebbero biasimata, tuttavia, perché era sposata con quel prepotente di Pentecost il gigante. Aveva l'occhio sinistro cerchiato da un livido giallo chiaro.

«I calli annunciano il maltempo» intervenne la vedova Chegwidden. C'era sempre un che di rassicurante in lei, la voce calma, le guance rosee e i capelli candidi come lana d'agnello contro il tessuto nero del vestito. «Conosco un rimedio infallibile, mia cara. Raccogli nove foglioline di rovo e mettile in acqua sorgiva, dopodiché passale sulle piante dei piedi. Se non dovesse funzionare, strofinaci sopra un pezzo di carne, quindi seppelliscilo e lascialo marcire, e a quel punto i calli saranno spariti.»

Martha le offrì il rum, ma la vedova scosse la testa. Arrivò il mio turno, e ingollai un bel sorso prima di passare il liquore a Cissie Olds, che stava tra me e Tegen. Cissie mi piaceva e sapevo che mi ammirava. Vedendola asciugarsi il sudore dal viso con l'avambraccio, pensai che fosse troppo giovane e graziosa per un lavoro così disgustoso, con i suoi capelli biondi e gli occhi azzurri. Aveva le mani arrossate e screpolate, già rovinate dalla fatica. Quando la bottiglia raggiunse Tegen, lei scrollò il capo e la consegnò di nuovo a Martha Tregaskis, che tracannò altro rum.

«Niente in contrario all'amore perfetto che, secondo il metodista, ci aspetta nell'aldilà» osservò Sarah Keigwin, «ma in questo momento non ci starebbe male un po' d'amore carnale. Non so cosa fare con il mio Matthew. Non posso metterlo in imbarazzo dicendoglielo in faccia, ed è sordo a qualunque allusione, oppure non mi vuole più bene.» L'alcol scioglieva la lingua ad alcune donne, avevo notato.

«Una donna ha dei diritti, altrimenti perché mettersi con un uomo?» disse Martha. «Se volete il mio parere, quelli sono soltanto uno svago nelle notti buie, per quanto ci comandino a bacchetta e ci picchino. Ma se non riescono neppure a farci divertire per una notte, quale utilità hanno per la razza femminile?» Quelle parole furono accolte da un'esplosione di risate. L'unica a rimanere seria fu Tegen, che quel mattino mi stava dando sui nervi con i suoi modi da santarellina.

«A proposito di uomini, che ne dite, signore, del nuovo predicatore?» domandò Martha, impossessandosi ancora del rum. Aveva un'espressione maliziosa. «Secondo me non guasta che noi donne abbiamo un rifugio in cui andare di notte. Dopotutto, i nostri mariti vanno al pub, come maiali al trogolo. E il predicatore non è niente male, no?» Diede di gomito a una compagna e ci furono altre risatine.

«Varrebbe la pena di provare, immagino, anche se non sono molto d'accordo con tutti i suoi divieti» commentò Sarah. «Dice che gli uomini non devono uscire a pesca la domenica. Non pretenderà mica che lasciamo l'intero banco di sardine a quelli di Newlyn? Come sfameremmo i nostri figli durante il lungo inverno, mi domando?»

«Ha già proibito la lettura di salmi sconvenienti» replicò Martha. «Non avevo mai sentito nulla del genere prima. Appena sono rincasata, ho cercato i versetti nella Bibbia.» Ridacchiammo. «Che te ne pare di lui, Mary?» domandò con voce strascicata dal troppo rum. «Tu e Tegen dovete averlo guardato per bene quando era alloggiato a casa vostra.» Tegen avvampò. Dopo che avevamo ospitato il ministro al cottage, si era vergognata così tanto da non mettere piede fuori casa per giorni. Martha, ubriaca, insistette. «Immagino tu sappia di essere sulla bocca di tutti al villaggio, no, Mary? Loveday Skewes sta spargendo la voce che hai messo gli occhi sul ministro.»

«Chiacchiere. Soltanto maldicenze e pettegolezzi» risposi senza smettere di lavorare.

«Loveday è solo seccata perché il ministro ha scelto Mary per leggere gli inni al suo posto.» Cissie mi sorrise.

«Il mio Matthew mi ha detto che l'altra sera Johnenry si è azzuffato per difendere la tua reputazione, Mary» disse Sarah, suscitando un mormorio lungo la fila.

«La *sua* reputazione, più probabilmente» ribattei.

«Brav'uomo, Johnenry. E anche carino» osservò Martha.

«Datemi retta, Loveday metterà presto le sue grinfie su di lui» riprese Sarah. «A proposito, ho sentito dire che sarà la maestra della scuola di catechismo.»

Smettendo di ammucchiare sardine, feci un passo indietro. Il pensiero che Loveday diventasse la favorita del ministro e che gli facesse gli occhi dolci mi riempì di una rabbia cieca. Quella stupida non era assolutamente degna di un uomo come lui. Ero così furiosa che le altre donne sparirono e per un istante restai sola al mondo. Quando tornai al presente, tuttavia, ripresi a lavorare come se nulla fosse.

«Forse puoi scalzare Loveday e diventare maestra al suo posto, come hai fatto quando era lei a leggere gli inni.» Sarah mi studiò per vedere come avessi preso la notizia.

«Che ne dite?» chiese Martha alle altre. «Ce la vedete Mary come maestra? Che idea!»

La guardai. «E perché no?» Quelle parole le cancellarono il sorriso dalla faccia. «Perché non dovrei esserne in grado?»

«Stavo solo pensando ai maschietti. Potresti insegnare loro le cose sbagliate.» Rise, ma le altre si accorsero che mi stavo inalberando e restarono in silenzio. «Di questo passo, Mary vorrà leggere il sermone, come un uomo» continuò Martha, imperterrita.

Udii una voce gentile e ferma alle mie spalle. «Una volta esistevano le donne sacerdote. Molto tempo fa, naturalmente.» Voltandomi, vidi la vedova Chegwidden che fumava la pipa. L'aria intorno a lei era intrisa di farfara, un noto balsamo contro gli effetti dei miasmi del pesce sui polmoni. «Siamo soltanto l'ombra delle donne di quelle epoche lontane» riprese. «Creature deboli e sciocche, spesso maltrattate dai nostri padroni.»

«Non mi dispiacerebbe pronunciare un sermone, se ne avessi la possibilità» dissi, sbattendo forte una sardina sopra le altre. «Chiederei agli uomini del villaggio cosa penserebbero se bevessi come una spugna al pub e poi pisciassi contro il muro. O se uscissi in barca e veleggiassi ovunque volessi mentre loro restano qui a sbrigare le faccende. Se mai mettessi le mani su un timone, so cosa farei. Andrei a Penzance e comprerei un mucchio di vestiti nuovi.» Alcune applaudirono, altre risero. Cissie mi abbracciò.

Ci rimettemmo al lavoro. Dopo un po', Tegen si allungò dietro Cissie verso di me e quasi sussurrò: «Dovresti imparare a controllarti».

«Perché?» domandai a voce alta.

«Sai benissimo il perché. Pensa a me e alla mamma, per una volta.»

«Pensare a voi? Per una volta? Dimentichi tutte le occasioni in cui ho preso le vostre difese negli anni. Non è colpa mia se ho per sorella un piccolo topolino pauroso, che si preoccupa sempre di quello che dicono gli abitanti del villaggio e corre sempre a rifugiarsi nella sua minuscola tana per nascondersi al resto del mondo.»

Le donne tacquero per qualche istante, impegnate a salare e ad ammucchiare i pesci mentre i gabbiani urlavano nel cielo. Poi la vedova Chegwidden parlò con la sua consueta gentilezza. «Posso darti un consiglio, Mary? Forse nelle vene ti scorre il sangue delle donne di un tempo e, come loro, sei in grado di spostarti a piacimento tra il mare e la terraferma. Chissà quali poteri possiedi? Ma devi essere prudente, mia cara. Devi imparare a stare in equilibrio nelle acque turbolente come un pesce.»

«Come un pesce?» ribattei. «Ne ho avuto abbastanza di pesce per oggi!» Io e Cissie ridemmo mentre le altre si scambiavano un'occhiata, senza aver capito nulla del discorso della vedova. Tegen scrollò il capo, cosa che mi irritò, forse perché, in realtà, avrei voluto ritirare le mie parole aspre, che parevano aver offeso la vedova Chegwidden.

Quando la cantina fu piena fino a scoppiare, io e Cissie ci allontanammo tenendoci a braccetto. Gongolai leggendo l'invidia sul volto di Tegen. Era una figura piuttosto triste, la sua, mentre usciva dalla cantina e camminava a passo strascicato sul tappeto di squame che copriva il sentiero fino al cottage. Io e Cissie andammo a sdraiarci sull'erba morbida e umida del promontorio, osservando le nuvole che si inseguivano e ridendo di Loveday Skewes, dei suoi modi altezzosi e dell'astuzia con cui calunniava le persone fingendo di parlarne bene. Non sopportavo l'idea che diventasse maestra, punto e basta. Fu soltanto lungo la via del ritorno che provai un pizzico di rimorso per mia sorella. Ero stata ingiusta nei suoi confronti, ma la consapevolezza di aver sbagliato mi rese ancora meno incline a chiedere scusa.

Dopotutto, non avevo sempre preso le sue difese quando eravamo piccole? Era successo molte volte che Loveday ordinasse a quella gran prepotente di Betsy Stoddern di tirarle i capelli o di schernirla. Se la prendevano con lei perché era una sciocca piagnucolosa, pronta a frignare alla minima provocazione. Non aveva un padre che le suonasse di santa ragione ai suoi persecutori, e la mamma non aveva un attimo libero, perciò il compito di combattere le sue battaglie ricadeva su di me, la sorella maggiore.

Usavo perlopiù la mia lingua tagliente ma, all'occorrenza, anche le unghie. Mi ero procurata più di un livido azzuffandomi per Tegen.

L'unica cosa che avevamo in comune erano i capelli color carota. Tegen cercava di nasconderli sotto la cuffietta, ma trovavano sempre il modo di liberarsi e crescevano crespi come quelli di un ottentotto. Aveva la pelle sottile e, al primo raggio di sole, il viso e le braccia si riempivano di lentiggini, mille minuscole macchie di tè. Il più leggero urto o pizzicotto le lasciava il segno. Era soggetta alle eruzioni cutanee, alla pelle d'oca e all'orticaria, e il cielo non volesse che venisse sfiorata da un'ortica o punta da un moscerino. Arrossiva per ogni nonnulla e, se un uomo si limitava anche solo a salutarla, pareva che la faccia, la gola e il petto le andassero a fuoco.

Che occhiataccia mi scoccò quando rientrai quel pomeriggio! In ginocchio, stava infilando le sardine in un vaso d'argilla prima che andassero a male. La ignorai e salii in camera a lavarmi il viso e le mani. La udii spazzare a lungo il pavimento al piano di sotto. Se voleva recitare la parte della martire, che facesse pure. Ne avevo abbastanza di lei, sempre preoccupata per ciò che la gente avrebbe detto di me e di Johnenry oppure del mio intervento all'incontro di preghiera, che, a suo parere, aveva coperto di ridicolo noi Blight. Quando finì di spazzare, salì a lavarsi, rossa per la fatica. Gemette quando vide che avevo lasciato l'acqua nel catino gialla e unta e, ansimando, andò a prenderne un altro secchio al pozzo. Io intanto indossai un bel vestito e mi spazzolai i capelli.

Nathaniel Nancarrow sarebbe venuto a cena quella sera. Era un caro amico dei Blight e non arrivava mai a mani vuote. All'ora prestabilita lo aspettammo in cucina. Quel giorno ci avevano consegnato un blocco di zucchero, una ricompensa per il mio bottino durante il recente naufragio. Lì accanto c'erano le pinze per lo zucchero, e dal blocco mancava già qualche frammento. Io e la mamma ci riscaldammo le mani sopra le tazze, io al tavolo e lei sulla poltrona. Tegen si versò una tazza di tè e si sedette di fronte a me.

«Non vuoi un po' di zucchero, Teg?» chiese nostra madre.

«No. Viene dal relitto, dove sono morte tante povere persone.»

«Sì, dobbiamo pregare per le loro anime» disse la mamma. Posò il tè sul pavimento, forse le rimordeva la coscienza.

«Una donna ha bisogno di un poco di dolcezza nella vita» commentai bevendo un altro sorso.

Bussarono alla porta e Tegen saltò su per andare ad aprire. Un sorriso grinzoso comparve sul viso di Nathaniel quando gli presi una sedia. La sua timidezza traspariva dal modo in cui piegava la testa da una parte e dall'altra quando lo incontravi per la prima volta. Tegen gli cedette la sua sedia e si appollaiò sul traballante sgabello a tre gambe. Ben le stava, per essere stata così schizzinosa riguardo allo zucchero. Nathaniel appoggiò sul tavolo un pacchetto avvolto nella carta di un vecchio giornale.

«Cos'avete portato questa volta, Nat?» domandai.

«Solo qualche asparago del mio orticello sulla collina» disse, accarezzandosi timidamente la mandibola con la manona.

«Dunque vi siete ricordato che mi piacciono gli asparagi?» lo punzecchiai.

«Prepara una tazza di tè per Mr Nancarrow, Teg» ordinò la mamma. «E assicurati che sia buono e forte.» Sostenuta da cuscini, era seduta sulla vecchia poltrona logora accanto al camino. Sorrise a Nathaniel. Pur avendo superato la quarantina e con i polmoni malconci, gradiva sempre la compagnia degli uomini, ora che suo marito giaceva da tempo in una fossa acquitrinosa. Nathaniel era il suo preferito, perché lo considerava fidato e rispettabile. Tegen mise il bollitore sul treppiedi e l'ospite chiese a nostra madre delle sue condizioni di salute.

Dopo aver finito la lunga lista degli acciacchi, la mamma si lisciò la coperta sulle ginocchia. «Come stanno i vostri figli?» chiese. «I più teneri angioletti che si siano mai visti, vero, ragazze?»

Nathaniel, compiaciuto, sfoderò la sua smorfia rugosa. «Abbastanza bene, Mrs Blight e, a Dio piacendo, continueranno così.»

Tegen gli portò il tè. Gli offrii lo zucchero, ma lui lo rifiutò, strappando un sorriso a mia sorella.

«Spero che non vi siate tuffato in mare per salvare i naufraghi la settimana scorsa» disse la mamma.

Nathaniel parve confuso, come se rischiare la vita per salvare il prossimo fosse qualcosa di cui vergognarsi. «Non c'era nulla che io, o qualcun altro, potessimo fare» rispose, fissando nella sua tazza. Tegen ne aveva scelta una del servizio buono, quello di porcellana recuperato da una nave anni addietro. Il recipiente delicato sembrava ridicolo nella sua manona. «Un tè squisito, Tegen.»

«Mi si stringe il cuore al pensiero dei vostri figli, Nat» riprese la mamma. «Se mai dovesse succedervi… be', sapete cosa intendo.»

«In quel caso li accoglierebbe mia sorella a Marazion.

Ormai i suoi figli sono adulti e hanno la loro famiglia. La mia Tamsin ha quattordici anni, dopotutto, ed è una ragazza sveglia. È difficile stare a guardare senza fare nulla, quando ci sono delle vite in pericolo.»

Tegen mi lanciò un'occhiata per esortarmi a preparare la cena, ma rimasi al mio posto, perciò si avvicinò al camino. Spinse le fascine oltre la grata con l'attizzatoio, assicurandosi di fare un gran baccano, poi rastrellò le braci finché non presero fuoco e infine tirò avanti il treppiede di ferro e vi posò sopra la piastra. Recuperò le sardine dalla ghiacciaia e le dispose nella pentola.

Io e Nathaniel aiutammo la mamma a raggiungere il tavolo, prendendola ciascuno per un braccio. Quando ebbe ripreso fiato e le guance ebbero riacquistato il colorito normale, disse: «Mangiamo sardine fresche con aceto e crescione, Nat».

«Splendido, Mrs Blight! Una vera delizia.»

«Un dono del buon Dio. Con il vostro contributo, naturalmente.»

«A proposito del buon Dio, mi è dispiaciuto non vedervi all'incontro di preghiera la settimana scorsa» dissi a Nathaniel. «Il ministro era così appassionato, così saldo nella sua fede, che avrebbe trascinato qualunque pubblico.»

«Lo considerano assai bravo nella predicazione, questo è fuor di dubbio» mormorò.

«Persino *io* sono stata indotta a intervenire.»

«Sì, mi è giunta voce.» Accennò un sorriso.

«Immagino che dopo abbiate sentito alcune abitanti del villaggio sparlare di me?» Mi si incrinò la voce e mi domandai se se ne fosse accorto.

«Non do peso ai pettegolezzi.»

«Allora possiamo sperare di vedervi al prossimo incontro?»

«Forse.»

Quella risposta non mi piacque. «Non dubitate del nuovo ministro, vero?»

«Se è ciò che dice di essere, è sicuramente un uomo virtuoso.»

«Parlate chiaro. Dite ciò che pensate.»

«Sto solo dicendo che la vita mi ha insegnato a valutare il carattere di un uomo in base alla sua condotta nel tempo, anziché giudicarlo alla prima impressione. Un uomo semplice e onesto potrebbe dimostrarsi migliore di uno che alla fine è tutta apparenza. A ogni modo, non voglio criticare il ministro, perché non so quasi nulla di lui.»

«È irreprensibile, potete starne certo. C'è più passione nel suo petto che in cento uomini *semplici e onesti.*»

Fece una smorfia, fissandosi le ginocchia. Forse era invidioso perché avevo elogiato il ministro.

«Per salvare le anime non bastano i sermoni appassionati» commentò Tegen da sopra il camino. Quasi bruciata dal fuoco, si sventolava il viso con il grembiule. Sembrava più contrariata di quanto l'avessi mai vista. «Forse Nathaniel non fa bei discorsi e non si vanta di redimere le anime, ma negli anni ha salvato decine di persone, aggrappandosi a una fune mentre le onde lo travolgevano e la corrente quasi lo trascinava al largo. Pensa a questo.» Aveva gli occhi che lacrimavano e faticava a respirare, e mi resi conto che non era soltanto colpa della rabbia nei miei confronti.

«Tegen!» urlai. «Guarda cos'hai combinato!» Saltai su e

spalancai la porta, facendo entrare una folata d'aria fredda. Le parole evasive di Nathaniel sul ministro mi avevano irritata al punto che non mi ero accorta dell'odore acre e della densa nuvola di fumo azzurrognolo proveniente dal camino. Tegen aveva semplicemente dimenticato di tenere d'occhio il fuoco. Nathaniel aiutò la mamma ad alzarsi e la portò in cortile. Li seguii e, voltandomi sulla soglia, vidi mia sorella coprirsi il naso e la bocca con il grembiule e avvicinarsi al camino. Sollevò il coperchio della pentola e urlò quando trovò le sardine rinsecchite, nere e carbonizzate come gusci vuoti.

7

Nelle prime settimane dopo l'arrivo del ministro vissi in un sogno a occhi aperti. Mi aveva scelta per leggere gli inni quando Loveday Skewes si era tirata indietro dopo essersi coperta di ridicolo. Non si poteva dire che leggessi male e, naturalmente, ero sempre stata famosa per le mie capacità canore. Purtroppo ero costretta a cantare quelle nenie lugubri senza fronzoli, mantenendole semplici e solenni come gli austeri abiti neri che cominciai a indossare in segno di purezza. All'inizio mi seccò uscire vestita a lutto ma, guardandomi allo specchio, notai che i miei capelli rossi risaltavano sul lino nero e cambiai idea.

Ormai mi ero donata a Cristo e conservavo la statuetta di pietra nascosta in un cassetto. Di notte me ne stavo a letto, fissando il biglietto della Banda metodista, dove il mio nome era stampato accanto alle iniziali del ministro: G.S., Gideon Stone. Quando mi stancavo di guardare il foglietto, lo infilavo sotto il cuscino e spegnevo la candela. Nell'oscurità, la mia mente era un turbinio di pensieri, che ruotavano tutti intorno a Mr Gideon Stone. Ero attratta da lui perché era forte e saldo nelle sue convinzioni. Credevo che il suo cuore battesse con più passione di quello di altri uomini, sicuramente di quello di Johnenry, che si accontentava di poco nella vita. Ero certa che Gideon avesse scalato il suo Calvario per raggiungere la posizione di cui godeva ora, e ciò mi induceva a pensare che, con il giusto impegno, chiunque potesse migliorare le proprie condizioni.

Non sapevo bene cosa volessi da Gideon. Desideravo soltanto continuare a crogiolarmi nel calore della sua approvazione, finché fosse durata. Non avevo dimenticato che aveva una moglie, naturalmente, Ellie, e che era in buona salute, sicché cercavo di non farmi strane idee su quel fronte. Tuttavia ricordavo le fervide parole che aveva pronunciato durante il delirio, gli accenni a *Molly*. Tra le ombre del passato c'era un altro Gideon, che non riusciva a controllare così bene la sua natura. Quando, nel buio della notte, pensavo a questa sua debolezza nascosta, venivo assalita da dolcissimi spasimi. Certe volte mi lasciavo trasportare da fantasie sciocche e sfrenate, immaginando una vita diversa, libera dalla fatica e dalle ristrettezze incessanti, molto più raffinata di quella dei più facoltosi del villaggio, con vestiti belli come quelli che avevo visto addosso alle ricche signore annegate nei naufragi e, nella mia follia, fantasticando addirittura di camminare lungo una strada elegante a Penzance, a braccetto con Gideon Stone.

Se di notte mi abbandonavo a questi pensieri, di giorno assumevo un'espressione e un contegno irreprensibili ogni volta che superavo un abitante del villaggio sul sentiero e, a differenza di un tempo, non mi fermavo più a punzecchiare gli uomini o a raccontare barzellette. Qualunque cosa le malelingue dicessero alle mie spalle, persino Grace Skewes e Millie Hicks dovettero ammettere che Mary Blight pareva cambiata da quando si era convertita.

Ero iscritta alla Società metodista e potevo assistere agli incontri settimanali della Banda, durante i quali ci definivamo *il popolo di Dio*. Nel corso di quei noiosi discorsi sulla ricerca della perfezione spirituale dovetti soffocare più di uno sbadiglio. In un primo momento ero tesa come una corda di violino in compagnia di persone così aristocratiche, ma poi capii quanto fosse facile intimidire Millie Hicks, che fu eletta leader della classe. Le ero di gran lunga superiore quando si trattava di citare le Scritture, e non reggeva il confronto con la mia arguzia.

In quel primo periodo, Gideon venne alla baia ogni due settimane e partecipò agli incontri della Banda. Quando erano presenti tutti i membri, nella stanzetta si stava pigiati come sardine, e dovevi tenere i gomiti stretti per paura di far cadere qualche ninnolo dalla mensola del camino, un cane di porcellana o un alto candeliere d'ottone, magari, oppure un mocassino dai motivi bizzarri, realizzato dai selvaggi di paesi stranieri, o ancora i ferri per increspare le cuffiette di Grace Skewes. La credenza nell'angolo era zeppa di altri gingilli, come porcellane, cristalli di quarzo, un veliero in una bottiglia, bicchieri da grog e altri cimeli tramandati di generazione in generazione dai membri della famiglia Skewes. Non avevo mai visto simili ricchezze.

Le donne camminavano qua e là scambiandosi convenevoli, mentre Grace e le sue comari quasi soffocavano il ministro, tenendolo tutto per loro. C'era anche Loveday con un gruppetto di amiche, compresa quella gran tiranna di Betsy Stoddern. L'aria puzzava di chiuso e temevo di buttare giù dalla parete uno dei volumi miniati del Nuovo Testamento di Grace. Che sollievo fu spostarsi in cucina.

Arrivò il momento di discutere la rinascita della scuola di catechismo. Siccome il ministro era presente, i membri più umili – come me, la giovane Cissie Olds e il vecchio Thomas – ottennero il permesso di sedersi sulle panche intorno al tavolo insieme ai più facoltosi. In altre occasioni eravamo stati costretti ad accomodarci accanto alla finestra come bambini o sulla cassapanca ai piedi delle scale. Gideon prese posto tra Grace Skewes e Millie Hicks, piegando la testa per evitare i mazzetti di erbe che pendevano dalle travi. Grace aveva messo al centro del tavolo i fiori freschi che aveva raccolto nel suo giardinetto. Avevamo una caraffa d'acqua per ciascuno. Il servizio da tè era sul cassettone, ma Grace aveva nascosto il barattolo nella credenza. Sapeva che Gideon ne avrebbe sicuramente intuito la provenienza. Nonostante lo sfolgorio e la sfacciataggine, persino lei si rifiutava di pagare i dazi sul tè.

Il sole entrava dalla finestrella e i granelli di polvere fluttuavano nell'aria soffocante. Il calore di tutti quei corpi stipati l'uno contro l'altro arrossò le guance delle donne. Grace portò un piatto di focaccine allo zafferano e latte bollito del suo piccolo caseificio. La panna che mi si scioglieva sulla lingua era celestiale e soltanto l'orgoglio mi impedì di prendere l'ultima focaccina. Mi distrassi mentre Gideon parlava dei finanziamenti per la nuova cappella.

«Occorre trovare il denaro per pagare i muratori e ordinare il legno per la porta, le finestre e le panche, oltre alla paglia per il tetto» stava dicendo. «Il bilancio indica costi per centoquaranta sterline, mentre i contributi ammontano solo a quaranta. Potrebbero volerci decenni per saldare un debito di cento sterline. Le famiglie più abbienti sono state assai generose, naturalmente.»

Sorrise a Grace Skewes e a Millie Hicks, come se non fossero già abbastanza tronfie. I loro mariti erano i capitani delle barche più grandi, pensai, dunque perché non avrebbero dovuto donare più degli altri?

«Ma ora devo chiedere di nuovo aiuto a voi, brava gente. Vedrete che ne sarà valsa la pena una volta che l'ultima pietra sarà stata posata, la cappella consacrata, e potrete entrare e sentire il fuoco santo» continuò Gideon.

Quindi passò al sermone sulle Scritture, che mi interessava di più. Riguardava una donna che, nei tempi antichi, aveva cinque mariti. Quando ebbe finito, Loveday Skewes, seduta di fronte a me, cercò di spiegare la parabola a Betsy Stoddern, che si rivolse a Gideon aggrottando le sopracciglia. «Sareste così gentile da aiutarmi a comprendere, ministro? Com'è possibile che la donna nella parabola sia riuscita ad attingere l'acqua dal pozzo senza secchio? Chi ha mai sentito una storia simile?»

«Forse è uno dei miracoli del Signore, Betsy, come la trasformazione dell'acqua in vino» disse Loveday, lanciandole un'occhiataccia per impedirle di fare altre brutte figure.

«Sì, ma anche questo è un enigma, no? Il Signore che incoraggia le persone a bere alcol?» ribatté invece Betsy. «Sicuramente non è nel rispetto delle Scritture. Immagino fosse diverso in quei tempi lontani.»

Gideon spiegò pazientemente il significato della parabola. Betsy annuì, ma era ancora perplessa. «Se lo dite voi, ministro, ma proprio non capisco perché il Buon Signore non abbia scelto una donna più rispettabile di quella samaritana per diffondere il vangelo tra i pagani. Insomma, quella sgualdrina aveva cinque mariti.»

«Santo cielo, Betsy, che linguaggio triviale!» esclamò Millie Hicks, non sapendo da che parte voltarsi.

«Ricordate ciò di cui abbiamo parlato prima, sorella Stoddern» disse Gideon. «Il messaggio della salvezza è rivolto a tutti noi, compresi i poveri e i reietti.»

Millie Hicks annuì. «Purché svolgano un lavoro onesto e non vivano sulle spalle della parrocchia.»

«Amen» assentì il vecchio Thomas. Le donne si scambiarono occhiate furtive, perché la sua idea di lavoro onesto era dormire sotto una siepe tutto il pomeriggio.

Approfittai della pausa che seguì. «Gesù rimproverò i discepoli perché avevano affermato che non era opportuno parlare con una donna come quella. Dato che era giudeo, dissero, non doveva rivolgere la parola a una samaritana presso il pozzo, ma Egli rispose che il vangelo è per tutti i popoli. Perciò forse noi quaggiù dovremmo cercare di essere più cordiali uno con l'altro, anche con quelli di Newlyn.»

Gideon diede una manata al tavolo, facendo trasalire le donne e traboccare l'acqua dalle caraffe. All'inizio temetti che fosse arrabbiato per il mio commento. «Esatto, sorella Blight» disse invece. «Tutti dobbiamo chiederci come eliminare dalla vita di ogni giorno gli ostacoli che ci impediscono di condividere l'amore di Dio con gli altri, specialmente con coloro che sono diversi da noi. Dobbiamo essere entusiasti di condividere Cristo con parenti e amici, naturalmente, ma ancora di più con i nemici e gli sconosciuti. È per questo che il Signore scelse una samaritana per diffondere il suo Verbo tra quel popolo. Capite?»

Betsy fece un'espressione contrariata. Lei e Loveday si guardarono e intuii che non erano in vena di condividere l'amore di Dio con me. Le altre fissarono il tavolo in silenzio, senza sapere cosa pensare. Gideon, però, non era troppo esperto di stati d'animo femminili. «Colgo l'occasione per affrontare l'argomento della scuola di catechismo e di chi sarà la maestra» annunciò.

Grace Skewes tossicchiò per attirare l'attenzione di sua figlia affinché si facesse avanti, ma Loveday arrossì e sussurrò: «Zitta, madre!».

«Cosa ti prende, tesoro?» domandò Grace.

«Sì, di' pure» la incoraggiò Betsy, dando una gomitata all'amica.

Loveday, tuttavia, si limitò a mordicchiarsi il labbro e a tenere gli occhi bassi.

«Qualche volontaria?» chiese Gideon.

Le donne, nervose, cercarono di non incrociare il suo sguardo.

«Sorella Blight, voi leggete molto bene e durante gli incontri avete dimostrato di conoscere le Scritture. Forse possiamo persuadervi a farvi avanti?»

Qualcuno doveva aver sferrato un calcio alla gamba del tavolo, perché cadde una caraffa.

«La madre di Mary è malata» intervenne Grace con la sua voce più melliflua. «È chiedere troppo, penso.»

Sentendo tutti gli occhi su di me, non osai alzare i miei. «È vero» dissi, docile.

«Ma stiamo soltanto chiedendo a sorella Blight di sacrificare un poco del suo tempo la domenica.» Gideon si pulì con la mano gli schizzi d'acqua che lo avevano colpito. «Sono certo che, come tutti voi, non prenderebbe in considerazione l'idea di lavorare nel giorno del Signore. E non siete figlia unica, potete contare in casa su un aiuto capace, vero, sorella Blight? Questi impedimenti sono facili da superare.»

Il modo in cui aveva sminuito la malattia della mia povera mamma mi offese, ma allo stesso tempo ero felicissima di quella proposta inattesa. Eclissare Loveday e le altre era stato un gioco da ragazzi! Grace andò a prendere uno straccio e iniziò ad asciugare il tavolo, lanciando un'occhiata eloquente a Millie Hicks, che sorrise al ministro e disse: «Sicuramente sorella Blight ha studiato a fondo le Scritture, ma si è convertita solo di recente e dobbiamo chiederci se i bambini mostreranno verso di lei il rispetto che va portato a una maestra di catechismo».

Fu l'ultima goccia. «Vorrei pensarci su» dichiarai. Sgranarono gli occhi. Da come avevo parlato, sembravo seriamente intenzionata ad accettare.

«Splendido.» Gideon era raggiante. «Sono certo che riusciremo a offrire una modesta rendita alla famiglia. Abbiamo fondi sufficienti, grazie a tutta la vostra generosità.»

«Che sviluppo inatteso» commentò Betsy. «Be', è come quando il Signore scelse la samaritana con cinque mariti.» Si guardò intorno in cerca di sostegno.

Avevo le guance in fiamme, ma non cedetti. «Non ho alcun marito, sorella Stoddern, sicché non capisco cosa intendiate.»

«Betsy, sono sicura che non volevi essere offensiva.» Grace fece un sorriso burroso come il latte che aveva servito. «Che ne dite di sgranchirci le gambe nel mio giardinetto, signore?» Immagino che volesse uscire e cominciare a complottare contro di me il prima possibile.

Le donne si alzarono e lasciarono la stanza. Le seguii ma, mentre attraversavo il piccolo caseificio, udii Gideon che si schiariva la voce dietro di me. Mi domandò se avessi un momento da dedicargli. Restammo a una certa distanza l'uno dall'altra. Il caseificio sorgeva di fronte al muro settentrionale della casa e la frescura che emanava dalla pietra fu un toccasana dopo la cucina umida e soffocante. Tenni lo sguardo puntato sul pavimento piastrellato di rosso.

«Devo scusarmi per la mia arroganza, sorella Blight» mormorò. «Avrei dovuto discuterne prima con voi.»

«Ho preso la mia decisione» replicai senza esitare. «Accetterò, se mi considerate all'altezza.»

«Altroché.»

C'era un gocciolio esasperante mentre il latte scendeva dal rubinetto sul lato della zangola in un secchio di latta sul pavimento. L'odore intenso del burro mi diede la nausea.

«Avrò bisogno di aiuto» dissi.

«Mia moglie insegna catechismo a Newlyn. Vi darà un'infarinatura.»

«Vostra moglie verrà qui?» mi stupii.

«No, dovrete venire voi a Newlyn. Sono sicuro che potremo ospitarvi per qualche giorno. Dopotutto, è ciò che voi avete fatto per me.» Sorrise. «Camminando spediti, possiamo attraversare la brughiera in sei o sette ore.»

«Dovremo attraversare la brughiera, noi due da soli? Cosa dirà la gente?»

«Portare uno chaperon implicherebbe che non sono degno di fiducia, no? A meno che non siate voi a chiederlo.»

Scrollai il capo. «Devo avvertirvi che quaggiù qualcuno mi giudicherà inadatta per la posizione di maestra.»

«La vostra conoscenza delle Scritture è esemplare.»

«Conosco bene la Bibbia, certo, ma alcuni diranno che non possiedo una reputazione buona come quella che forse dovrebbe avere una maestra.»

«Vi siete dimostrata capace di sacrificio e di carità cristiani. Quanti altri avrebbero rischiato la vita per salvarmi come avete fatto voi? Chi tra loro si sarebbe preso cura di me a prescindere dal biasimo degli abitanti del villaggio? Potremmo dover smussare qualche asperità, ma è poca cosa in confronto a queste virtù.»

«Se lo dite voi.» Il sole accecante filtrò nella stanza dalla finestrella, così strinsi gli occhi mentre lui posava lo sguardo su di me.

«Forse posso farvi un esempio di come potreste migliorare» riprese in tono benevolo e suadente. «L'altra sera ho udito una donna che cantava e qualcosa – la curiosità, immagino – mi ha attirato verso il suono. Non ho capito chi fosse fin quando non ho raggiunto la vostra casa e riconosciuto il vicolo angusto.»

«Ho una predilezione per certi inni» mi affrettai a dire. «Probabilmente era *Lodate il Signore, voi beato* o un altro dei miei preferiti.» Rabbrividii al pensiero che il ministro si fosse fermato sotto la grondaia ad ascoltarmi cantare e pregai che non avesse sentito qualche motivetto volgare.

«Esatto, ma, in tutta sincerità, con quei trilli e, diciamo così, quelle infiorettature *sensuali*, nemmeno un brano come *Lodate il Signore* si può cantare con vera devozione. Ve lo faccio notare solo perché, come avete precisato, non dobbiamo prestare il fianco agli invidiosi.»

«Dunque vanno bandite anche le canzoni allegre che amo così tanto, benché cantino le lodi di Dio?»

«Quelle canzoni sono la musica del diavolo, sorella Blight.» Ma sorrise quando lo disse.

«Allora correggerò questi difetti» promisi. «D'ora in poi modificherò il mio canto affinché compiaccia maggiormente il Creatore.»

Quando l'incontro finì, ero furiosa pur avendo trionfato su Loveday e conquistato la fiducia di Gideon. Fuggii dal villaggio per allontanarmi dai pettegolezzi sul mio conto, che ormai si erano diffusi a macchia d'olio, e, dopo aver raggiunto la sommità di Uplong Row, superai i cottage dei minatori, dove il sentiero era così stretto che mancava l'aria. Una volta arrivata nella brughiera, ammirai il panorama. Mi fece rimpiangere di non essere un uomo e di non poter solcare i sette mari e sottrarmi alla vista di tutti quegli occhi curiosi.

Più salivo, e più il divieto di intonare i miei motivetti favoriti mi infastidiva, finché non potei fare a meno di cantare a squarciagola, sapendo che Gideon non poteva sentirmi.

Ero diretta a Tombstone Point, dove mi ero sempre rifugiata ogni volta che i miei pensieri si erano aggrovigliati pericolosamente e volevo districarli. Udii il richiamo insistente dei chiurli, strano e sinistro, e riandai con la memoria a quando ero una bambina di nove o dieci anni, con le tasche piene dei tesori raccolti sul versante della collina o sulla spiaggia: conchiglie, topolini morti dal pelo morbidissimo, filamenti bianchi di seppia, borsellini della sirena – le sacche vuote delle uova di squalo o razza arenate sulla battigia – con zampe di scarafaggio agli angoli, frammenti di vetro i cui bordi taglienti erano stati levigati dalle onde.

Mi rividi, poi, un po' più grande, a tredici anni o giù di lì, nel periodo in cui sedevo spesso in cima a Tombstone masticando un filo d'erba e osservando le correnti mutevoli della baia finché la calma mi pervadeva. Facevo ciao a Johnenry giù di sotto che, nella sua scialuppa, portava i pesci a riva dopo averli presi in consegna dalle barche più grandi. Lo invidiavo, perché nessun uomo avrebbe permesso a una donna, o anche solo a una bambina, di salire su una barca. Portava sfortuna, come vedere una lepre prima di salpare. Di tanto in tanto scorgevo le barche di forestieri che facevano una brutta fine, troppo minuscole per sembrare reali, costrette ad avvitarsi e a scivolare negli abissi dell'oceano in una sorta di sogno.

Da ragazzi, io e Johnenry ci sdraiavamo sull'erba a Tombstone e ci raccontavamo i rispettivi desideri. All'epoca vagheggiava ancora di arruolarsi in marina e di combattere contro i francesi o di andare nelle Americhe a cercare l'oro, o ancora di essere il capitano di una nave tutta sua, con cinquanta uomini al suo comando. Dicevo che mi sarei fasciata i seni, infilata la giubba blu e che sarei stata il suo primo ufficiale, ma lui rideva rispondendo che non avevo nulla da fasciare.

Un'estate i ragazzi avevano cominciato a tuffarsi da Tombstone Point nei giorni in cui il mare non era troppo mosso. Si buttavano giù dalla scogliera, ora facendo capriole, ora tenendo le braccia dritte davanti a sé, ora appallottolandosi prima di toccare l'acqua, cosicché il mare esplodesse intorno a loro come una cannonata. Johnenry allargava gambe e braccia, scendendo in picchiata come un uccello.

Una massa di nuvole scure si era addensata a un miglio dalla costa e una pioggia nera come fuliggine stava cadendo sull'oceano. La tempesta avanzava verso di me. Perché ero uscita in una giornata simile? Avevo visto le avvisaglie e le avevo ignorate: il vecchio gatto puzzolente di zia Merryn che, steso su un gradino, si leccava il sedere – un segno certo di pioggia – le cornacchie che si posavano sugli alberi, le oche che schiamazzavano e un ragno che si rintanava in un buco nel muro. I goccioloni iniziarono a sferzarmi il viso e ben presto si scatenò un diluvio degno di Noè. Non vedendoci più, temetti di perdermi e di non ritrovare la strada del ritorno. Non potevo arrivare fino a Tombstone Point in una giornata come quella, o avrei rischiato di precipitare nel vuoto.

In fondo alla valletta rocciosa e solitaria scorsi la sagoma spettrale del piccolo campanile e corsi verso la chiesa. Esisteva dai tempi dei santi e ne era ancora infestata. Non veniva più usata per le messe, a meno che non ci fosse un funerale o un matrimonio. In quelle occasioni, dietro corresponsione di un compenso, arrivava il pastore di Paul. Attraversai un campo di stoppia dove i primi germogli verdi dell'anno spuntavano dalla terra fradicia. Raggiungendo il sagrato, scavalcai il muro e saltai tra le lapidi rovesciate. Due mucche allungarono il collo sopra la recinzione fatiscente e masticarono le piante ispide, con la pioggia che gocciolava loro dalle ciglia e rotolava sui lunghi musi neri.

In cima al campanile, una piccola vecchia strega scolpita nella pietra e accovacciata sotto una torretta aveva le gambe divaricate e le mani che spalancavano la fessura tra le cosce. Gli scrosci schizzavano fuori come se pisciasse sulla grande croce di pietra che si ergeva direttamente lì sotto. Nel tempo era addirittura riuscita a minare l'equilibrio della croce e ora era inclinata. Adoravo quella vecchia strega!

Cercai riparo sotto il portico, ma dal tetto malconcio cadeva più acqua che dal cielo. La porta era gonfia di umidità e dovetti darle una spinta energica per aprirla. Dentro, il freddo della pietra antica e muffosa mi fece colare il naso. Dalla bocca mi uscivano nuvolette di condensa e dallo scialle si alzava un sottile velo di vapore. La pioggia picchiettava sul tetto di ardesia, un suono gradevole quando eri al coperto e non fuori a infradiciarti. Quando i miei occhi si furono abituati alla penombra, imboccai la navata, con i passi che rimbombavano. Sotto le lastre di granito erano sepolte persone i cui nomi e le cui date di nascita e di morte erano quasi cancellati, come se il tempo si fosse dimenticato di loro. Sussultai udendo qualcosa che si muoveva in alto, ma era solo un piccione appollaiato sulle travi del tetto.

Percorsi la navata, canticchiando per tenermi compagnia. Uno spirito mi fece eco, così tacqui. Superai la fila di archi di pietra affusolati e arrivai in fondo alla chiesa, dove potei guardare su tra le ombre del campanile. L'intonaco si scrostava dalle pareti. La gente diceva che una volta, in quel punto, sorgeva un tempio dove gli animali e persino le persone venivano sacrificati agli antichi dei. Ero circondata da spesse funi campanarie di paglia, con le estremità sfrangiate come se fossero state mangiucchiate. In cima, le vecchie campane crepate pendevano da qualche parte nel buio, dove si nascondevano i gufi.

Non erano mai state staccate e fuse perché nessuno si era mai arrischiato ad arrampicarsi fin lassù. Certe volte udivi i rintocchi nel cuore della notte, quando i fantasmi dei pescatori morti tornavano dal mare. Avrei voluto usare quelle funi per issarmi fino al cielo e vedere il volto del Signore Gesù ma, quando chiusi gli occhi e provai a immaginarlo, non vidi Lui, bensì Gideon Stone con una corona di spine sulla testa e rivoli di sangue sulla faccia. Dovetti sedermi su una panca traballante per calmarmi.

Il Creatore aveva illuminato le tenebre più fitte della mia anima e portato alla luce i miei desideri reconditi. Volevo che Gideon mi salvasse, ma non al punto di potermi inginocchiare davanti al trono del Signore Gesù e baciargli le stimmate nei piedi. Volevo che mi aiutasse a fuggire dal villaggio per pavoneggiarmi in tutto il mio splendore tra gli snob di una città importante. Desideravo guardare dall'alto in basso i più facoltosi della baia di Porthmorvoren. Nel mio cuore si celavano anche altri desideri, fantasie oscure che non osai confessare.

Dandomi un'occhiata intorno, vidi una vecchia tomba di pietra su un lato della navata. Sopra c'era un antico cavaliere con tanto di armatura, avvolto dalle ombre. Mi rattristai ricordando la volta che i ragazzi mi avevano convinta a fare uno scherzo a Pascoe Hurrel. Lo schernivano perché era un bambino timido e malaticcio e aveva paura di tuffarsi da Tombstone Point. La verità è che aveva paura di ogni cosa. I ragazzi mi avevano persuasa a dargli appuntamento in chiesa e a promettergli un bacio. Ci saremmo dovuti incontrare accanto alla tomba del cavaliere. Quando era venuto a cercarmi, gli altri erano sbucati dal loro nascondiglio e l'avevano rincorso fuori dall'edificio e giù per la collina, deridendolo per tutto il tragitto. Una settimana dopo, era saltato giù da Tombstone Point. Non credo volesse morire annegato, ma solo dimostrare che era coraggioso come gli altri. Mentre ripensavo a quel periodo, con l'acqua che gocciolava dalle mie gonne sulle lastre di pietra, gli occhi mi si riempirono di lacrime perché sapevo che in parte era stata anche colpa mia.

All'improvviso ci fu un forte colpo dietro di me che per poco non mi fece venire un infarto. La porta si era spalancata, lasciando entrare un turbine di foglie e rametti. Fuggii a gambe levate e corsi a casa sotto la pioggia battente.

L'indomani fui convocata a casa di zia Madgie in Back Street per partecipare a un incontro della Società metodista, organizzato senza preavviso. Ero di umore cupo quando svoltai da Downlong Row in quel sentiero spaventoso, sapendo che una riunione all'insaputa del ministro non era un buon segno per me. La casa della vecchia era al centro della strada, sorretta solo da due colonne robuste sul davanti a sostenere il piano superiore. Un tempo era stata lussuosa, ma ormai era in rovina. Si diceva fosse l'unico edificio rimasto dopo che gli spagnoli avevano incendiato il villaggio in passato, perciò aveva visto la luce ancora prima di zia Madgie. Nelle buie serate invernali, quando gli abitanti del villaggio si radunavano intorno al fuoco, si raccontava una storia dell'orrore riguardante una stanza sul retro che era stata tenuta a lungo chiusa a chiave. Di notte si udiva lo spirito di una nobildonna che camminava avanti e indietro in tutto il suo splendore, tra fruscii di gonne pesanti e tintinnii di gioielli.

Non mettevo piede in quella casa da quando ero bambina, e ora non ne avevo nessuna voglia. Era lì che avevo imparato a leggere, sotto la guida di zia Madgie quando era maestra di catechismo. Teneva una bacchetta appesa sopra la porta, ma l'aveva usata di rado, anche per i ragazzi. Bastava un'occhiata per convincerci a obbedire. Ero l'alunna migliore, ma la vecchiaccia riservava sempre gli elogi a Loveday Skewes, che era sua parente. Era stato più di dieci anni addietro, prima che il precedente ministro fuggisse dalla baia e lasciasse la cappella incompiuta dopo aver soltanto gettato le fondamenta. Non era alto e bello come Gideon Stone, ma anziano e rubizzo, con un odore muffoso. Si mormorava che zia Madgie l'avesse spaventato dopo che aveva cercato di mettere freno al libero commercio e al saccheggio. La megera era devota, ma non quando la religione toglieva il cibo dalla bocca degli abitanti del villaggio o il tabacco dalle loro pipe. Dopo la sua fuga, noi bambini abbandonammo la scuola a uno a uno e tornammo alle vecchie abitudini. Negli anni successivi, tuttavia, io avevo continuato a leggere, la Bibbia e qualunque altra cosa su cui riuscissi a mettere le mani.

Passai tra le due colonne di pietra e feci un profondo respiro prima di impugnare il batacchio arrugginito, temendo il momento in cui la porta si sarebbe aperta cigolando e la faccia di zia Madgie mi sarebbe comparsa davanti. Fu un sollievo quando ad aprire fu Dolly Stoddern, ma il suo sorriso finto mi disse che non andava tutto bene. La seguì nell'ingresso buio con le sue strane eco, il cuore che palpitava come quando ero bambina. L'uscio della cucina era socchiuso, perciò udii le voci delle donne. In quelle settimane, l'argomento era sempre lo stesso, quello sciagurato del Cannibale di Porthmorvoren. Le donne si interrompevano a vicenda per dire la propria.

«Se volete la mia opinione, è stato uno degli stagnai in cima al sentiero. Non si fermano davanti a niente...»

«Perché sei così sicura che sia stato un uomo?»

«Parola mia, nessuna donna arriverebbe a tanto.»

«A ogni modo, finirà soltanto quando il colpevole verrà acciuffato. Qualcuno da queste parti sa chi è stato, potete starne certe.»

«Sì, ma nessuno farà la spia su un abitante del villaggio. Non si fa e basta. Qui si agisce per il bene comune...»

«Nondimeno il nostro buon nome è stato infangato. Mi vergogno di farmi vedere al mercato di Mousehole.»

Si interruppero quando mi videro entrare. Rabbrividii in quella stanza gelida, ricordando i vecchi tempi. E su chi posai gli occhi per prima se non su zia Madgie, seduta a capotavola con la sua cuffia ingiallita, arcigna come la morte? Ai lati del tavolo erano accomodate tutte le signore del gruppetto di Grace Skewes, le più facoltose del villaggio.

Mi avevano lasciato un posto all'altra estremità del tavolo, sicché avrei dovuto guardare dritto negli occhi irremovibili di zia Madgie. Tanto valeva che mi portassero davanti al magistrato. Accanto a zia Madgie c'era la figlia Grace Skewes e, al fianco di quest'ultima, sua figlia Loveday, accompagnata come sempre da Betsy Stoddern. Poi veniva Dolly, seguita da Millie Hicks, con il lavoro di cucito in grembo e il ditale sul pollice, e infine sua figlia Zenobia. A parte zia Madgie, erano tutte sorrisi, a riprova che stavano malignando sul mio conto.

«Come sta tua madre, Mary? Deve essere una bella preoccupazione per te e tua sorella, vero?» chiese Grace.

«Abbastanza bene, tutto sommato» borbottai prendendo posto.

«È sempre difficile quando c'è un malato in famiglia.» Millie Hicks alzò lo sguardo dal cucito. «Tu e Tegen sarete costrette a sobbarcarvi tutto il lavoro per guadagnarvi da vivere.» Si strofinò il lungo collo sottile con un gesto sornione.

Per una volta rimasi senza parole, attorcigliandomi una ciocca di capelli intorno alle dita, un'abitudine infantile che riprendevo quando ero in agitazione.

«Sei sempre assai graziosa, comunque» proseguì Grace con un sorriso mellifluo. «Non trovate, signore?» Alcune annuirono. «Il vestito che hai iniziato a indossare ti dona molto. Il lino nero fa risaltare la tua pelle pallida e delicata, per non parlare dei capelli rossi!» Guardò le altre, che sorrisero.

«Farebbe girare la testa a qualunque uomo» sussurrò Loveday a Betsy.

«E non è passato molto tempo da quando è venuta al banchetto con un enorme fiore tra i capelli» replicò Betsy.

Grace le fulminò con lo sguardo.

«Perché mi hai convocata, Grace?» domandai. «Ho molto lavoro da sbrigare, come hai detto tu stessa.»

«È solo che vogliamo discutere della Società metodista e, giacché ora sei un membro della Banda, non potevamo escluderti. Volevo soltanto esprimere tutta la nostra gioia per il tuo recente cambiamento. Siamo davvero sorprese.»

«Mi sono convertita.»

«Certo, mia cara.» Mi guardò sprezzante, stringendo gli occhi. «E naturalmente c'è un posto per te qui nella Società. Confidiamo che la tua conversione sia sincera, ma non dobbiamo gettare la ragionevolezza alle ortiche, no?»

«A cosa ti riferisci?»

«A ciò che è accaduto ieri, ovviamente. Che piega stramba hanno preso gli avvenimenti! Come possiamo aggiustare le cose?»

Allora era di questo che si trattava! Intuii che quelle pettegole mi avevano mandata a chiamare perché volevano dissuadermi dal diventare maestra.

«Pensiamo solo al tuo bene» dichiarò Millie. «Che spavento devi aver preso quando il ministro ti ha chiesto di insegnare catechismo. Proprio a te! Doveva essere uscito di senno.»

Alcune ridacchiarono e io avvampai. Mi avevano fatta sentire stupida per essermi illusa di poter davvero ricoprire quel ruolo.

«Sono sicura che Mr Stone ha buone intenzioni» continuò Grace. «È solo che non conosce la regione. Non può capire quanto sarebbe arduo per te se questa follia si avverasse.»

«Gli ho fatto una promessa.» Mi sforzai di parlare in tono fermo. «Ha riposto la sua fiducia...»

Grace mi zittì. «Il ministro ha buone intenzioni e ha aiutato noi donne. Ci ha riavvicinate, ci ha dato un rifugio in quel vecchio deposito, ma non conosce la gente di quaggiù.»

Millie le diede manforte. «Una donna accorta come te, Mary, istruita come sei, e sempre così raffinata e amante della lettura... sicuramente capirai che le persone perbene non vorranno che tu sia la maestra dei loro figli.»

«Conosco la Bibbia meglio di chiunque altro qui! So di non essere un angelo...»

«Tutt'altro» commentò Betsy.

«Chiudi il becco» la rimproverò sua madre.

«Pensate al figliol prodigo» dissi. «Ha cambiato atteggiamento e suo padre l'ha perdonato...»

«Non ho mai sentito parlare di una *figliola* prodiga nelle Scritture» intervenne Loveday.

«Ora ascoltami, Mary.» Grace incrociò le braccia. «È già deciso. Qui tutti sono d'accordo che la maestra dovrà essere Loveday. Non tocca a te svolgere questa mansione.»

«Perché sono povera?»

«Perché irriti le persone, rubando gli uomini delle altre e...» mi rimbeccò Loveday.

«Smettila, Loveday!» la redarguì Grace. Poi, rivolta a me: «Ora ascolta bene ciò che ho da dire. In questa baia non hai la reputazione adatta per fare la maestra, e lo sai benissimo. Devi chiedere alla tua coscienza se hai la purezza di cuore necessaria per un simile compito. Quindi devi dire al ministro che vuoi tirarti indietro. Deve essere un gesto che viene da te».

Ero disgustata. «Purezza di cuore?» Puntai lo sguardo su Loveday. «Potrei fare il nome di molti abitanti di questa parrocchia che non sono più puri di me. Quaggiù metà delle donne è incinta quando va all'altare, e nessuno qua dentro può negarlo.»

«Non avevi neppure pensato di diventare metodista prima che arrivasse il ministro!» esclamò Millie. «Alcuni di noi hanno conservato la fede in questi dieci anni.»

«Fin quando il ministro mi riterrà idonea per fare la maestra, resterò ferma nel mio proposito» dissi.

«Benissimo. Fa' pure di testa tua.» Il sorriso di Grace svanì. «Devo informarti che le lezioni di catechismo si terranno qui, a casa di mia madre.»

«Qui? Perché non nel vecchio deposito?»

«Non è un posto sicuro per i bambini, e fa troppo freddo. Questa cucina è l'unica stanza del villaggio abbastanza grande per ospitare la classe fino alla costruzione della nuova cappella. E così mia madre potrà tenere d'occhio la situazione.

«Allora, prometti di dire al ministro che ti ritiri?» concluse Grace.

Scossi la testa. Le altre rimasero a bocca aperta.

«È un sì o un no?» chiese Millie.

«Farò la maestra. Il ministro ha scelto me.»

Un forte scricchiolio improvviso risuonò all'altro capo del tavolo, facendomi accapponare la pelle. Era zia Madgie che spingeva indietro la sedia, con le gambe che grattavano sul pavimento di pietra. Posò i palmi sul ripiano per sollevarsi, con le dita deformi e le nocche gonfie allargate, le vene nere che pulsavano sul dorso delle mani.

«Sangue dell'agnello, fuoco dell'inferno che non si estingue!» ringhiò. «Ho sentito abbastanza. Questa parassita non cederà mai, a meno che non sia costretta a farlo.» Mi fissò, puntandomi contro un dito tremante. «Quanto a te, rimpiango il giorno in cui ti ho insegnato l'alfabeto. Se all'epoca avessi avuto sentore dei tuoi modi licenziosi, non ti avrei mai dato la Sacra Bibbia perché la usassi per affascinare un predicatore debole e stupido convincendolo di essere virtuosa. Ti conviene riflettere su ciò che è successo tra noi di recente, Mary Blight, e rifletterci bene!»

«Non è successo un bel niente!» protestai.

«Di cosa si tratta, madre?» si intromise Grace. «Se avete una qualche influenza su di lei, dovete sfruttarla.»

«Ogni cosa a tempo debito.» Zia Madgie allungò la mano verso il bastone e Grace glielo passò. Aspettai che la vecchia uscisse barcollando prima di alzarmi e precipitarmi fuori.

Corsi alla cieca su e giù per i sentieri. Quando la rabbia sbollì, subentrò la preoccupazione per la sinistra minaccia di zia Madgie. Avrebbe detto ai funzionari della dogana di avermi vista rubare gli orecchini? Era una menzogna bell'e buona, ma il suo sguardo astioso mi riempiva di apprensione. Non mi aveva forse sorpresa a chinarmi sul corpo della nobildonna, con un'espressione colpevole stampata in faccia? Era la mia parola contro la sua e lei apparteneva a una famiglia rispettabile, mentre nessuno avrebbe dato ascolto a una poveraccia come me. Se avesse mentito e fatto la spia, io sarei stata trascinata davanti alla giustizia, sicuro come l'oro. Ero in un vicolo cieco, senza via di scampo.

D'altro canto, pensai, in mancanza di altre prove, la sua parola avrebbe potuto non essere sufficiente per mandarmi in galera. In ogni caso, nessuno nella baia aveva mai denunciato un altro abitante del villaggio. Si agiva per il bene di tutti, e zia Madgie non perdeva mai occasione per rammentarcelo. Forse picchiavamo i nostri familiari, ma non li consegnavamo ai forestieri. E se la sua falsa testimonianza mi avesse fatta finire in prigione, lei sarebbe sicuramente bruciata all'inferno. Così alla fine mi convinsi che fossero minacce vuote, pronunciate per spaventarmi affinché cedessi il posto a Loveday.

La verità era che nulla, neppure un uragano, mi avrebbe impedito di andare a Newlyn con Gideon Stone quando fosse arrivato il momento.

II

LA SETTIMANA DI PENTECOSTE

8

Non appena arrivammo in cima alla salita che conduceva alla brughiera, Gideon iniziò a sermoneggiare. Non mi diede il tempo di riprendere fiato né di aspettare che le orecchie, tappate dall'altitudine, si riaprissero, e non fu abbastanza cavaliere per camminare piano: partì a passo spedito, sicché dovetti sudare sette camicie per tenergli dietro. Il sole caldo splendeva in un cielo limpido, a eccezione di qualche nuvola sparpagliata qua e là, e il cuoio capelluto mi prudeva sotto la cuffietta. Avevo le dita dei piedi strizzate negli stivaletti rubati alla donna che avevo trovato sulla spiaggia dopo il naufragio di quell'inverno e portavo una cesta con dentro due vestiti, i più sobri e decorosi che ero riuscita a trovare.

Arrancai dietro di lui tra i muretti, percorrendo la mulattiera dei minatori che serpeggiava su e giù per la brughiera. Di tanto in tanto superavamo una curva e spaventavamo le pecore, che si disperdevano in preda al panico. Gideon fece un discorso prolisso e contorto mentre lo seguivo lungo il sentiero angusto.

«Ci sono molti modi in cui un uomo può capire se è un

vero figlio di Dio o se sta soltanto ingannando se stesso. Alcuni si illudono di essere testimoni della vera e autentica opera dello Spirito, ma scambiano il proprio orgoglio per la grazia di Dio.»

«Allora come possiamo essere certi di compiere la Sua volontà?» chiesi.

«Non è facile rispondere. Nemmeno Wesley trovò le parole per descrivere *le cose profonde di Dio.* Lo Spirito è come il vento, che si sente senza sapere da dove sia venuto e dove andrà.» Mentre parlava, le foglie di un cespuglio di biancospino frusciarono oltre il muretto.

«Allora non possiamo stabilire se agiamo veramente nella grazia di Dio?»

«Conoscerla è come passare dalle tenebre alla luce, dalla morte alla vita.» Una nuvola scura doveva aver nascosto il sole, perché un'ombra si stese sulla brughiera e d'un tratto ebbi freddo. «Le Scritture hanno tracciato una strada chiara e dritta per i figli di Dio» proseguì. Tenni per me i miei pensieri mentre elencavamo le tappe di quel cammino.

«Dobbiamo obbedire ai Suoi comandamenti e amare il prossimo come noi stessi.»

Sorrisi dentro di me.

«Dobbiamo onorare la domenica» disse.

Cosa, e morire di fame?, pensai.

«Dobbiamo fare agli altri ciò che vorremmo fosse fatto a noi stessi.»

Dunque se un'altra abitante del villaggio mi infangava e cercava di tarparmi le ali, era giusto farle la stessa cosa?, mi chiesi.

«Occorre santificare e onorare il proprio corpo.»

Troppo tardi, mi dissi, ricordando le follie con Johnenry.

«Mangiare e bere con moderazione.»

Magari avere così tanto cibo da doversi moderare!

«E fare ogni cosa per la gloria di Dio.»

Be', amen, almeno a questo, conclusi tra me.

Raggiungemmo un punto in cui la vecchia mulattiera prendeva un'altra direzione e ci incamminammo nella brughiera aperta. Per tutto il tempo in cui Gideon parlò, udii un'allodola che cantava senza sosta dando la caccia alle mosche, instancabile come il ministro con il suo predicozzo. Feci presto a distrarmi e mi ritrovai smarrita e immersa in una dolce fantasticheria in cui avanzavo a tentoni in un enorme negozio di stoffe, come quelli con le grandi vetrine a Penzance. Quasi in estasi, con i piedi che appena toccavano terra, fluttuavo tra schiere di vestiti che si allungavano in file interminabili e ondeggiavano lentamente, chiamandomi. Su entrambi i lati c'erano gigantesche e gonfie maniche a *gigot,* colletti ricamati e gonne ampie dalla vita alta, con cerchi di raso attorcigliato che parevano piroettare e gli orli abbastanza alti da mostrare le caviglie e i piedi delicati delle figure spettrali che si muovevano sotto il tessuto. Accarezzai le pieghe di mussola, velo di raso e seta, il cotone pesante e il calicò, sentendo un formicolio sotto i polpastrelli. Ero attorniata da indumenti che salivano verso una strana luce indistinta, cuffiette dalla tesa larga, guanti, ombrellini, fasce, nastri e fiocchi, mentre sotto di me, sul fondo sabbioso dell'oceano, c'erano capienti forzieri di quercia, spalancati e traboccanti di ogni scintillante gioiello possibile e immaginabile.

Udii una voce maschile che mi chiamava. Era il ministro. «Sorella Blight? State male? Siete pallida e sembrate vacillare.» Strappata alle mie fantasie, sentii i belati delle pecore, il puzzo del letame, il vento che mi sferzava le orecchie e il canto incessante dell'allodola. Avvertii il dolore cocente dei miei poveri piedi, come se lo spirito della defunta mi stesse punendo per averle sottratto gli stivaletti. Sulla sommità della collina distinsi il ministro, una sagoma scura controluce, ma non riuscii a vedere la sua espressione.

Nel raggiungerlo, lanciai un'occhiata al mare azzurro tenue, che mi risollevò un poco il morale. In un'altra occasione avrei riempito un cestino con l'armeria che cresceva tra i massi, con le viole che si aggrappavano ai muretti e con tutti gli altri tesori estivi che fiorivano in un letto di erica rosa e viola: morsi del diavolo, billeri dei prati e il brugo rosa che aveva appena iniziato a sbocciare.

«Bella, la vista da qui» dissi, più a me stessa che a lui.

«Quando ammiro un panorama come questo, mi riempio di stupore per la creazione di Dio e per il modo in cui possiamo vedere la Sua gloria in tutte le cose» disse, senza degnare il paesaggio nemmeno di un'occhiata. Se ne rimase lì ostinato, immobile e indifferente come un'antica quercia. Un grosso bombo gli ronzava intorno e avrei voluto che gli pungesse il sedere.

«Perché dovete trasformare ogni elemento della creazione in un freddo sermone?» domandai. I piedi doloranti mi avevano messo di malumore e rischiavo di esagerare, ma ne avevo abbastanza del ministro per quel giorno.

«Prego?» Mi guardò di traverso.

«Non posso ammirare un bel panorama e godermelo senza pensare alla Bibbia? Potete staccare una foglia da un albero qualunque e meravigliarvi della sua forma o del suo colore, delle venature che la attraversano, così simili alle vene sul dorso delle vostre mani. Il Creatore permette all'allodola di volare e di cantare a squarciagola come più le piace, dunque perché dobbiamo ingabbiare i nostri sentimenti e impedire loro di uscire? Questa terra vive dentro di me, è nella mia anima.»

Mi fissò per un momento. Temetti di averlo irritato al punto di indurlo a cambiare idea sul fatto di nominarmi maestra.

«Sorella Blight, avete buone qualità e ho riposto la mia fiducia in voi» disse, dopo un po'. «Se dovete assumervi le responsabilità che ho in mente, dovete cercare di tenere a freno questa inclinazione verso... quella che potrei definire un'eccitazione sensuale incontrollata. Dovete imparare a convogliare i vostri sentimenti nell'adorazione dell'Onnipotente.»

«Non è stato Dio a farci come siamo? So che anche voi provate emozioni. Lo vedo quando salite sul pulpito. Come siete forte lassù... forte *qui*, nel cuore.» Mi battei il pugno sul petto.

«Ma non è la stessa cosa. Quando predico il vangelo, l'Onnipotente opera attraverso di me. Mi riferivo a questa ricerca dei piaceri del mondo, fine a se stessa. Ci conduce ai peggiori eccessi della natura corrotta dell'uomo peccatore, all'intemperanza, alla sfrenatezza, all'oscurità...» Tacque per un istante, guardando il mare lontano. Quando continuò, il suo tono si era addolcito. «Cos'è l'amore per la natura se non un'idolatria pagana? Senza la consapevolezza dell'esistenza di Dio, siamo perduti. Dobbiamo imparare a riconoscerLo in tutte le cose. Ho scelto voi, sorella Blight. Sono arrivato a considerarvi un faro di speranza in quel povero villaggio arretrato. Vi prego, non deludetemi.»

«Farò del mio meglio, purché mi sia concesso qualche piccolo agio.»

Annuì sorridendo. «Forse la stanchezza ci ha messi entrambi di cattivo umore. Vorrei solo potervi mostrare la gioia più grande che ci attende nell'altra vita. Riposiamoci un poco su questi massi.» Indicò alcune rocce, scagliate dai giganti in tempi remoti.

Grata della sosta, finalmente potei lasciare che l'aria fresca desse sollievo ai miei piedi. Sfilai il primo stivaletto, rammentando con un brivido l'istante in cui l'avevo tolto alla donna sulla spiaggia. Il ricordo era così vivido che fiutai l'odore delle alghe e udii lo sciabordio del mare, astraendomi dalla realtà per un lungo momento. Quando tornai al presente, abbassai gli occhi sulle mie povere caviglie gonfie e le grosse vesciche bianche sui talloni e sulle piante dei piedi. Erano doloranti al tocco, soprattutto ora che avevo smesso di camminare. Mi guardai intorno cercando un arbusto di romice che alleviasse il bruciore. Il ministro mi dava le spalle, rivolto verso la brughiera, ignaro delle mie sofferenze.

Quando le foglie fresche ebbero lenito l'infiammazione, presi pane e formaggio dalla cesta. Il ministro non mangiò nulla, forse viveva della grazia di Dio. Mi passò la borraccia e bevvi un lungo sorso d'acqua. Masticando il pane secco, ripensai alle sue parole. Le Scritture imponevano che i figli di Dio avessero uno spirito arrendevole e remissivo, che fossero tutti mitezza, dolcezza e vocazione al martirio. Tutt'intorno c'erano alberi rachitici che si piegavano nel vento impetuoso, così come io mi sarei dovuta inchinare a una volontà superiore. Il ministro aveva detto che i veri figli di Dio venivano salvati dal dolore dell'ira orgogliosa, ma in quel momento non ero in vena di indulgenza. Il Creatore mi avrebbe salvata dal dolore delle vesciche sui piedi? O della coscienza sporca?

Gideon si alzò e girò la testa da una parte e dall'altra, dominando la valletta sotto di noi, come se fosse a cavalcioni sul mondo. «La strada è quella, credo.» Indicò un punto oltre la brughiera.

«Vi sbagliate.»

«Penso che siate voi a confondervi. Quel bosco ceduo laggiù ha un'aria familiare.»

«Ho i piedi coperti di vesciche e non voglio camminare più del necessario.»

«Ho fatto questo viaggio diverse volte negli ultimi mesi e mi sono impresso i punti di riferimento nella memoria» disse. «Ammetto che oggi mi sono distratto un momento, però sono sicuro che non ci siamo allontanati troppo dal mio percorso consueto.» Non si voltò a guardarmi, ma tenne gli occhi sulla distesa sottostante.

«Non ho bisogno di punti di riferimento» replicai. «Da quando ero bambina, sono andata molte volte a piedi al villaggio a Newlyn, e riconoscerei la strada anche a occhi chiusi.»

Fece un verso, una specie di risata. Era la prima volta che lo sentivo ridere. «Mi dispiace, ma non possiamo procedere *a occhi chiusi*. Se ci smarriamo nella brughiera e non riusciamo a orientarci prima dell'imbrunire, ci ritroveremo in gravissime circostanze. Immagino che la temperatura scenda bruscamente.»

Credo stesse pensando allo scandalo che avremmo suscitato, noi due stretti l'uno all'altra per riscaldarci mentre eravamo sdraiati nell'oscurità, divorati vivi dai moscerini.

«Giacché vi rifiutate di ascoltare, non sprecherò altro fiato» dichiarai.

«Be', staremo a vedere. Scendiamo e attraversiamo quel torrente.»

Sapevo che la cattiva sorte si sarebbe abbattuta su qualunque uomo avesse portato una donna in acqua, ma tacqui e lo seguii, un passo doloroso dopo l'altro. Più camminavamo, e più il paesaggio diventava brullo e roccioso. Le caviglie mi si torcevano e incespicavo nelle pietre nascoste. Ogni tanto i piedi mi affondavano in una melma puzzolente. Dopo qualche tempo un'alta cresta ci sbarrò la strada. Era ripida e, quando arrivai in cima, dovetti riposare a lungo prima che le vertigini cessassero e il sangue smettesse di ronzarmi nelle orecchie. Dalla sua sommità, il mondo appariva così grigio, desolato e dimenticato da Dio che avrebbe potuto essere la luna. In un territorio tanto selvaggio nascevano solo i fiori più resistenti. Vaste paludi invase dalle canne si allungavano a perdita d'occhio. Un passo falso, e un acquitrino ti avrebbe inghiottito fino al petto e divorato a poco a poco mentre ti aggrappavi all'erba con tutte le tue forze. Soltanto un pazzo avrebbe provato ad attraversare quei luoghi. Più in là, la cresta era ammantata da nuvole basse che minacciavano di avvilupparci e di cancellare ogni speranza di trovare la strada. Udivo ancora l'allodola, ma ora il suo canto era timoroso e sconsolato. Fui assalita dalla paura, dall'ansia di non avere energie sufficienti per raggiungere Newlyn né per tornare alla baia. Non dissi al ministro che ci eravamo persi e che avremmo dovuto fare dietro front. Si sarebbe solo intestardito ancora di più.

«Se fossi da solo, proseguirei lungo questa collina e

cercherei una strada attraverso le paludi laggiù» disse. «Tuttavia, date le difficoltà che avete con quegli stivaletti, credo sia meglio tornare sui nostri passi.»

Bevemmo l'ultimo goccio d'acqua. Ero restia ad alzarmi e appoggiare il peso sulle vesciche, ma non avevo altra scelta. Ripercorremmo la china, e la discesa vertiginosa mise a dura prova i miei poveri polpacci indolenziti più di quanto avesse fatto la salita. Dopo un poco vidi un sentiero che passava accanto a un vecchio deposito in rovina e a un albero morto, un vecchio olmo cavo. Riconobbi il posto e capii che eravamo vicini alla strada maestra. Chiamai il ministro, che camminava davanti a me, rompendo il lungo silenzio. Questa volta non mi contraddisse, bensì accettò di seguire le mie istruzioni con un cenno di assenso e uno sguardo distante negli occhi, come un uomo che sta pensando a questioni più importanti. Ero allo stremo per la stanchezza e il dolore, una martire per la causa di quei graziosi stivaletti. La vista di Gideon davanti a me, troppo alto e possente per venirmi affianco e mostrare un poco di solidarietà, alimentò la mia rabbia. Si fermò ad aspettarmi all'imboccatura di un bivio, non sapendo quale sentiero prendere.

«Potremmo essere le uniche persone sulla faccia della terra, come Adamo ed Eva» osservai.

Mi ignorò, il che mi spinse a continuare.

«Ho sempre pensato che gli uomini siano stati terribilmente duri con la povera Eva. Adamo non ha forse mangiato la mela a sua volta? E supponete che Eva non l'abbia mai assaggiata: dove saremmo adesso? Ce ne andremmo in giro nudi come vermi senza neppure accorgercene o farci caso.»

Non rispose, ma ebbi l'impressione che avesse curvato un tantino le spalle.

«Guardate lì» insistetti per continuare a stuzzicarlo. «Forse è laggiù che ci aspetta il serpente, in quel frassino.»

«Credo sia meglio che risparmiate le energie» replicò. «Cominciate a farneticare, sorella Blight.»

Gli dissi da che parte andare e proseguì. Restammo in silenzio per qualche tempo. «Ah!» esclamò d'un tratto. Riconobbe la strada maestra, quella che conduceva a Newlyn. Arrancai fino al ciglio, quindi crollai a terra.

«Attenderemo che passi un veicolo disposto a darci un passaggio» decise. «Non siete in grado di camminare ancora.»

Mi tolsi gli stivaletti e rimasi accasciata a terra, lasciando che l'erba fresca attenuasse il bruciore ai piedi e alle caviglie. Aspettai a lungo, sperando che all'orizzonte apparisse una carrozza diretta a Penzance, o anche solo un carretto che potesse accompagnarci per una parte del tragitto. La mia gola riarsa anelava acqua. Sulla strada scorsi scintillanti pozzanghere nere, ma erano soltanto miraggi prodotti dalla polvere e dal sole basso. Allo stesso modo, veicoli spettrali presero forma in lontananza prima di dissolversi nell'aria sfavillante. L'erba alta sussurrava accarezzata dalla brezza. Vicino alla mia testa, una formica rossa si arrampicò lentamente lungo un filo d'erba. Impiegò un'eternità per arrivare in cima e penzolò sul suo sostegno ondeggiante, facendo vibrare le antenne. Sembrava che io e il ministro fossimo fuori dal tempo, davvero soli al mondo come Adamo ed Eva.

Quando ormai avevo abbandonato ogni speranza e il

sole stava per tramontare dietro le colline lontane, udii il tintinnio di un campanello e, sulle prime, pensai di averlo sognato. Pregai che fosse attaccato al collo di un cavallo. Di lì a poco si udì uno sferragliare di ruote e si materializzò un carro che procedeva lentamente verso di noi, trasportando balle di fieno. Andava nella giusta direzione, verso Newlyn. Alla fine si fermò e udii le voci di Gideon e del contadino. Il ministro si avvicinò per informarmi che l'uomo era diretto a Paul, ma che avrebbe fatto una deviazione in cambio di una piccola somma. Provai ad alzarmi, ma il dolore era lancinante e scoppiai in lacrime, senza sapere se fosse per la gratitudine, la sofferenza o la confusione.

Gideon mi tese la mano ma, quando cercai di tirarmi su, le gambe mi cedettero e ricaddi sull'erba, singhiozzando per la vergogna.

«Mi rincresce per il diverbio che abbiamo avuto» si scusò. «A ben pensarci, credo che aveste ragione riguardo alla strada. Mi sono distratto, temo, e ho dimenticato di prestare attenzione ai punti di riferimento che avevo seguito fedelmente le altre volte. Spero che mi perdonerete. Ora, Mary, permettetemi di aiutarvi a raggiungere il carro.» Asciugandomi le lacrime, mi alzai e gli presi la mano, meravigliosamente calda e asciutta. Facemmo uno o due passi, ma mi tremavano le gambe e per poco non caddi. Il ministro mi prese in tempo e mi cinse la vita con il braccio per sorreggermi. Quando fummo vicino al carro, si chinò e mi sollevò, infilandomi una mano sotto le ginocchia, cosicché i miei piedi penzolarono per un momento come quelli di una bambina, e poi mi adagiò quasi con tenerezza, il volto a un soffio dal mio. Ci guardammo; i suoi occhi erano neri come il carbone. Mi girai, posai la testa sul fieno ispido e, con gli occhi chiusi, aspettai che il cuore rallentasse.

Mi svegliai, rannicchiata sul fieno e intirizzita. Era notte ed eravamo a Newlyn. Questa volta Gideon non mi aiutò a scendere dal carro, ma saltò giù per pagare il contadino. Il buio era rischiarato soltanto dalla luce torbida che proveniva dalla finestra della casa davanti alla quale ci eravamo fermati. Il ministro bussò e di lì a poco comparve una donna grassoccia.

«La povera Mrs Stone era molto preoccupata per il vostro ritardo, signore» disse. Gideon sospirò ed entrò, non lasciandomi altra scelta se non smontare e seguirlo. Ogni passo era una tortura, con quegli stivaletti. Quando fui nel piccolo ingresso, vidi la donna aiutare il ministro a togliersi il cappotto. Mi squadrò, tirandosi indietro come se avesse paura di avvicinarsi, quindi lo guidò oltre l'uscio di un'altra stanza. Non osando imitarli, restai dov'ero, rimpiangendo di non essere rimasta a casa.

Una voce femminile, acuta e stizzita, urlò: «Ero fuori di me per la preoccupazione, ti aspettavamo ore fa». Pareva un'autentica snob. Doveva essere la moglie di Gideon, ipotizzai. «C'è Rebecca. Ho mandato Susan a chiamarla, non sapendo cos'altro fare.»

«Il cielo sa quanto la povera Mrs Stone sia stata coraggiosa» aggiunse una seconda voce, quella della donna che ci aveva aperto.

«Dov'è la nostra maestra di catechismo? L'hai nascosta?» chiese l'altra.

«Sorella Blight, per favore, siate così gentile da entrare» chiamò il ministro.

Varcai la soglia zoppicando. All'inizio, dopo essere stata al buio così a lungo, fui abbagliata dalla luce delle candele. Dopo un po' distinsi una pendola, troppo grande per quella stanzetta ingombra, e tre donne sedute su una panca. Non potei fare a meno di restare a bocca aperta quando posai lo sguardo sulla signora al centro, intuendo che era Mrs Stone. Sembrava agghindata per un ballo, con un vestito di seta azzurra dalla scollatura ampia e dalle maniche imbottite, le gonne increspate e vaporose. Non ne avevo mai visti di simili, nemmeno a Penzance. Al suo fianco c'era la donna grassoccia che ci aveva fatti entrare e, dall'altra parte, una ragazza robusta con gli incisivi sporgenti. Le cameriere di Mrs Stone, immaginai. La padrona di casa mi fissò con gli occhi sgranati, portandosi un fazzoletto al seno come se potesse svenire al solo vedermi.

Mi voltai verso Gideon in cerca di aiuto, ma lo sguardo mi cadde sul penoso riflesso di uno specchio rotondo dalla cornice dorata, appeso sopra il camino sulla parete dietro di lui. Vidi una donna inzaccherata, con le spalle curve, che pareva essere stata trascinata per i capelli tra cento arbusti di ginestrone. Avrebbero tranquillamente potuto scambiarla per la donna selvaggia di un'attrazione del luna park. Sarebbe stato arduo trovare qualcuno che sembrasse meno adatto per il ruolo di maestra.

Le donne sospirarono lanciando gridolini scandalizzati, e Mrs Stone scosse la testa per far capire al ministro che era stato deprecabile, da parte sua, sottoporre una povera creatura a una prova così estenuante.

«Santo cielo, com'è ridotta! È zoppa?» domandò la donna grassoccia.

«Il viaggio è stato molto faticoso. I piedi di Miss Blight sono pieni di vesciche» rispose il ministro.

«Presto, Susan, va' a prendere una bacinella d'acqua tiepida e del sale» ordinò Mrs Stone alla ragazza dagli incisivi sporgenti, che si precipitò fuori dalla stanza. «Miss Blight, accomodatevi pure, spero che mio marito non sia stato troppo burbero. Dimentica che noi donne non siamo robuste come lui. Questa è Mrs Gurney» disse, riferendosi alla donna grassoccia. «Baderà a voi durante la vostra permanenza. Ora, Mrs Gurney, aiutatemi a togliere gli stivaletti a questa povera donna.»

Mi fecero sistemare su una sedia che presero dal centro della stanza, e lasciai che me li sfilassero, strappandomi una serie di lamenti.

«Perbacco! Guardate in che stato sono i suoi poveri piedi, tutti escoriati e sanguinanti» osservò Mrs Gurney.

Un'altra donna mi guardava, seduta al lato opposto della stanza. Aveva lineamenti lunghi e appuntiti e sedeva diritta come un fuso. Sorrise, ma i suoi occhi erano colmi di pietà e la sua compassione mi riempì di vergogna tanto che sentii qualche lacrima rotolare sul mio viso. Come se ne accorse, si coprì la bocca con le mani, quindi si alzò e attraversò il salotto fermandosi di fronte a me.

«Mia cara, spero di fare presto la vostra conoscenza, ma temo di essere solo d'intralcio qui stasera» mi disse. «Sono sicura che sotto la guida di Ellie diventerete un'ottima maestra di catechismo e non vedo l'ora di scoprire tutto di voi.» Sorrise e mi tese la mano. «Rebecca Vyvyan.» Gliela strinsi rapidamente, poi tornai a concentrarmi sui miei piedi malconci, intimorita da quel tono confidenziale in bocca a un'autentica snob e incerta su cosa ci si aspettasse che facessi.

«Stavo per congedarmi quando è arrivato Mr Stone» disse, abbracciando Mrs Stone. Poi gli fece un cenno di saluto e uscì. Doveva essere parente di quel dottor Vyvyan che spesso veniva alla baia, immaginai.

Finalmente il ministro andò da sua moglie, che si girò dall'altra parte quando la baciò sulla guancia. Fiutai il suo profumo. Senza rivolgergli la parola, lei si alzò e si avvicinò a me. Mrs Gurney le porse uno sgabello imbottito.

«Immagino che mio marito vi abbia detto tutto di me.» Mrs Stone si sedette. Scrollai il capo, perché il ministro non mi aveva mai parlato di lei. «Insomma, Gideon, cosa ti salta in mente?» Arricciò il naso e mi chiesi se fosse colpa del mio puzzo di sudore e del fango maleodorante che mi incrostava l'orlo delle gonne. Quanto a lei, sembrava luccicare nel chiarore delle candele.

Susan tornò con una bacinella d'acqua, rovesciandone metà sul tappeto mentre cercava di passare dalla porta. Mi fissarono tutte e tre mentre immergevo i piedi, chiudevo gli occhi e rovesciavo la testa mugolando. Quando alzai le palpebre, il liquido si era già tinto di marrone.

«Forse preferireste che Susan vi accompagnasse di sopra, dove potrete lavarvi usando il mio catino?» propose Mrs Stone.

«Questo può aspettare fino a domani» si intromise Gideon. «Ora Miss Blight ha bisogno di un bel sonno.»

«La camera degli ospiti è pronta» disse Mrs Stone.

«Non vorrete salire le scale, mia cara» replicò Mrs Gurney. «Accompagno io la signorina al piano di sopra.»

«Sarebbe troppo disturbo offrirmi un bicchier d'acqua, signora?» dissi. Come suonavo rozza e campagnola, in confronto a Mrs Stone.

«Vado in cucina a lavarmi» annunciò Gideon. «Penso a tutto io, perciò non devi preoccuparti, Susan. È tardi e immagino che voi signore vogliate ritirarvi.» Uscì senza aggiungere altro, chiudendosi la porta alle spalle.

Il sorriso svanì dalle labbra di Mrs Stone.

«Nemmeno una parola sul mio vestito nuovo, preso nel negozio di mio padre» disse a Mrs Gurney. «L'azzurro fiordaliso è il colore della stagione, anche se non pretendo che mio marito lo sappia né che riconosca una vera seta di Macclesfield quando la vede.»

«Siete incantevole, mia cara» rispose l'altra. «L'ha detto persino Miss Rebecca, e il cielo sa che non si intende affatto di moda. Basta guardarla per capirlo.»

Mrs Stone, abbattuta, mi lanciò un'occhiata, prima di voltarsi verso la ragazza dagli incisivi sporgenti. «Susan, saresti così gentile da portare la maestra di mio marito su nella sua stanza?»

9

Il mattino seguente, Mrs Stone mi permise di andare in camera sua per usare il catino. Sapevo che me l'aveva concesso perché non sopportava il tanfo dei poveri, ma avrei sopportato qualunque mortificazione pur di mettere le mani sul suo sapone profumato. In piedi nella piccola vasca piena d'acqua calda, sollevai la sottoveste e mi strofinai con una saponetta trasparente alla lavanda. Non ne approfittai per tutto il tempo che avrei voluto perché la porta non era chiusa a chiave. Quando ebbi finito, mi tamponai con un asciugamano di lino appeso al portacatino, ancora umido dopo essere stato usato da Mrs Stone. La signora aveva addirittura uno spazzolino per lavarsi i denti e un piattino di fuliggine che usava per lo stesso scopo.

La sua camera sembrava il paradiso, tutta bianca, anche le pareti, le tende alle finestre e le coperte. Persino il comò e il portacatino erano candidi, con una bacinella e una caraffa dello stesso colore. Sul cassettone erano posate boccette di olio per capelli profumato, la fonte del suo buon odore. Spostai la tenda per sbirciare il letto, notando che era grande quanto bastava per ospitare comodamente Gideon e sua moglie.

Facendo un passo indietro, vidi qualcosa sul pavimento dietro l'orlo della coperta, l'angolo di un libro che era stato spinto sotto il letto. Senza far rumore, andai alla porta e la socchiusi. La casa vista dal piano di sopra era silenziosa, l'uscio del salotto chiuso. Mi inginocchiai per raccogliere il volume. Si intitolava *La virtù castigata*, di Mrs Catherine Fitzherbert. Temendo che arrivasse qualcuno prima di aver avuto la possibilità di esaminarlo, non mi vestii subito, ma mi inginocchiai accanto al letto e mi misi a sfogliarlo, spinta dalla curiosità e dalla paura di essere pizzicata.

Era una raccolta epistolare di Lady Rosemount, una donna nel fiore della giovinezza che, dopo una delusione amorosa, andava in Italia, un cupo paese di montagne maestose, castelli e foreste popolate da lupi ululanti. Scriveva a un'amica in Inghilterra ed entrambe usavano parole così altisonanti che non ne capii nemmeno la metà. Lady Rosemount era *in preda a un impeto di passione che le robuste catene dell'avvedutezza non potevano trattenere* e aveva una tresca con un conte di quelle parti, il che significava, supposi, che erano amanti. Pur essendo una sgualdrina, Lady Rosemount padroneggiava un lessico molto raffinato e mi impressi nella memoria espressioni come *Ero sempre intensamente sensibile alle bellezze della natura* o *Cos'è una donna quando non ama né è amata?* Tuttavia non ebbi il tempo di soffermarmi sulla storia, sicché passai direttamente alle ultime pagine per sapere cosa ne fosse stato di lei. Prima che potessi scoprirlo, udii una porta che si apriva al piano inferiore e infilai di nuovo il libro sotto il letto.

Quando mi fui vestita, scesi e stavo per bussare all'uscio del salotto quando sentii due voci attutite. Mrs Stone e Mrs Gurney.

«No, signora, non è affatto come mi aspettavo» disse Mrs Gurney. «È assai graziosa, però, seppure un poco ordinaria.»

Mrs Stone scoppiò a ridere. «Forse confondete il suo fascino gitano con la vera bellezza, mia cara, ma non ha né l'autocontrollo né la dignità di una signora.»

«Oh no, certo che no...»

«Ha tutta la semplicità grossolana di una campagnola, con una disinvoltura nelle movenze che non è affatto appropriata.»

«Stavo proprio dicendo la stessa cosa, Mrs Stone.»

«Non ha un girovita degno di questo nome, ve ne siete accorta? E non porta il corsetto.»

«Immagino sia per permetterle di muoversi liberamente quando lavora.»

«In ogni caso, è così stretta e diritta che un corsetto non basterebbe per migliorare la sua figura. Da dietro, si potrebbe tranquillamente scambiare per un ragazzo, a parte i capelli rossi, sufficienti per dar fuoco a un mucchio di fieno. E Blight? Significa *rovina*! Che razza di cognome! Speriamo non sia un presagio. Orbene, dov'è quella donna, santo cielo?»

Bussai e mi dissero di entrare. Mrs Stone lanciò un'occhiata ai miei piedi nudi e distolse lo sguardo con un leggero brivido. Mrs Gurney lasciò la stanza, facendomi uno sbrigativo cenno di saluto mentre mi passava accanto. Mrs Stone mi indicò dove sedermi al piccolo tavolo e prendemmo posto. Aveva tirato fuori la Bibbia con alcuni libri di sermoni e catechismi.

«Non ve ne avrete a male, spero, se vi confesso che sono rimasta un poco sorpresa quando mio marito mi ha avvisata, senza prima consultarmi, che avrebbe portato una donna a casa nostra e che avrei dovuto istruirla» esordì. «Devo ammettere che avevo immaginato una persona un tantino più adulta e dal contegno assai più posato.»

Rimasi immobile, con una voglia matta di grattarmi le mani perché per l'agitazione mi era uscito uno sfogo sulla pelle.

«Inizierò spiegando le semplici dottrine che dovete trasmettere ai bambini» proseguì. «Me le ripeterete parola per parola. Serve ad assicurarsi che non vi discostiate dalle intenzioni del buon Dio durante l'insegnamento. Capito?»

Annuii. Mi fissava le mani, perciò guardai le sue, piccole e bianche, senza un segno, e poi di nuovo le mie, sciupate dal lavoro, più grandi di quelle di una signora raffinata, con le unghie crepate e ingiallite, rosicchiate fino alla carne viva. Vergognandomi, le nascosi sotto il tavolo.

«Bene, cominciamo allora.»

Mrs Stone mi guastò il piacere di leggere la Bibbia. Da bambina giravo le pagine per scoprire cosa sarebbe accaduto dopo, per sapere se Noè fosse riuscito a costruire l'arca prima del diluvio, se Abramo avesse tagliato la gola a suo figlio o se Lot fosse andato a letto con sua figlia. Quella donna, tuttavia, trasformò ogni storia in una lugubre lezione morale. Parlò perlopiù di Gesù e dei discepoli, dimenticando gli episodi dell'Antico Testamento, che erano molto più ricchi di suspense. L'intera Bibbia, comunque, era solo un racconto obsoleto e insignificante dopo le lettere di Lady Rosemount, e giurai a me stessa che avrei letto il resto del libro se mai ne avessi avuta l'opportunità.

Ascoltai, sforzandomi di seguirla, torcendomi le mani in grembo. Con il passare delle ore, incespicai nelle parole che mi costringeva a ripetere, non conoscendone il significato. L'unico suono era il *tic tac* della pendola, che diventò ogni minuto più irritante. Trasalivo tutte le volte che l'orologio batteva il quarto d'ora. I miei pensieri ruotavano continuamente intorno al ministro, a come mi avesse adagiata sul carro e a quando l'avrei rivisto.

Quando mi distraevo, Mrs Stone lo intuiva e cercava di cogliermi in fallo. «Cosa credete che intenda il Signore in Giovanni quando dice: "E ho altre pecore che non sono di quest'ovile; anche queste io devo condurre; ascolteranno la mia voce e diventeranno un solo gregge e un solo pastore"?»

«Le pecore siamo noi, i Suoi figli, immagino...»

«Certo che le pecore sono i Suoi figli! Ma cosa dice al riguardo?»

«Di non dimenticarsi dei poveri... che vivono lontano e potrebbero essere trascurati.»

«Sbagliato, di nuovo. Vuol dire che tutti devono entrare a far parte della Sua chiesa. Tutti, ovunque.»

Quando ebbe finito con i vangeli, espose le sue idee sull'istruzione. «Forse potrebbe interessarvi sapere che una volta sono stata alla scuola di catechismo a Redruth, che credo sia stata la prima in tutta la Cornovaglia. Ho incontrato diversi bambini durante i miei viaggi e c'era una netta differenza tra quelli che frequentavano la scuola e gli altri. I secondi erano chiaramente poco inclini ad accettare la moderazione e la disciplina che una buona scuola impone. Pertanto non possiamo dubitare che lo studio del catechismo sia lo strumento più efficace per inculcare nei bambini un comportamento più rispettoso.»

Annuii, ma sotto il tavolo avevo i pugni serrati.

«Ora vi dispiace raccontarmi qualcosa sulla vostra frequentazione della chiesa?»

«Sono stata a messa assai spesso, a Pasqua, a Natale oppure per matrimoni o battesimi.»

«Tutto qui? Che il cielo ci aiuti! E la domenica?»

«La vecchia chiesa a Porthmorvoren è andata in rovina e non abbiamo un pastore da anni. Certe volte dobbiamo andare fino a Paul.»

«Ma devono essere almeno dieci miglia! Prendete il sacramento, spero?»

Abbassai gli occhi, vergognandomi perché non avevo capito la domanda.

«Fate la comunione?»

Scossi la testa.

«Santo cielo!» Cominciò a raccogliere i libri. «Credo che per oggi sia sufficiente. A essere sincera, la vostra conoscenza delle Scritture è un tantino migliore di quanto temessi.»

«Grazie, Mrs Stone» borbottai.

«Tuttavia la vostra concezione degli insegnamenti morali da trarne è piuttosto fantasiosa e fuorviata. Soprattutto la vostra interpretazione delle parabole, che sovente è lontana da ciò che intendeva il Signore.»

Prima di pranzo, il dottor Vyvyan venne a esaminare le mie vesciche. Era strano vederlo lì, quando prima l'avevo incrociato soltanto durante le sue visite alla baia. Ricordando l'ultima volta che ci eravamo incontrati, arrossii. In sua presenza, Mrs Stone era tutti sorrisi e pareva molto più preoccupata per i miei piedi di quanto lo fosse prima.

«Sono alquanto sorpreso di vedervi qui» mi disse il

medico. «Spero che i vostri dubbi sull'efficacia della medicina moderna siano diminuiti dal nostro ultimo incontro. O forse dovrei appendere al soffitto un povero uccello spennato?»

A quelle parole, Mrs Stone si portò una mano alla bocca, inorridita. Da quando era arrivato il dottore, notai, si mostrava molto garbata, assai diversa da come era stata con me.

«Prima o poi vi racconterò la storia, Ellie» promise il dottor Vyvyan.

Mi chiese della mamma e risposi che, tutto sommato, stava abbastanza bene. Il pensiero di mia madre che tossiva sulla sua poltrona mi fece salire le lacrime agli occhi e, accorgendosene, il medico mi confortò posandomi la mano sulla spalla.

«Passerò da voi la prossima volta che verrò a Porthmorvoren. Ora, però, diamo un'occhiata a questi piedi.» Prese una caviglia alla volta e si girò il piede tra le mani per guardarlo da tutti i lati, tastando le vesciche con l'indice e strappandomi smorfie di dolore.

«Non è nulla che non possa guarire entro qualche giorno. Fate bene a esporre la pelle all'aria e a lasciare che la natura faccia il suo corso.» Appoggiò sul tavolo un vasetto rotondo. «Ecco un unguento. Stendetelo sulle vesciche mattina e sera.»

Per il resto del tempo, il dottor Vyvyan e Mrs Stone parlarono tra loro come se non ci fossi. Quando il medico stava per andarsene, udii la signora che lo salutava nell'ingresso.

«Siete stato un santo, come sempre» disse con voce lieve e civettuola. «Vado a prendere il borsellino.»

«Non se ne parla nemmeno, Ellie.»

Quando il dottore se ne fu andato, Mrs Stone tornò in salotto, rigida e compita come sempre.

«Cenerete con me alle sei» annunciò.

«Ci sarà anche Mr Stone?»

«Temo di no. È stato costretto ad assentarsi durante il vostro soggiorno. Sarà fuori per le visite ai vicari delle Società metodiste di Penwith per la prossima settimana. È assai fastidioso per lui, naturalmente, ma ha trascurato il lavoro nel circuito a causa degli impegni nella vostra baia. Cosa vi prende, sorella Blight? Siete impallidita all'improvviso. Spero sinceramente che non vi stiate ammalando.»

A cena ero così giù di morale che Mrs Stone mi mandò a letto presto. Passai quasi tutta la notte in bianco, con le mie speranze vane che affioravano nell'oscurità. Senza ammetterlo a me stessa, avevo sognato che durante il mio soggiorno in quella casa la provvidenza mi mettesse in qualche modo sulla strada di Gideon Stone. Le mie aspettative si erano consolidate quando mi aveva presa in braccio e depositata sul carro, guardandomi negli occhi più a lungo di quanto fosse appropriato. In seguito, quando avevo visto come le finzioni e la falsità di sua moglie lo indispettissero, mi ero convinta che fosse una prova dei suoi sentimenti segreti per me, analoghi ai miei per lui. Invece se n'era andato, lasciandomi per un'intera settimana con una donna che detestavo e da cui ricevevo solo disprezzo, e capii che per tutto il tempo aveva soltanto voluto fare di me la maestra di catechismo della baia. Quasi senza confessarlo a me stessa, avevo fantasticato che Gideon mi aiutasse a fuggire da lì e mi innalzasse sopra i più facoltosi di Porthmorvoren, che mi auguravano del male e volevano tarparmi le ali.

L'indomani mattina ebbi un po' di tregua da Mrs Stone perché andò a Truro con Miss Rebecca Vyvyan, la signora alta che avevo visto la sera del mio arrivo. Poiché Miss Vyvyan era la sorella del dottore, poterono usare la sua carrozza. Mrs Stone tornò a metà pomeriggio con un mazzo di fiori, che mise in un grosso vaso sul camino. Restai abbagliata dalla loro bellezza, aster viola e rose bianche screziate. Quando li ebbe disposti a proprio gusto, si sedette stancamente sulla panca mentre Mrs Gurney le infilava un cuscino dietro la schiena. Le osservai dalla sedia accanto alla finestra, con un libro di sermoni tra le mani.

«Che maestria!» si complimentò Mrs Gurney con la sua padrona, riferendosi ai fiori.

«Faccio il poco che posso per portare arte e raffinatezza in questa casetta» disse Mrs Stone.

«E che fragranza! Il salotto profuma come Lemon Quay nei giorni di mercato. Peccato non abbiate conoscenti altolocati che vengano a farvi visita e vedano di cosa siete capace.»

«Potete dirlo forte, mia cara. Oggi io e Miss Vyvyan abbiamo fatto una passeggiata in Princes Street. Lì si tiene un ballo quasi tutte le settimane. I Boscawen e i Lemon sono stati a una festa proprio ieri sera. Persone più felici di me, che possono frequentare il teatro e le sale da concerto. Miss Vyvyan mi rimprovererebbe se sapesse che desidero simili svaghi, ma sicuramente è perdonabile immaginare la bella figura che potrei fare tra nuove persone, non credete?»

«Certo, Mrs Stone. Una signora elegante come voi non dovrebbe nascondersi dal mondo.»

«Perlomeno domani avrò un poco di compagnia. C'è una ragione per questo acquisto insolito dei fiori. Ho invitato per un tè Miss Vyvyan e Mr Dabb, il nuovo giudice di pace.»

«È meglio che arrivi presto e che inizi a cucinare, allora» disse Mrs Gurney. «Dovremmo offrire anche del latte caldo. E la casa avrà bisogno di una bella ripulita, naturalmente.»

«Non risparmieremo alcuno sforzo per dare un'impressione di noncurante trascuratezza» disse Mrs Stone, scoppiando in una risata argentina.

Bussarono alla porta e Susan andò ad aprire. C'era un andirivieni continuo di venditori ambulanti, avevo notato. Di lì a un momento, la ragazza entrò in salotto e porse un messaggio a Mrs Stone.

«Chi te l'ha dato?»

«La cameriera di Miss Vyvyan.»

Mrs Stone esaminò la busta. «Sì, riconosco la calligrafia di Rebecca.» La aprì e tirò fuori un biglietto. Quando lo ebbe letto, impallidì e la mano che stringeva il foglio le cadde lungo il fianco. «Devo andare a prendere i sali?» chiese Mrs Gurney.

Mrs Stone scrollò il capo.

«Volete che vi sprimacci i cuscini, mia cara? O che vi porti una fetta di torta? Non vi siete affaticata troppo, vero?»

«Per favore, non agitatevi!» Mrs Stone la allontanò con un gesto della mano. «Trovate qualcosa di utile da fare. Vorrei restare sola per qualche minuto. Vi chiamerò se avrò bisogno di voi.»

Mrs Gurney parve molto contrariata, ma obbedì. Mi alzai per seguirla, ma la voce di Mrs Stone mi inchiodò sulla soglia.

«Voi restate, Miss Blight. Ho una questione da discutere con voi. Sedetevi laggiù.»

Aspettai, accomodandomi su una sedia dallo schienale diritto. Mrs Stone mi guardava, il capo inclinato da un lato. Essere studiata in quel modo mi innervosì, sicché presi la stoffa della gonna e la piegai a fisarmonica, un vezzo che avevo da sempre.

«Sicuramente vi meraviglierà sapere che la mia cara amica Rebecca ha richiesto la vostra presenza per domani» disse.

«La mia presenza?»

«Al tè. Fate bene a essere allarmata. Temo che Rebecca sia molto volubile. Naturalmente vi sentirete fuori luogo tra gente così distinta, ma dovrete fare buon viso a cattivo gioco. Di certo Mrs Gurney sarà assai sconcertata quando scoprirà che voi siete stata invitata e lei no. Dovrò pensare a come informarla.»

«Ma perché Miss Vyvyan vuole che ci sia anch'io?»

«È molto incuriosita da voi. Non ha parlato d'altro in carrozza questa mattina. Immagino voglia una nuova causa per il suo ente benefico. Ma state certa, si stancherà presto di quest'ultimo capriccio. Cercate soltanto di non mettermi in imbarazzo davanti ai miei ospiti.»

Poco prima del tè andai in salotto e trovai Mrs Stone che posava un libro sul tavolino. *Thoughts Upon Slavery* di Mr Wesley. Non l'avevo mai vista leggerlo, eppure infilò un fiore secco tra due pagine come se l'avesse fatto. Si udì un energico colpo alla porta e d'un tratto la stanza si riempì di rumore. Gli ospiti erano arrivati tutti insieme. Miss Vyvyan entrò e, vedendomi scalza, restò a bocca aperta.

«Perdonate i piedi di Miss Blight» si affrettò a dire Mrs Stone. «Si sono coperti di vesciche mentre attraversava la brughiera. Non appena saranno guariti, intendo portarla a Penzance per farle fare un paio di stivaletti nuovi.»

«Piedi nudi? Oh, è sublime!» disse Miss Vyvyan ridendo. «Spero che riusciate a lanciare una nuova moda. Nulla mi farebbe più piacere che andarmene in giro scalza. O magari danzare sulle note di una chitarra gitana?» Mr Josiah Dabb, il giudice di pace, sorrise mentre si spostavano verso il tavolo. «Semplicità ed eleganza prive di fronzoli» commentò Miss Vyvyan, sedendosi.

«Siete troppo gentile» replicò Mrs Stone.

«Come se una ninfa greca fosse uscita da un boschetto in un dipinto» cinguettò Miss Vyvyan, mostrandomi i denti storti. Mrs Stone parve assai seccata, rendendosi conto che il complimento era destinato a me. Imbarazzata per tutta l'attenzione rivolta ai miei piedi, li nascosi. Miss Vyvyan si era accomodata a capotavola, di fronte a Mrs Stone, mentre Mr Dabb era sul lato opposto rispetto al mio.

«Miss Blight non si guadagnerà il rispetto dei bambini sembrando un'indigente. Perciò avrà degli stivaletti nuovi» disse Mrs Stone sorridendo e sbattendo le ciglia. Sorpresi Mr Dabb a farle l'occhiolino mentre si posava il tovagliolo sulle ginocchia. Era un uomo tarchiato, con il volto arrossato e favoriti bianchi.

«Miss Blight, vi dispiacerebbe se vi chiamassi per nome?» Miss Vyvyan si chinò verso di me sorridendo.

«È Mary» risposi.

«E siete di Porthmorvoren, Mary? La vita è dura laggiù?»

Non volendo dire la cosa sbagliata, guardai Mrs Stone, che però tenne lo sguardo puntato su Miss Vyvyan.

«Parlatemi della vostra famiglia» mi esortò Miss Vyvyan.

Mi schiarii la voce, ricordando solo all'ultimo momento di mettere la mano davanti alla bocca. «Ci siamo soltanto io, mia madre e mia sorella Tegen.»

«Niente padre né fratelli?»

Scossi la testa.

«Deve essere terribilmente difficile per voi.»

«Sì, signora. Ma facciamo del nostro meglio.»

«Che sobrio stoicismo.» Guardò Mrs Stone e Mr Dabb, che annuirono entrambi.

«Gli abitanti del vostro villaggio vi aiutano, immagino...»

«Alcuni sì. Altri no.»

«Santo cielo! Che lavoro fate?»

«Qualunque cosa troviamo, a seconda della stagione. Preparare le sardine da conservare, rammendare o incatramare le reti. Lavori disgustosi, insomma. Oppure intrecciare giunchi come se fossero i capelli di una bambina, per fabbricare canestri da usare nei campi.»

«Canestri?» chiese Miss Vyvyan.

«Ceste, intendo. E spaccare i filoni nella miniera, cucire i sacchi e fare gli stoppini per le candele e le lampade a olio.» Vedendo che Miss Vyvyan faceva sì con la testa per ogni cosa che dicevo, proseguii. «E quando il cibo scarseggia, signora, io e Tegen andiamo a pescare gamberetti nelle acque morte o a cercare granchi. Poi bisogna sempre cucinare, attingere l'acqua dal pozzo, fare il bucato, rammendare e tessere.»

«Ci siamo fatti tutti un'idea molto chiara di come Miss Blight passi il suo tempo» mi interruppe Mrs Stone.

«Come fate a sopportare tutto questo?» domandò Miss Vyvyan, ancora decisa a continuare l'interrogatorio.

«Di tanto in tanto beviamo un bicchierino di brandy. Quanto a me, mi tiro su il morale cantando qualche motivetto.»

«Magnifico! Quali sono i vostri preferiti?»

«Qualunque melodia allegra mi passi per la mente.»

«La prossima volta vi ascolteremo cantare.»

Abbassai gli occhi, sperando che mi lasciasse in pace.

«Come siete esile, Mary. Immagino che ogni tanto patiate la fame, nonostante tutta la fatica che fate?»

Annuii.

«Che ne direste se venissi al vostro villaggio? Mi piacerebbe vederlo con i miei occhi.»

«Potreste trovare gli abitanti del villaggio un poco rozzi e maleducati, signora.»

«Andiamo, Mary, basta con questo *signora*. Insisto perché mi chiamiate Rebecca. Ora ditemi, Ellie è una brava insegnante?»

Assentii, ma non con la rapidità che avrebbe voluto Mrs Stone, a giudicare dalla sua espressione.

«Ellie mi ha detto che avete una sorprendente conoscenza della Bibbia, è vero?»

«Mi piacciono le sue storie, signora.»

Miss Vyvyan si rivolse al giudice. «Ebbene, Mr Dabb, non trovate che questa giovane donna sia l'esempio lampante di un individuo delle classi povere che si impegna per migliorare?»

Mr Dabb sorrise. Aveva una voce alta e aspra, e un accento che non sapevo riconoscere. Spiegò a Mrs Stone che era un benefattore dell'Associazione filantropica per la lotta all'indigenza, capeggiata da Miss Vyvyan, e che veniva da un posto chiamato Hanley, che disse essere una località del Nord, piena di convertiti al metodismo. Si trovava in Cornovaglia per dare consigli ai proprietari delle miniere sulle pompe a vapore ed era stato nominato giudice solo di recente.

Miss Vyvyan si girò verso Mrs Stone. «Ellie, devi permettermi di prendere in prestito Mary per presentarla durante la prossima riunione pubblica.»

Mrs Stone si sforzò di sorridere, ma intuii che il tè non stava andando come aveva sperato. Con mio sollievo, in quel momento Susan entrò con il vassoio che le vacillava tra le mani. Il profumo degli *scones* ancora caldi mi fece gorgogliare lo stomaco, e lo zucchero era in una graziosa ciotolina di cristallo.

«Ellie, vi andrebbe di accompagnarmi a Porthmorvoren?» chiese Miss Vyvyan, imburrando il suo *scone*. Mrs Stone annuì, spalmando la marmellata sul suo.

«Vi auguro buona fortuna.» Mr Dabb bevve rumorosamente il tè. «La cecità mentale di quei villaggi isolati è la vergogna di tutta la Cornovaglia. Noi metodisti dobbiamo impegnarci per sottomettere tutti i degenerati che cedono all'influsso della malvagità. È nostro dovere dimostrare che un uomo può migliorare la propria posizione studiando e applicandosi seriamente.»

Mrs Stone annuì con vigore.

«Lasciate che vi dica qual è il problema dei campagnoli, nonostante questa giovane donna» continuò Mr Dabb. «Non è la disoccupazione né i salari modesti o i viveri costosi. Il problema è l'inclinazione che le persone volgari hanno a dedicarsi eccessivamente alle cose superflue della vita. I loro figli sono vestiti di stracci, ma loro non ci pensano due volte ad avere gran quantità di tabacchiere in casa. E i pub trovano il modo di far vivere i lavoratori al di sopra delle loro possibilità, facendo loro credito finché l'importo dovuto è così ingente che gli ufficiali giudiziari vanno a cercarli, e lo sciagurato deve pagare un'ammenda oltre a saldare il conto.»

«Sicuramente dovremmo prendere in considerazione lo spirito dei tempi nel dettare le regole di condotta» osservò Miss Vyvyan.

Mr Dabb, tuttavia, non voleva saperne. «Assicuratevi che elargire fondi ai mendicanti non li guasti ulteriormente. Prima costringeteli a dimostrare che sono in grado di ottemperare ai doveri morali e ad avere più rispetto verso chi gli è superiore. Quando andrete nel villaggio di Miss Blight, signore, ricordate di informarvi sul carattere e sulle abitudini dei campagnoli prima di fare loro l'elemosina.»

In quell'istante entrò Mrs Gurney. «Cosa devo fare con quella ragazza! Si è dimenticata di portare il latte caldo.» Posò una caraffa sul tavolo, fermandosi dietro la sedia di Mrs Stone e pulendosi le mani sul grembiule bianco fresco di bucato.

«Mr Dabb ha ragione» disse Mrs Stone. «I poveri dovrebbero evitare di dilapidare i loro risparmi in frivolezze e pagare le imposte, come le persone rispettabili. Quanto al mostro di Porthmorvoren che ha staccato i lobi a una signora perbene per rubarle gli orecchini...»

Lo sguardo di Miss Vyvyan si posò su di me provocandomi un brivido, perché mi fece tornare alla mente il cadavere della nobildonna riverso sulla spiaggia. «Non turbiamo Mary, che sicuramente trova questo crimine raccapricciante come chiunque altro.»

«Sai come la penso al riguardo, Rebecca» replicò Mrs Stone. «Quando acciufferete il Cannibale di Porthmorvoren, spero che gli darete una punizione esemplare, Mr Dabb.»

«Forse non dovrei intromettermi» intervenne Mrs Gurney, «ma se dipendesse da me, il Cannibale riceverebbe una bella serie di frustate, seguita dalla deportazione e da dodici anni di lavori forzati. E sarebbe ancora poco.»

Bevvi un sorso di tè, ma era diventato freddo e amaro.

Dopo tre giorni, i miei piedi erano guariti abbastanza per percorrere il miglio fino a Penzance, così io e Mrs Stone andammo a comprare degli stivaletti nuovi. Fui costretta a calzare quelli stretti un'ultima volta, ma prendere una boccata d'aria dopo essere stata rinchiusa così a lungo con la moglie del ministro mi risollevò il morale. Il cielo era limpido e, oltre alle strida dei gabbiani, udii le urla dei mercanti e dei pescatori sulla spiaggia. Nel punto in cui erano ormeggiate le barche si innalzava una foresta di alberi maestri, con il sartiame che ondeggiava nella brezza. Mentre percorrevamo la strada costiera, la baia si aprì intorno a me e dall'altra parte dell'acqua vidi il castello su una collina nel mare e pensai a Lady Rosemount in Italia.

Mrs Stone voleva sapessi che stava facendo un enorme sacrificio, regalandomi degli stivaletti nuovi. Sperava che, per questo, non pensassi fosse ricca. Il salario di un ministro era davvero molto modesto, precisò. Mi lasciai scivolare addosso le sue parole, assaporando il buonumore di quel mattino. Alcune pescivendole di Newlyn ci passarono accanto, avvolte in mantelli scarlatti. Portavano il pesce in gerle legate a una larga fascia, che a sua volta era annodata ai loro cappelli di pelliccia di castoro, una cosa che non avevo mai visto al villaggio. Temevo che, guardandomi, avrebbero capito che ero una nemica da Porthmorvoren, ma mi oltrepassarono senza degnarmi di un'occhiata.

Di lì a poco camminavamo tra la calca lungo Market Jew Street a Penzance. Ebbi la sensazione di potermi perdere tra tutte quelle persone. I suoni mi stimolavano i sensi, lo sferragliare delle carrozze e lo zoccolio dei cavalli, mescolate alle urla dei venditori: «Cotone, sei pence la iarda!», «Camicie di lino, solo uno scellino per voi, signora!». In alcuni negozi vidi pan di zenzero e croccante, nonché caramelle di tutti i colori possibili e immaginabili, mentre altri vendevano opuscoli religiosi e stampe bibliche, e avrei voluto potermi permettere quella che raffigurava gli animali in fila, a due a due, davanti all'arca. Superammo Moses and Son, venditori di indumenti usati, dove io e Tegen eravamo state in passato. Ammirando i vestiti appesi ai sostegni sulla strada, ebbi la sensazione inebriante di poterne indossare uno e diventare un'altra persona. Nessuno mi avrebbe guardata in modo strano né avrebbe saputo o voluto sapere chi fossi o da dove provenissi.

Sui larghi marciapiedi rialzati, i ricchi e i poveri camminavano fianco a fianco, i più abbienti con i loro cappotti eleganti e le donne più indigenti con i loro mantelli rossi logori e rappezzati. Nella vetrina del negozio di tessuti c'era un altezzoso manichino di legno che sfoggiava capi all'ultima moda, mettendone in mostra l'eccellente fattura. Indossava un'elaborata cappa di velluto e un vestito attillato. Sotto il corpetto, la gonna cadeva in plissettature e finiva con un orlo increspato.

Ma di lì a poco incappai in un avviso inchiodato a un palo. Era lacero e strappato, eppure le parole urlavano il loro messaggio e, quando ne colsi il significato, il mondo prese a girarmi intorno. Sarei caduta lunga distesa sul marciapiede se un signore non mi avesse afferrata per il gomito. Rimasi lì per un istante, con il sangue che mi ronzava nelle orecchie, soverchiando i rumori della strada.

«Miss Blight? Miss Blight? Cosa vi prende?» Mrs Stone era accorsa. «Pare che abbiate visto un fantasma.»

«Ho bisogno di sedermi per un attimo.» Mi accasciai sui gradini di pietra accanto al municipio. Le parole del manifesto gettarono un'ombra su di me. Un ricco nobiluomo offriva una ricompensa, una somma enorme, a chiunque fosse disposto a fornire informazioni sulla persona malvagia che aveva rubato gli stivaletti, il vestito e i gioielli di sua moglie, per non parlare degli altri crimini nefandi commessi sulla sua persona. Il più esecrabile era averle staccato i lobi a morsi per sottrarle gli orecchini. Rividi mentalmente i bordi insanguinati e irregolari delle orecchie della donna, e zia Madgie che si avvicinava nella nebbia. Udii la sua voce: *È opera tua, Mary Blight?*

«Vi rendete conto che è assai sconveniente?» Mrs Stone mi riportò alla realtà.

«Mi dispiace, signora. Perdonatemi.»

Una donna gentile mi porse un bicchiere d'acqua, e lo sorseggiai. A poco a poco mi ripresi e mi accorsi di essere sulla strada affollata. L'euforia era scomparsa, sostituita da un senso di oppressione. Osservai gli snob che sfilavano in tutto il loro splendore, trattenendo il respiro per non sentire il sudore stantio dei poveri o chiudendo gli occhi per non vedere gli orli sbrindellati delle loro gonne e dei loro pantaloni. L'illusione di potermi confondere tra la folla svanì. Il colletto del mio vestito, rigido e consunto, mi sfregava contro il collo. Sotto le gonne, la ruvida lana pettinata delle calze rammendate mi dava il prurito. Tuttavia, sebbene la mia vita miserabile mi mettesse a dura prova, dissi a me stessa che l'importante era nascondersi dal pericolo, restare al sicuro e accettare il mio destino.

Mi alzai e mi guardai intorno in cerca di Mrs Stone, ma non la vidi né sulla strada né sui gradini. Poi mi girai verso il manifesto e la scorsi lì davanti, con il naso appiccicato alle parole stampate e gli angoli della bocca piegati in una smorfia disgustata.

Di lì a poco, mentre ero seduta nel negozio a piedi nudi, in attesa che il calzolaio trovasse un paio di stivaletti usati della mia taglia, Mrs Stone raccolse quelli vecchi e li esaminò molto attentamente. Corrugò la fronte e borbottò qualcosa a voce così bassa che dovetti leggerle le labbra: «Stivaletti allacciati sul davanti...».

«Questi li prendo io» disse. «Sono sicura che io e Miss Vyvyan troveremo una donna meritevole cui donarli durante il prossimo giro della parrocchia.»

«Speravo di darli in pegno» protestai.

«Giacché ve ne sto comprando un altro paio con il modesto denaro a mia disposizione, il minimo che possiate fare è permettermi di regalare questi a qualcuno cui calzino bene.»

Chiese al negoziante di incartarli per portarli a casa.

RICOMPENSA DI CINQUANTA GHINEE

FURTO E CRIMINI NEFANDI

AGLI ABITANTI DI

PORTHMORVOREN

E DINTORNI

Premesso che mercoledì 2 febbraio una o più persone malvagie hanno sottratto indumenti – tra cui un vestito di seta ove erano contenute quindici ghinee – gioielli e altri oggetti personali, nonché orecchini e una collana, e stivaletti allacciati sul davanti; e hanno altresì

sottoposto a molestie intenzionali
e profanato atrocemente

il corpo annegato di Lady S__ di S__ Hall, perita nel naufragio della Constant Service *a Porthmorvoren Strand,*

SI RENDE NOTO

che chiunque fornirà informazioni utili per la ricerca e la cattura del colpevole riceverà una

ricompensa di cinquanta ghinee

alla condanna dei suddetti criminali. La relativa richiesta va presentata a Lord S__ duca di S__. Membro del Parlamento, a S__ Hall, Lower R__, Hampshire.

10

Il giorno dopo, la lezione di Mrs Stone era iniziata da meno di un'ora quando Susan entrò in salotto con una busta. La moglie del ministro si alzò e, prendendo un coltellino da un cassetto della credenza nell'angolo, la aprì e tirò fuori un biglietto. Qualunque cosa ci fosse scritta la fece impallidire e la indusse a picchiettarsi il foglietto sul palmo. Lo rilesse, ma non doveva averlo trovato più soddisfacente di prima perché, senza dire una parola, lo posò e uscì dalla stanza. Udii i suoi passi sulle scale e una porta sbattuta al piano di sopra. Dopo una breve attesa mi avvicinai alla credenza e presi il biglietto. Da una parte, in un'elegante calligrafia piena di svolazzi, c'era scritto:

A Mr e Mrs Gideon Stone
e a Miss Mary Blight

e dall'altra:

Mr Jonathan e Miss Rebecca Vyvyan
richiedono l'onore della vostra presenza alla cena che si terrà

alle 19 di venerdì 10 giugno
Orchard Lodge
Belle Vue
Newlyn

Come mi misero in subbuglio quelle parole! Ero già abbastanza sconvolta dopo aver visto il manifesto a Penzance, e ora avrei dovuto sopportare un gruppo di snob che mi fissava imbambolato per un'intera serata. Mrs Stone era molto infastidita dal fatto che anch'io fossi stata invitata, questo era chiaro, e sarebbe stata ancora più gelida nei miei confronti da quel momento in avanti, ma perlomeno sapevo che presto Gideon sarebbe tornato a Newlyn.

Quanto passarono lente le ore quel giorno e il successivo! Mrs Stone si mostrò più sprezzante del solito mentre cercava di cacciarmi in testa il vero senso dei vangeli. La sera della cena, si mise il vestito di seta azzurra che indossava quando ero arrivata. Io tenni lo stesso semplice abito nero, sbiadito dal sudore sotto le ascelle, che avevo usato tutto il giorno. Gideon rientrò all'ultimo minuto, cosa che indispettì Mrs Stone. Non avrebbe fatto in tempo a lavarsi e a togliersi gli indumenti sgualciti e impolverati. Quando la moglie lo rimproverò, rispose che i vestiti che aveva indossato per compiere l'opera di Dio erano abbastanza eleganti per gli ospiti di qualunque cena raffinata.

Salendo la collina con me al seguito, non si rivolsero la parola. Mi sarei goduta di più la passeggiata se non fossi stata così tesa. L'aria era molto più soave su nei frutteti che nell'angusto labirinto di vicoli più in basso in cui vivevano gli Stone. Orchard Lodge, con i suoi bei timpani verdi, era la più grande delle ville che si vedevano dal porto.

Venne ad aprirci Miss Vyvyan, che parve non accorgersi della freddezza tra Gideon e sua moglie. Mi stupii di vederla con un vestito nero disadorno quanto il mio. Ci guidò in sala da pranzo, un'ampia stanza dal soffitto alto. Gli altri ospiti erano ai loro posti intorno al lungo tavolo apparecchiato per la cena. Il dottor Vyvyan sedeva a capotavola e Miss Vyvyan mi guidò all'altra estremità, facendomi accomodare accanto a lei. Fui al colmo della felicità quando scoprii che mi sarei seduta tra Miss Vyvyan e Gideon.

«Permettetemi di presentarvi Miss Blight» esordì mentre prendevamo posto. Lanciai un'occhiata fugace ai volti sorridenti di quegli snob agiati. Miss Vyvyan snocciolò i loro nomi, ma non la ascoltai. Cercai di sorridere a tutti, ma senza riuscire a guardarli negli occhi. Su un lato del tavolo c'erano tre signore dell'ente benefico, donne assai sofisticate, e sull'altro tre medici con le mogli. Vidi con orrore che il giudice Dabb era accanto a Mrs Stone, proprio di fronte a me.

Non osai aprire bocca con una tale compagnia perché avrei soltanto dimostrato quanto fossi insulsa e stupida, perciò fissai il piatto. C'era una fila di coltelli e forchette su entrambi i lati, e non avevo idea di quali usare. Su un piattino erano posati un panino e una noce di burro che si stava sciogliendo. Davanti a ogni commensale c'erano tre bicchieri a stelo lungo. Una giovane donna si chinò sopra la mia spalla per riempirne uno di vino. Era trasparente come acqua e le bollicine ne punteggiavano la superficie. Bevvi un sorso, grata per la sensazione dolce, calda e solleticante che mi pervase.

Miss Vyvyan mi parlò come se fossi una sua pari. Mi

descrisse l'attività dell'ente benefico, ma continuavo a perdere il filo per via di tutto quello che mi succedeva intorno e, soprattutto, per la presenza di Gideon al mio fianco. Miss Vyvyan non era quella che le persone definirebbero una bella donna: alta, asciutta, con grandi denti storti e un naso curvo e appuntito come il becco di un uccello. Nonostante ciò, io la trovavo splendida. Quando si girò a chiacchierare con Mrs Stone e Mr Dabb, mi domandai se il ministro mi avrebbe rivolto la parola, ma non lo fece. Non ritenni opportuno prendere l'iniziativa, così ingannai il tempo guardandomi intorno.

Da una parte c'era una finestra che dava sulla proprietà. Si affacciava sulla baia, dove una striscia di luce lunare danzava sull'acqua. I vetri erano incorniciati da magnifiche e spesse tende color senape, trattenute da nastri di velluto. Sopra il camino era appeso il grande dipinto di uno splendido stallone morello. I fianchi erano raffigurati con tanta maestria che credetti di vedere i muscoli contrarsi, e il lungo muso del cavallo sembrava così intelligente che non mi sarei stupita se avesse aperto bocca e parlato un inglese impeccabile. Ai lati del camino c'erano due grandi ritratti tetri, un uomo e una donna anziani che mi fissavano dall'oscurità fuligginosa, con vestiti neri dai colletti bianchi. Assomigliavano a Mr e a Miss Vyvyan, dunque ipotizzai che fossero i loro genitori morti.

Ogni parete era tappezzata di scaffali traboccanti di vecchi libri rilegati in cuoio. Mi stancai al solo guardarli. Un bel tappeto turco, sfilacciato in alcuni punti, copriva gran parte del pavimento e le sedie, per quanto eleganti, erano tutte consumate. Mi sconcertò che, pur essendo assai più lussuosa della casetta di Mrs Stone, la villa fosse piuttosto trasandata, mentre dal ministro ogni cosa era tirata a lucido.

Arrivò il cibo, una densa zuppa arancione oleosa con dentro pezzi di coda di bue. Guardai quale cucchiaio usassero gli altri e li imitai, spostandolo nel piatto e sorbendo il liquido di lato. Ero già più brava di Mr Dabb, che sorseggiava dalla punta, chinandosi sopra il piatto e addirittura risucchiando leggermente. Staccai qualche morso dal panino, ma non osai immergerlo nella zuppa come avrei fatto a casa. La carne – la più tenera che avessi mai assaggiato – si staccava dagli ossi al minimo tocco del cucchiaio. Era una pietanza sostanziosa, tuttavia, e mi domandai come sarei riuscita a trovare spazio per il dolce.

Al lato opposto del tavolo, i medici parlavano di qualche noioso argomento di cui erano soliti discutere gentiluomini come loro e le mogli, grazie al cielo, erano troppo lontane per far caso a me. Miss Vyvyan, che stava parlando con Gideon della Società metodista di Newlyn, gli chiese quali fossero le sue speranze per la nuova cappella a Porthmorvoren. Il ministro non disse molto e notai che di tanto in tanto si portava la mano alla bocca per nascondere uno sbadiglio.

Miss Vyvyan si rivolse a Mrs Stone. «Siamo vicine di casa a Newlyn, vero, mia cara?» Incrociò lo sguardo delle benefattrici. «Ellie vive poco lontano dal porto, in una graziosa casetta che tiene in perfetto ordine, mentre io sono una terribile sciattona.»

«È soltanto una modesta proprietà» si schermì Mrs Stone. «Devo confessare che quando siamo andati a vederla per la prima volta, sono rimasta delusa nel trovarla così piccola e disadorna. Nondimeno la moglie di un ministro deve imparare a non desiderare il superfluo e ad accontentarsi di poco, valorizzando il più possibile ciò di cui si dispone.»

Gideon sospirò.

«Sei una vera santa, Ellie» disse Miss Vyvyan stringendole rapidamente la mano.

Attraverso il tavolo, Mrs Stone iniziò a chiacchierare con Mr Dabb. Non l'avevo mai vista così civettuola. Mi girai per vedere come il ministro reagisse alla frivolezza di sua moglie, ma si limitava a fissare distratto la zuppa, che non aveva praticamente toccato.

La voce di Mr Dabb era troppo alta per ignorarla. «Non molto tempo fa ho mandato un uomo di Lansallos alla corte d'assise per il furto di un orologio e, quando la giuria l'ha dichiarato colpevole, il giudice l'ha condannato a morte» disse a Mrs Stone. «Non è neppure stata la prima volta che ho assistito a un trattamento così duro da quando faccio parte della magistratura.»

«Chissà se conosco qualche criminale per nome» si chiese Mrs Stone.

Le cameriere ritirarono i piatti. Poi, con mio stupore, portarono due grossi pezzi di carne di manzo e li posarono alle estremità del tavolo. Il dottor Vyvyan si alzò e cominciò a tagliarne uno e a distribuirlo, mentre un suo collega faceva la stessa cosa dall'altra parte. Quindi le cameriere arrivarono con sottaceti, gelatine e vassoi di patate, carote e asparagi, sufficienti per sfamare una famiglia del villaggio per un secolo. Per un po' regnò il silenzio mentre gli ospiti masticavano. Riuscii a mangiare solo una o due fettine. La carne mi si incastrava tra i denti, ma pensai che sarebbe stato maleducato togliere la cartilagine con l'unghia. Mr Dabb invece non si faceva di questi scrupoli.

Sussultai quando mi accorsi che Gideon mi stava parlando, con la testa piegata verso di me e la voce ridotta a un sussurro. «Spero che tutto questo non vi risulti troppo pesante.»

«Niente affatto. Non ho mai mangiato così bene.»

«Non fateci l'abitudine, sorella Blight. Non voglio che vi lasciate viziare dal lusso, come queste persone.» Guardò sua moglie mentre lo diceva.

In quel momento, una benefattrice mi chiamò: «Miss Blight, non volete raccontarci della vostra famosa baia?».

«Famigerata, semmai» la corresse Mr Dabb.

Si erano voltati tutti verso di me, curiosi di ascoltare la mia risposta, ma feci scena muta, tenendo lo sguardo basso, come un'idiota. Sentii una goccia di sudore freddo che mi scendeva lungo il collo e la schiena.

«Se non fosse stato per Mary, Gideon non sarebbe qui oggi» disse Miss Vyvyan. «L'ha salvato dal mare, a rischio della propria vita.»

«Brava!» esclamarono le benefattrici, e tutti applaudirono tranne il ministro.

«Mr Stone ha gradito così tanto il bagno nell'Atlantico che ha deciso di tornare e di trasformare quelle persone in onesti protestanti rispettosi della legge» continuò Miss Vyvyan.

«Non è la stessa baia in cui è accaduto quell'episodio di cannibalismo?» domandò la moglie di un medico. «Uno scellerato ha staccato i lobi a una donna per rubarle gli orecchini. Immagino che lei avesse le mani troppo fredde per toglierseli da sola. Naturalmente, l'opinione pubblica è in rivolta nel raggio di miglia.»

«Senza dubbio saprete che la vittima di tanta efferatezza era la moglie di Lord S__?» intervenne Mr Dabb.

«Questo genere di cose nuoce alla reputazione della Cornovaglia» osservò la moglie del dottore. Ci furono mormorii di approvazione.

«È stato per questo evento scandaloso che mio marito ha deciso di andare in quella orribile baia e di costruire una cappella» precisò Mrs Stone.

«Non voglio costruire una cappella in reazione agli articoli sensazionalistici sullo *Sherborne Mercury*» obiettò il ministro, accigliandosi. A giudicare da come gli ospiti si guardarono, il suo non era stato un intervento appropriato.

«Sapevate che Sua Signoria ha assunto un investigatore privato per le indagini?» chiese Mr Dabb.

«Dopo tutte queste assurdità sul Cannibale di Porthmorvoren, come lo chiamano, non credete che la collettività si sentirebbe rassicurata se incontrasse la nostra Mary?» intervenne Miss Vyvyan, rivolgendomi un sorriso.

«Non penso che vi verrebbe mai in mente di staccare i lobi a una signora rispettabile per rubarle gli orecchini, vero, Mary?» Mr Dabb parlò come si farebbe con una bambina capricciosa o una sempliciotta, lanciandomi il tipo di occhiata che doveva far tremare gli imputati in tribunale.

«Suvvia, Mr Dabb!» mi difese Miss Vyvyan. «State spaventando Mary, che si è già dimostrata una cristiana devota.»

«Suppongo che nessuno degli abitanti del vostro villaggio si sia lasciato sfuggire l'identità del Cannibale, confermate?» domandò Mr Dabb con uno sguardo cattivo negli occhi. Scossi la testa.

«Una terribile perdita per Lord S__» commentò Mrs Stone. «Ho sentito dire che è un grande mecenate d'arte, con una splendida collezione di dipinti e di rari *objets d'art*. Spero che gli siano di qualche conforto in questo triste momento. A mio parere, la cosa più toccante è che la povera moglie di Lord S__ fosse considerata una donna di straordinaria bellezza. E devo dire che la sua reputazione era assolutamente meritata, se l'incisione che la ritrae è fedele all'originale. Era anche una donna religiosa, di sangue nobile, ed è stata presentata a corte. Credo che Sua Signoria l'avesse rimandata in Inghilterra perché temeva che prendesse una terribile malattia tropicale.»

L'accenno alla straordinaria bellezza della vittima mi riportò a quel mattino sulla spiaggia, quando mi ero accovacciata accanto al corpo inerte della naufraga, colpita dalla sua rara avvenenza persino nella morte, immaginando la vita raffinata che doveva aver condotto. Tuttavia l'avevo perquisita con la stessa sensibilità che avrei usato se fosse stata un manichino in un negozio a Penzance. Mi chiesi come mi avrebbero guardata gli ospiti se mi avessero vista sfilare gli stivaletti dai piedi della nobildonna, e per poco il mio cuore non si fermò. Gli altri tacquero e io fissai il tavolo, tremando come una foglia, sentendomi tutti gli occhi puntati addosso. Dopo un po' sbirciai il ministro. Accasciato sulla sedia, guardava in cagnesco la moglie, che sorseggiava il vino e si sistemava i capelli.

Fu Miss Vyvyan a rompere il silenzio. «Mia cara Ellie, il tuo unico difetto è essere troppo tenera per vedere la falsità altrui» disse. «Per una volta temo di essere in disaccordo con te. A mio giudizio, Lord S__ non è la vittima innocente che hai dipinto.»

A quel punto potei respirare un poco più liberamente, certa che nessuno, nemmeno Mr Dabb, mi considerasse colpevole dei fatti di quel mattino, ma le mani, posate in grembo, continuarono a tremarmi.

«Dobbiamo dare il dovuto rispetto a quel gentiluomo, soprattutto in questo triste momento» disse Mr Dabb. «È un membro del Parlamento, non dimenticatelo, e la nazione deve gran parte del proprio lustro al commercio dello zucchero, a prescindere dalle nostre riserve. Non possiamo pretendere che le persone comuni abbiano riguardo per il rango e il grado, non trovate?»

«Non posso esprimermi sul carattere di Lord S__, ma ha parlato alla Camera contro l'emancipazione degli schiavi» intervenne Miss Vyvyan. «È logico, giacché la sua fortuna deriva dalle loro sofferenze. Come membro del movimento abolizionista, non approvo le sue idee. Forse non sapete che sei cappelle metodiste sono state attaccate e distrutte in Giamaica, dove Lord S__ ha le sue piantagioni? I predicatori sono stati arrestati per aver istruito gli schiavi dell'isola.»

«Questi sono argomenti troppo seri per una cena» disse Mr Dabb sorridendo e guardandosi intorno.

«Forse siete del parere che le donne non siano in grado di discutere dei doveri dei legislatori, Mr Dabb? Preferite riprendere il discorso più tardi, quando gli uomini si ritireranno per fumare?»

«Niente affatto, signora.»

«Forse Mr Stone vuole convertire gli abitanti di Porthmorvoren, ma io ho un interesse di natura più scientifica» si intromise il dottor Vyvyan, scongiurando il litigio. «Sto pensando di scrivere un articolo sulla singolare epidemiologia della popolazione della baia per un nuovo giornale a Londra. Voi signori avete mai sentito nominare *The Lancet*?»

I suoi colleghi risposero di sì. Iniziarono a discorrere di idropisia, malaria, febbre gialla eccetera. Le cameriere mi avevano riempito il bicchiere ogni volta che mi ero girata dall'altra parte, sicché non avevo idea di quanto avessi bevuto. Ingollai un lungo sorso, ma non bastò per calmarmi i nervi, che erano tesi da quando Mr Dabb mi aveva tirata in ballo.

«Considerate l'ambiente» disse il dottor Vyvyan. «Un clima umido e debilitante, cottage sovraffollati, attaccati l'uno all'altro, e condizioni insalubri. Quale modo migliore per favorire la trasmissione delle malattie contagiose?» Pareva compiaciuto, elencando questi disagi. «Per giunta si osserva un'inconsueta incidenza di matrimoni tra consanguinei. Non ho dubbi che la mia analisi possa ispirare uno studio sulle malattie ereditarie. In realtà, certe volte aspiro a pubblicare un volume più lungo e più ambizioso, magari riguardante l'intero litorale della Cornovaglia occidentale. L'idea sarebbe classificare le caratteristiche razziali dei campagnoli ed esaminare le corrispondenze con le loro facoltà intellettuali e morali.»

«Ho sentito dire che la baia è anche infestata dalle sirene» aggiunse Mrs Stone. Una delle benefattrici alzò gli occhi al cielo.

«Oh sì, e metà delle famiglie del villaggio afferma di discendere da quelle creature» disse il dottor Vyvyan. «Ogni baia della Cornovaglia ha la sua leggenda sulle sirene, tratta dalle storie messe in circolazione dai contrabbandieri per tenere lontani i rivali dalle sponde in cui svolgono i loro commerci.»

«Non fate il guastafeste» lo rimproverò Mrs Stone. «Preferisco di gran lunga credere che la baia pulluli di sirene.» Rise troppo forte, e intuii che era ubriaca.

Le cameriere servirono piatti di noci, dolci e frutta. Quindi posarono al centro del tavolo una nave con tre alberi fatta di zucchero caramellato. Una volta ne avevo vista una simile in una vetrina a Penzance. Il cibo non avrebbe mai smesso di arrivare? Il vestito già iniziava a stringermi attorno alla vita e avevo lo stomaco in subbuglio. Se fossi stata costretta a restare a Newlyn per un'altra settimana, avrei dovuto rifarmi il guardaroba.

«È un peccato mangiarla!» disse la moglie di un medico, guardando la nave, ma il dottor Vyvyan vi stava già picchiettando sopra con un cucchiaio per romperla in piccoli pezzi. Ci passammo il vassoio e ne mettemmo ciascuno qualche frammento sui piattini da dessert.

Mr Dabb tossicchiò, guardando Gideon. «Non gradite un drink?»

«Mio marito non tocca alcolici» rispose Mrs Stone.

«Assai lodevole.» Mr Dabb roteò il bicchiere di brandy, quindi lo vuotò d'un fiato. «Vi auguro buona fortuna con la riabilitazione dei cannibali in quella baia, ministro. È un progetto meritevole inculcare la frugalità e l'avvedutezza a persone di quella risma. I nostri scopi sono identici, benché operiamo attraverso canali differenti.»

«Non sono sicuro di aver capito» rispose Gideon.

«Voglio dire, signore, che durante i miei viaggi in questo paese ho visto come una dose di protestantesimo possa trasformare gli indigenti in individui produttivi, assennati e sicuri di sé. La nazione ha imboccato la strada del progresso, persino qui in Cornovaglia. A riprova delle mie parole vi basterà considerare le pompe a vapore nelle miniere dei dintorni. Abbiamo strade e canali nuovi in tutta l'Inghilterra. Dovete visitare il Nord, quando avrete tempo, e vedere le fabbriche che sono spuntate lassù. L'efficienza di queste strutture in confronto ai telai domestici e al lavoro a domicilio è il miracolo della nostra epoca. Sarei troppo presuntuoso se affermassi che questa nazione guiderà il mondo verso una nuova era e che, progredendo, migliorerà le condizioni dei poveri?»

«A me interessa preparare le persone alla vita nell'aldilà, non riempire le tasche degli speculatori e dei proprietari di fabbriche» disse Gideon, sporgendosi verso Mr Dabb. «Ho visto gli stabilimenti di cui parlate, con donne e bambini che lavorano a ogni ora del giorno e della notte, rischiando la vita. Non ho il minimo desiderio di trasformare esseri umani fatti a immagine e somiglianza di Dio in storpi o schiavi della produzione industriale. Mi domando inoltre se sia giusto imporre ai poveri criteri morali che i ricchi non rispettano.»

Il vino scorreva caldo nelle mie vene ed ero intontita ed esausta dopo la discussione sul Cannibale di Porthmorvoren e dopo aver passato tutto quel tempo in compagnia di persone d'alto rango. Notai che Gideon non era più a suo agio di me. Agli altri doveva essere apparso maleducato e volgare, ma io vedevo un uomo che non aveva paura di esprimere la propria opinione, che non si sarebbe allontanato dalla via della devozione per seguire gli allettamenti della vita raffinata e delle gratificazioni illusorie.

«Forse Mr Stone non ha tutti i torti» disse Miss Vyvyan. «Il progresso sarà conquistato a prezzo troppo caro se l'avidità di ricchezze materiali prevarrà su tutto il resto. Se posso permettermi un'ultima osservazione sul nostro amico Lord S__, ho visto con i miei occhi alcuni poveri che, qui a Penwith, venivano trattati peggio dei negri, ed è mia convinzione che persino i crimini più atroci riferiti dai giornali non siano necessariamente prova di una natura brutale. Non è possibile che simili azioni scaturiscano dall'ignoranza e dalla disperazione della povertà?»

«Nulla da obiettare» disse Mr Dabb asciugandosi la fronte lucida con il tovagliolo. «Le persone possono essere riabilitate e civilizzate, se prima le convertiamo e le istruiamo.»

Poi la discussione passò ad argomenti più banali e gli invitati non badarono più a me. L'ambiente era diventato più buio, le candele si erano consumate e alcune addirittura spente. Quella sera, pensai, avevo visto Gideon per quello che era davvero. L'avevo sentito prendere le difese dei poveri come me contro i padroni spietati, e avevo capito che lui e Mrs Stone non erano dello stesso avviso e che lei lo frustrava nei suoi desideri. Non erano felici, ma perché avrebbe dovuto importarmi? Il ministro era così vicino che quasi ci sfioravamo, ma mi sentivo lontana più che mai da lui. Guardai Mrs Stone. Aveva un'espressione dura e stringeva un fragile pezzetto di zucchero. Doveva essersi accorta del mio sguardo, perché girò la testa e mi fissò, sbriciolando il frammento e lasciando cadere i granelli sul tavolo.

11

Io e Mrs Stone stavamo facendo colazione. Si udivano soltanto il tintinnio dei cucchiaini nelle tazze, il raschiare dei coltelli da burro sul pane tostato e il ticchettio della pendola.

«Non avevo mai visto quello spillone» disse, guardandomi di traverso. «Mi domando se abbiate fatto bene a indossarlo oggi.»

Avrei dovuto prevedere che non l'avrebbe approvato, ma era domenica e avrei assistito a una delle sue lezioni con i bambini. Non volevo sapessero che ero una donna di umili origini.

«Dobbiamo considerare cosa penseranno gli alunni di questa inopportuna propensione per l'ostentazione. E, a parte altre riflessioni, i benefattori della scuola di catechismo potrebbero notarvi e fare considerazioni sulla mia stessa persona.»

Non volendo farla arrabbiare, tacqui.

«Se non erro, lo spillone è di vero argento, di un pregio che avrei immaginato superiore alle vostre possibilità.»

Mi stava accusando di averlo rubato?

«Cosa vi prende questa mattina, sorella Blight? Avete perso la lingua?»

«Devo toglierlo?» Presi il tovagliolo dalle ginocchia, lo usai per pulirmi le dita e lo buttai sul piatto.

«Quanto siete permalosa! Spero che le lusinghe ricevute da Miss Vyvyan alla cena non vi abbiano indotta a una simile inopportuna dimostrazione di arroganza.»

Capendo che mi stava rimproverando per invidia, non risposi. Nel salottino, l'aria diventò irrespirabile.

«Se abbiamo il compito di inculcare nei bambini la moderazione e il senso del dovere, è d'uopo evitare qualunque cosa denoti superbia o sfarzo, che può soltanto essere segno di pigrizia e sconsideratezza quando indossata dai poveri.»

«Ho indossato lo spillone solo perché non voglio sembrare sciatta ai loro occhi.»

«Ciò non fa altro che dimostrare la mia tesi. La colpa è della vostra vanità. Dobbiamo imparare a sottometterci alla provvidenza. Posso chiedervi come ve lo siete procurato?»

«L'ho comprato con il mio denaro.»

«Ne serve molto per acquistare un simile ornamento.»

«È di seconda mano.»

«Sia come sia, devo insistere perché lo sostituiate con qualcosa di più sobrio.»

Mi alzai, spinsi indietro la sedia e mi precipitai fuori dal salotto e al piano di sopra. Nella stanza degli ospiti mi buttai sul letto, furibonda. Quando la rabbia si placò, mi tolsi lo spillone e aprii l'uscio per tornare di sotto. Qualcuno bussò alla porta d'ingresso.

Poiché Mrs Gurney non era ancora arrivata, fu Mrs

Stone ad aprire. Udii la voce di una donna, una semplice contadina, a giudicare dal linguaggio. Mi fermai sul pianerottolo a origliare.

«Scusate, signora, il ministro è in casa? Devo parlargli.»

«Vi dispiacerebbe spiegarmi cosa volete da lui?» chiese Mrs Stone.

«Preferirei di no, signora.»

«Purtroppo non c'è in questo momento. Volete lasciargli un messaggio?»

Scesi qualche gradino finché vidi la porta, Mrs Stone e una sconosciuta con i vestiti cenciosi, i lineamenti tirati e i capelli sciolti e arruffati. Si asciugò il sudore dalla fronte con la manica.

«Siete sua moglie, suppongo...» Squadrò rapidamente Mrs Stone.

«Esatto. Posso chiedervi da dove venite?»

«St. Buryan. Sono partita all'alba, lasciando il mio bambino a mia madre.»

«Ma devono essere almeno quindici miglia! In una mattinata così calda. Dovete dirmi cosa vi ha spinta a venire fin qui.»

«Quando torna il ministro? Lo aspetterò.»

«Non rientrerà prima di uno o due giorni.»

«Non posso trattenermi così a lungo.»

«Non sono nella posizione di fare l'elemosina, se è a questo scopo che siete venuta» precisò Mrs Stone.

L'altra le scoccò un'occhiata. «Potete offrirmi almeno un bicchier d'acqua?»

Mrs Stone si voltò e andò verso il retrocucina. Quando tornò con un bicchiere in mano, scesi le scale.

«Aspettatemi di là» mi ordinò quando la superai. Entrai in salotto, lasciando la porta socchiusa per nascondermi dietro il battente a origliare.

«Volete dirmi il vostro nome?» domandò Mrs Stone alla donna. «In modo che possa informare mio marito della vostra visita.»

L'altra esitò, poi disse: «Anne Treveil». Quindi l'uscio si chiuse.

Lunedì mattina, il giorno prima del mio ritorno a Porthmorvoren, Mrs Stone annunciò che sarebbe andata a un appuntamento con Miss Vyvyan e che sarebbe tornata solo nel tardo pomeriggio. Potevo considerare finito il mio tirocinio. Sarei rimasta a casa da sola finché Mrs Gurney e Susan non fossero arrivate due ore dopo.

Quando uscì, ero così irrequieta che non sapevo cosa fare. Mi sedetti sulla panca, il trono di Mrs Stone, e scoprii cosa significasse essere la regina di quella casetta. L'edificio sembrava inquietante ora che ero sola, pieno di piccoli suoni, di leggeri tonfi nelle pareti, il sospiro di uno spiffero nello stipite del camino, il ticchettio ininterrotto della pendola che faceva la guardia alla stanza. Mi chiesi come avrei impiegato il mio tempo per due ore intere. I miei pensieri volarono rapidi all'unica cosa che avevo voluto fare fin dalla prima mattina: scoprire cosa succedesse a Lady Rosemount alla fine della *Virtù castigata*. Più cercavo di togliermelo dalla testa, e più intenso diventava il desiderio. Incapace di trattenermi, salii gli scalini, facendoli scricchiolare quasi tutti. Mi fermai davanti alla camera di Mr e Mrs Stone, con le dita sulla maniglia, e per poco non persi il coraggio.

Una volta dentro, lasciai la porta socchiusa per sentire Mrs Gurney, se mai si fosse presentata prima del previsto. Poi andai alla finestra e scrutai la strada per assicurarmi che non stesse arrivando nessuno. Era deserta, così aprii le ante dell'armadio e ammirai i vestiti di Mrs Stone, appesi in fila. Quando ne ebbi abbastanza, passai al comò. Sopra, c'erano alcuni portagioie, uno specchio d'argento e boccette di vetro colorato contenenti oli profumati. Svitai i tappi e ne annusai una o due, ma non osai tamponarmene un poco sui polsi o sul collo.

Mi resi conto che stavo soltanto rimandando il momento di cercare il libro, perciò mi inginocchiai e tastai sotto il letto, ma invano. Delusa, mi stesi sul pavimento, sollevai la coperta e controllai, ma non c'era nulla. Sapevo che il volume doveva essere da qualche parte in quella stanza. Mi alzai, quasi senza respirare, aprii il primo cassettino del comò, inceppato e scricchiolante. Dentro c'erano guanti, sciarpe, manicotti e via dicendo, ma del libro neanche l'ombra. Provai un cassetto più grande e trovai solo la biancheria e i calzini del ministro. Infine controllai l'ultimo cassetto, dove Mrs Stone conservava lenzuola di lino e coperte di lana ordinatamente piegate. Seguendo un'intuizione, tastai sotto gli strati di stoffa ben stirata finché le mie dita urtarono l'angolo di un oggetto duro. Tendendo le orecchie per accertarmi che non fosse arrivato nessuno, tirai fuori il libro, lasciando il cassetto aperto per riporlo velocemente se qualcuno mi avesse disturbata.

Dopo aver scostato un poco le tende del letto, mi sedetti sul bordo e aprii il libro con mani tremanti. Lo sfogliai fino alle pagine conclusive, le ultime lettere di Lady Rosemount all'amica. A quanto pareva, Sua Signoria si era stancata degli intrighi e finalmente aveva ascoltato la coscienza. Aveva provato a fuggire dal castello per trasferirsi in un convento, ma quel manigoldo del conte aveva assoldato alcuni briganti perché tendessero un'imboscata alla sua carrozza su un valico montano, in modo da poter fingere di salvarla quando, in realtà, l'unica cosa che voleva era sedurla. Il sangue mi ronzava nelle orecchie al punto che udii i passi sulle scale soltanto quando era troppo tardi. Pensai che quella ficcanaso di Mrs Gurney fosse arrivata in anticipo, senza dubbio per tenermi d'occhio, e che stesse per fare irruzione in camera. Saltai su ma, prima che potessi rimettere il libro nel cassetto, l'uscio si spalancò e comparve Mrs Stone. Vedendo la tenda aperta, sbirciò dalla fessura come se si aspettasse di trovare qualcuno sul letto.

«Posso chiedervi cosa ci fate in questa stanza?» domandò.

«Stavo leggendo.»

Guardò il libro tra le mie mani e poi il cassetto aperto.

«Stavo solo cercando una coperta, signora. Avevo freddo la notte scorsa e ho pensato che ne avrei trovata una nel comò. Avrei dovuto chiederla a voi o a Mrs Gurney ma, giacché non c'era nessuno, mi sono messa a cercarla, pensando che non vi avrebbe infastidita. Ho trovato questo nel cassetto e mi sono domandata cosa fosse.»

«Come diavolo vi è saltato in mente di intrufolarvi in camera mia e di curiosare tra i miei effetti personali?» ribatté arrossendo.

«I vostri effetti personali? Questo libro è *vostro*? Avevo dato per scontato che l'aveste sequestrato a Susan, per il suo bene. O a Mrs Gurney.»

«Non osate prendermi in giro» disse con labbra tremanti.

«Vi prego, signora, mi avete frainteso, stavo solo...»

«Zitta!» mi rimbeccò.

«Vi supplico, non ditelo a Mr Stone!» piagnucolai, pensando che, se il ministro l'avesse saputo, avrei potuto dire addio alla speranza di diventare maestra. «Ha una buona opinione di me e sono soltanto stata curiosa perché non avevo mai visto un libro simile.»

«Come osate insinuare che questo romanzo vi abbia corrotta!» urlò. Si scagliò contro di me, schiaffeggiandomi così forte da strapparmi un urlo. Fino a quel momento, nessuna donna che avesse avuto l'ardire di picchiarmi l'aveva passata liscia. «Vi ho detto di tacere» riprese. «Volete che chiami la polizia e che vi faccia arrestare come una comune ladra?» Indietreggiò verso la porta. «Aprite bene le orecchie. Non vi consentirò di trascinarmi al vostro livello. Non mi abbasserò a tanto.»

«Non ho fatto nulla di male» singhiozzai, asciugandomi il naso con le dita.

«Se siete innocente, come spiegate lo spillone d'argento che avevate ieri tra i capelli? Per non parlare degli stivaletti eleganti che calzavate quando siete arrivata, e che non erano nemmeno del vostro numero. Ebbene?»

«Ho comprato lo spillone al mercato di Penzance con i soldi che avevo messo da parte. Gli stivaletti erano di seconda mano e costavano poco perché danneggiati.»

«Danneggiati durante un naufragio, intendete. Li avete rubati a una donna morta.»

«No, signora, ve lo giuro.»

«Mi avete presa per una stupida? Ammettete ciò che avete fatto.»

«Non farei mai una cosa simile, parola mia!» Ancora

una volta, scoppiai in lacrime, come se le emozioni che mi ero tenuta dentro da quando ero arrivata a Newlyn si stessero riversando fuori tutte insieme.

«Calmatevi e asciugatevi gli occhi.» Mi porse un fazzoletto. «Mrs Gurney sarà qui tra poco. Non è il caso che vi veda in questo stato.»

Mi tamponai il viso. «Devo dire che sono caduta sbattendo la faccia?» Mi toccai le guance calde e brucianti.

«Dite quel che vi pare.» Prese il romanzo. «Questo libro è mio, come ben sapete. Era in mio possesso quando ci siamo trasferiti in questa casa e me n'ero completamente dimenticata fino a questo istante. Non ho mai avuto intenzione di nasconderlo a mio marito. Non abbiamo segreti. Anzi, lo metterò qui sul comò affinché lo veda. Non è altro che una sciocca storia d'amore, dopotutto. Siete assai abile, vero, Miss Blight?» continuò. «Mio marito ha ritenuto opportuno spacciarvi per una maestra di catechismo, ma io mi considero più brava a giudicare i membri della vostra classe. Quando avrete fatto ritorno a casa, scordatevi pure di tornare qui. Appena i lavori alla cappella saranno finiti, Mr Hawkey riceverà l'incarico di guidare gli incontri di preghiera nel villaggio e non sarà necessario che mio marito metta di nuovo piede in quella baia.»

12

La mia settimana a Newlyn finì. Sulla via del ritorno attraverso la brughiera dovetti sorbirmi Tobias Hawkey, il predicatore stagnaio, che mi descriveva per filo e per segno la sua sete di miglioramento intellettuale. Aveva iniziato da ragazzino, come addetto al lavaggio dei materiali nelle miniere, e poi era passato al contrabbando, prima della conversione e della sottomissione alla volontà del Signore. Blaterò senza sosta di innumerevoli autori, ma Wesley era l'unico che avessi mai sentito nominare. Un paio d'ore di silenzio gli fecero capire che stava sprecando fiato e non proferimmo parola per il resto del viaggio. In seguito, tuttavia, mi pentii, perché doveva aver avuto di sicuro buone intenzioni e pochissimi uomini penserebbero anche solo di istruire una povera donna di umili origini.

Quante lacrime di gioia furono versate quando varcai la soglia di casa e mi gettai tra le braccia di mia madre e di Tegen! Non eravamo mai state separate così a lungo in vita nostra.

Nel frattempo la Società metodista aveva raccolto due ghinee per acquistare i libri di catechismo destinati alla nuova scuola. Ora che era arrivato il momento, mi resi conto di non aver mai voluto diventare maestra. Avevo accettato per orgoglio e per la soddisfazione di fare un dispetto a Loveday Skewes, e soprattutto per avere un legame con il ministro. Quale speranza mi restava ora, dopo che si era tenuto alla larga da me per tutto il mio soggiorno a Newlyn?

La notte precedente la prima lezione non chiusi occhio. Quel mattino andai a casa di zia Madgie e, superate le due robuste colonne di pietra, bussai alla porta. Si aprì cigolando e la vecchia si materializzò nell'oscurità, rivolgendomi un'occhiata raggelante come unico saluto. La seguii fino all'uscio della cucina, dove si fermò per farmi passare prima di scomparire nel retro della casa, con il bastone che picchiettava sul pavimento di pietra, echeggiando lungo il corridoio.

Mi sedetti a capotavola sentendo arrivare un attacco di diarrea, ma non ebbi il coraggio di chiedere il vaso da notte. Di lì a poco i bambini cominciarono ad arrivare due o tre alla volta. Erano tredici in tutto, stipati intorno al tavolo, con i ritardatari sulla panca accanto al camino. Era la cucina più fredda in cui fossi mai stata, perché la vecchia megera era troppo spilorcia per accendere un poco di sterpi e di ginestrone. I piccoli erano seduti sulle dure panche di legno, i maschietti da un lato e le femminucce dall'altro. Notai i loro visetti impauriti in quella stanza buia, illuminata solo dalla luce fioca che entrava dalla finestrella in cima alla parete, gli angoli immersi in tenebre così fitte che uno spirito maligno sarebbe potuto spuntare fuori da un momento all'altro. Al muro era appeso un grande crocifisso, un avvertimento di cosa sarebbe potuto accadere se un bambino avesse suscitato le ire di Dio. Mi sedetti dove non potevo vederlo e subire il suo giudizio. Lungo la parete opposta c'era un enorme cassettone di legno scuro verniciato, che incombeva sulla stanza e pareva attirare nelle sue viscere la poca luce disponibile. Vidi che la povera piccola Sarah Pengilly tremava e, quando nessuno stava guardando, le feci un sorriso che lei ricambiò. Entrò zia Madgie, seguita da uno spiffero gelido. Senza dire una parola, posò una bacchetta sul cassettone. Era un oggetto orrendo, e sicuramente non sarei mai riuscita a picchiare un bambino. Uscendo, lasciò la porta socchiusa per poter origliare.

Distribuii i libri di catechismo. Era passato soltanto qualche minuto e mancavano ancora quasi tre ore. Come avrei potuto tenere sotto controllo i bambini per tutto quel tempo quando invece avrebbero dovuto correre liberi all'aperto? Nonostante il freddo, sentivo il vestito umido sotto le ascelle. «Chi di voi sa leggere un pochino?» chiesi. Tutti fissarono il tavolo in silenzio.

Quando la lezione finì, ero più stanca di quanto fossi mai stata in vita mia. Per tutto il tempo avevo percepito la sinistra presenza di zia Madgie dietro la porta, pronta ad avere da ridire su qualunque cosa facessi. Alla fine Gideon venne a farci visita. I bambini si alzarono, le femminucce facendo la riverenza più garbata che si possa immaginare e i maschietti portandosi la mano alla fronte come soldatini. In quel momento fui orgogliosa di loro, come se fossero figli miei.

«Sapete di essere bambini molto speciali perché siete i primi in più di dieci anni ad avere l'opportunità di andare a scuola?» disse Gideon. «Sono sicuro che trarrete vantaggio dalle lezioni di sorella Blight. Sotto la sua guida imparerete a leggere e a scrivere. Cosa più importante, diventerete frequentatori abituali e devoti della messa e conoscerete il ministero della parola di Dio Onnipotente. Dovete prestare attenzione a tutto ciò che dice sorella Blight, perché stimolerà in voi la sete di miglioramento intellettuale e morale e vi preparerà al paradiso. Spero che questa scuola diventi un vivaio per la cappella e un baluardo della fede protestante nel villaggio e che il suo influsso venga rafforzato nelle vostre case.»

Quando ebbe concluso, i bambini si scambiarono un'occhiata, senza aver capito un'acca. «Magari la prossima settimana portiamo un poco di legna per il fuoco» aggiunse il ministro, con un sorriso, e i piccoli applaudirono. Poi se ne andarono, lasciandomi con lui nella penombra della stanza. Senza dubbio zia Madgie stava ancora origliando.

«Mi auguro che questa mattina non sia stata troppo ardua.» Doveva essersi accorto che tremavo, dopo aver nascosto così a lungo la tensione ai bambini. «Non voglio che vi sentiate abbandonata. Mi rincresce di non aver potuto passare più tempo a Newlyn durante il vostro soggiorno.» Si schiarì la voce e intuii che voleva affrontare un argomento delicato. «Forse avete saputo qualcosa della mia situazione familiare?»

Scrollai il capo.

«Lo scoprirete molto presto. Le voci corrono veloci da queste parti. Mia moglie se n'è andata di casa ed è tornata dai suoi genitori. È indisposta e potrebbe stare via per qualche tempo. Tuttavia confido nella provvidenza affinché si riprenda rapidamente.»

La notizia mi rallegrò ma, non volendo darlo a vedere, raccolsi i libri di catechismo e li riposi nella cesta.

«Naturalmente, i lavori alla cappella devono continuare» riprese.

Annuii, ma non fiatai.

«Sorella Blight» disse in modo da attirare completamente la mia attenzione. «Devo essere certo che abbiate intrapreso questo incarico in buona fede.»

Lo guardai. «Cosa intendete? Mrs Stone vi ha detto qualcosa sul mio conto?»

«Un paio di cose, ma non mi preoccupano eccessivamente. Nondimeno, se avete intenzione di continuare a insegnare, devo essere certo che non siate vincolata dalle catene della superstizione, come molti degli abitanti del vostro villaggio. Non dimenticherò mai il povero uccello spennato che avete appeso alle travi. Alcune di queste credenze pagane sono semplicemente bizzarre, come i bambini che battezzano le bambole il venerdì santo o le rocce sacre con poteri curativi. Altre sono più allarmanti, come le donne che offrono indulgenze e protezioni, per esempio, o i sacrifici animali. Devo avere la certezza che vi siate arresa alla fede nell'amore del Redentore.»

«Ho sempre creduto in Gesù e negli angeli, ma confesso che a volte ho usato le erbe e gli amuleti. Pensavo che non nuocessero a nessuno e che forse ne sarebbe venuto qualcosa di buono. Ma ora smetterò, se è questo che desiderate.»

«Il Creatore non si può paragonare a folletti, incantesimi o spiriti. Ma non è tutto.» Tacque per un momento. Quando riprese, non mi guardava più negli occhi. «Dobbiamo anche ripudiare la nostra superbia, i desideri segreti ed egoistici del nostro cuore. Dobbiamo dimenticare le vanità di questo mondo e pensare all'altro. C'è una grande libertà in questo, ve lo assicuro.» La sua voce si addolcì. «Mary, io ho molta fiducia in voi. So che non mi deluderete. Vi ho portato una cosa.» Lanciò un'occhiata alla porta socchiusa per accertarsi che nessuno ci spiasse. Quindi tirò fuori dal cappotto un rotolo di carta e me lo porse. «È uno degli inni di Mr Wesley. Lo ricorderete dagli incontri di preghiera. Ne ho fatta una copia. Spesso, nei momenti di sconforto, ho trovato consolazione in questi versi.»

Lo presi, ma lo aprii solo quando se ne fu andato.

Io non appartengo più a me stesso, ma a Te.
Impegnami in ciò che vuoi, mettimi al fianco di chi vuoi;
che io sia sempre tuo testimone, sia nella pienezza delle forze, sia quando le forze vengono meno,
sia che io mi trovi nella gioia,
sia che io mi trovi nel dolore.
Liberamente e di pieno cuore
mi sottopongo alla tua volontà
e metto ogni cosa al tuo servizio.
Tu sei il nostro Dio e noi siamo il tuo popolo.
E che questo patto ora stabilito sulla terra possa essere ratificato nei cieli.
Amen!

Nei giorni successivi lessi e rilessi l'inno fino a impararlo a memoria. Un giorno cantai i versi mentre sbrigavo le faccende, sforzandomi di pensare al Creatore e non a Gideon Stone. Poi ricordai la visita della donna di St.

Buryan a casa del ministro mentre lui era fuori. Era venuta a chiedere denaro, il che mi portò a concludere che doveva aver avuto un legame con lui in passato. D'un tratto capii ciò che avevo avuto sotto il naso per tutto il tempo e dovetti sedermi. Gideon era rimasto lontano da Newlyn durante la mia permanenza perché provava qualcosa per me e non voleva cadere in tentazione. Mentre recitavo mentalmente i versi di Mr Wesley, mi convinsi che il ministro mi avesse regalato l'inno per alludere a un amore diverso da quello per la Chiesa, sebbene lo negasse persino a se stesso.

Nelle settimane seguenti mi appassionai all'insegnamento. Cercai di parlare e di comportarmi come una maestra. Per fortuna ero sempre stata brava a imitare la gente e spesso avevo fatto ridere gli abitanti del villaggio facendo il verso ai più anziani. Nel dubbio, immaginavo di essere Lady Rosemount, seppure un tantino meno raffinata. All'inizio vennero soltanto i figli dei facoltosi residenti di Fore Street, ma ben presto arrivarono altri bambini, persino da Uplong Row, molto probabilmente perché i genitori volevano sbarazzarsi di quelle pesti per qualche ora. Si presentavano con le dita dei piedi che spuntavano dagli stivali, se non addirittura scalzi, e con la pancia vuota. Alcuni continuavano a grattarsi la testa per via dei pidocchi che non davano loro pace. La settimana dopo portai dei biscotti preparati la sera prima. Chiudevo un occhio quando i figli delle famiglie più povere si addormentavano durante la lezionc: era possibile che avessero accudito i fratellini o le sorelline dall'alba. Non li punivo pur essendo certa che la megera dal cuore di pietra origliava dietro la porta, tramando per liberarsi di me e sostituirmi con Loveday Skewes.

Se avessi avuto quei bimbi tutti per me, avrei vivacizzato le lezioni con alcune vecchie storie come quelle che la mamma ci raccontava nelle notti tempestose quando io e mia sorella eravamo piccole. Li avrei condotti nel cortiletto per un po' affinché giocassero al girotondo e a rincorrersi, oppure avrei portato una corda perché si cimentassero nel tiro alla fune, maschi contro femmine. Una volta, mentre facevano a turno per fare pipì, permisi ad alcuni maschietti di giocare a biglie nel rigagnolo. Alla fine della lezione zia Madgie mi prese in disparte.

«Ho visto che hai concesso ai bambini di giocare a biglie» disse fissandomi con i suoi gelidi occhi grigi.

«Un passatempo innocente, direi.»

«Tutt'altro, è un gioco che conduce all'empietà, a raggiri, trucchetti e inganni di ogni sorta. A lungo andare sfocia nel ripugnante peccato del gioco d'azzardo. "Le labbra menzognere sono un abominio per il Signore che si compiace di quanti agiscono con sincerità." Proverbi 12,22. Dovrò informare i genitori. Niente biglie in questa casa. Sono stata chiara?»

In un'altra occasione, Sarah Pengilly si fermò dopo che la lezione fu finita e gli altri furono corsi a casa.

«Cosa c'è, Sarah?» domandai.

«È solo che...» si morsicò il labbro, poi tacque.

«Parla pure, puoi dirmi ciò che vuoi.»

«Non importa. È meglio che vada.»

«Aspetta. C'è qualcosa che vuoi confidarmi? Qualcuno sta mettendo in circolazione delle voci su di me? Non farò la spia, se me lo dici.»

«No, signorina. Non che io sappia.»

«C'è qualcos'altro, allora?»

«Solo... Posso aiutarvi la prossima volta, signorina? A distribuire i libri.»

Non riuscii a trattenere una lacrima.

«Non siate triste, signorina.»

«Al contrario, Sarah, sono felice. Grazie a te. E naturalmente sì, puoi aiutarmi a distribuire i libri.»

Il mio cuore si gonfiò di orgoglio. I bambini mi consideravano una vera maestra. Zia Madgie, tuttavia, osservava ogni mia mossa, aspettando che commettessi un errore. Più mi fossi dimostrata capace, e più avrebbe voluto cogliermi in fallo. Non potevo dimenticare che conosceva un segreto di cui, un giorno, avrebbe potuto servirsi contro di me.

All'inizio della lezione successiva annunciai che Sarah sarebbe diventata capoclasse e che da allora in poi ci sarebbe stato un biscotto in più per chiunque fosse venuto a scuola per quattro settimane di fila. Alla fine delle tre ore, zia Madgic entrò, appoggiandosi allo stipite della porta. Continuai a riordinare i libri, quindi indossai lo scialle.

«Non essere troppo tenera con loro» disse. «"Chi risparmia il bastone odia suo figlio, chi lo ama è pronto a correggerlo." Proverbi 13,24.»

«Dobbiamo costringerli a imparare terrorizzandoli? Non facciamo altro che obbligarli a mandare versetti a memoria, parole di cui non possono sperare di capire il senso.»

«Pensi di poterli conquistare, ma ti si rivolteranno contro al primo segno di debolezza. Ricordati queste parole.

Non otterrai il loro rispetto nominando capiclasse e distribuendo biscotti per corromperli.»

Ero così furiosa che non mi arrischiai a parlare, così la superai e quasi corsi fuori. Prima che svoltassi in Downlong Row, mi urlò dietro: «Fa' in modo che ogni parola che insegni loro sia sana dottrina biblica, signorina!».

13

Cinque ferite sanguinanti Egli porta su di Sé,
inflitte sul Calvario;
stillano preghiere efficaci;
parlano a voce alta per me.
Perdonalo, perdonalo, urlano,
non lasciar morire quel peccatore riscattato!

Le voci che cantavano *Innalzati, anima mia, innalzati!* echeggiavano nella baia mentre un gruppetto di noi donne risaliva la collina fuori dal villaggio dietro Gideon, che mescolava la sua voce profonda con le nostre sulla strada verso il pub. C'eravamo io e Tegen, Cissie Olds, la vedova Chegwidden e Martha Tregaskis. A metà del pendio ci raggiunsero Nancy Spargo, le braccia muscolose che le dondolavano sui fianchi, e un paio di amiche che vivevano nei cottage degli stagnai, entrambe robuste quanto lei.

L'idea era nata quando Gideon aveva chiesto alle donne di farsi avanti per formare una delegazione che andasse al pub. «La mia missione qui sarà compiuta solo quando avrò convertito la più abietta categoria di peccatori» aveva detto. Avremmo dovuto convincere i mascalzoni che sprecavano il loro tempo in quella bettola sudicia a scegliere la temperanza e a tornare a casa da mogli e figli. Avevo alzato la mano prima delle altre, perché sarebbe stata un'occasione per stare accanto al ministro, che mi era stato alla larga da quando mi aveva regalato l'inno; ma le mie speranze che la nostra visita avrebbe trasformato gli ubriaconi in cristiani timorati di Dio erano poche.

Stavamo ancora cantando, seppure in modo più discontinuo, quando raggiungemmo un frutteto in stato di abbandono, pieno di alberi secchi e contorti, dove crescevano soltanto robusti cavoli di mare e cineraria, oltre a intrichi di germogli più adatti per il fondo dell'oceano, avvolti intorno ai tronchi degli alberi. Più in là c'erano le case dei minatori, due file di cottage costruite l'una di fronte all'altra lungo un angusto vicolo che i raggi del sole non raggiungevano mai. Due bambini fuggirono via e scomparvero. Li ritrovammo in una viuzza tra due cottage, figure vaghe in agguato nel buio. Il ministro si fermò all'imboccatura della stradina, apparentemente molto turbato.

«Sono fratello e sorella» dissi quando fui al suo fianco, dopo essermi fatta largo tra le donne.

«Uno spettacolo assai doloroso. Come ha fatto il bambino a perdere le mani?»

«È accaduto quando era in fasce. La madre è uscita un attimo per prendere qualcosa, lasciando la porta aperta. Il maiale è entrato e lei non è riuscita a staccarlo in tempo.»

«Ma in realtà è una benedizione» disse Martha, infilandosi tra noi due. Puzzava di liquore. «Il piccolo mutilato non dovrà mai lavorare e il padre ha fatto un bel po' di soldi alle fiere e ai mercati.»

Aggrottando le sopracciglia, Gideon fissò la sorella del bambino, che aveva il volto butterato.

«Vaiolo, ministro.» Martha ridusse la voce a un sussurro. «L'ha colpita perché qualcuno della famiglia ha suscitato le ire di Dio.»

Gideon scosse la testa, sospirando. «È una bambina innocente, Martha. Come riuscirò a spezzare le catene della superstizione e delle usanze barbare che vi tengono prigionieri?»

Proseguimmo e di lì a poco arrivammo al pub. Il ragazzino che faceva il cameriere uscì di corsa. «Non potete entrare. L'ingresso è vietato alle donne. Tornatevene a casa, o sarà peggio per voi!»

«Levati dai piedi, moccioso!» Nancy gli mollò una sculacciata. Entrammo in fila dietro il ministro. Nel tugurio soffocante, all'inizio era troppo buio per vedere qualcosa. L'odore stantio dei vestiti degli avventori e il puzzo di sudore, tabacco e alcol erano stomachevoli. Una delle donne ebbe un attacco di tosse. Quando i miei occhi si abituarono alla luce fioca, distinsi forse una decina di uomini in una densa nebbia di fumo. Alcuni si erano alzati e ci guardavano increduli. Altri, seduti su pile di mattoni o su barilotti vuoti, ci fissavano contrariati. Un tipo era svenuto sul pavimento, solo le sue gambe spuntavano da dietro le botti. Un gruppo seduto intorno a un mastello capovolto rimase immobile nel bel mezzo di una partita di carte, con la mano di un giocatore sospesa a mezz'aria sul punto di gettare la carta sul tavolo. Sopra la botte c'erano colonne di monete. Un omone gigantesco ci dava le spalle e sarebbe stato impossibile confondere quella testa calva deforme e quelle spalle larghe: era il gigante, Pentecost, il marito di Martha Tregaskis, che si era fatta piccola piccola dietro le altre donne.

Gideon mosse un passo in avanti, fermandosi per evitare una trave bassa da cui pendeva del luppolo. Prese posto accanto a una fila di botti, schiarendosi la voce. «Signori, posso avere la vostra attenzione?»

«Levatevi dai co__ni!» urlò Pentecost.

«Avete fegato a venire qui, padre» disse qualcun altro. Era Ethan Carbis, seduto al centro della bettola con la pipa in bocca. Indossava un sudicio grembiule di tela macchiato di sangue secco. «Un lavoratore onesto non può godersi in santa pace un bicchiere con gli amici senza essere disturbato dai predicatori?»

«Giacché non ho ancora visto nessuno di voi signori ai nostri incontri di preghiera, ho pensato di venire a invitarvi affinché preghiate con gli abitanti del vostro villaggio» replicò il ministro. Alcuni scrollarono il capo, sbalorditi.

«Avevo in mente di passare una di queste sere. Mi hanno riferito che è pieno di donne» ribatté Ethan, facendo ridere gli altri.

«Tua moglie avrebbe qualcosa da dire al riguardo» si intromise Nancy.

«Che vada a impiccarsi. Sapete com'è, padre. Noi uomini ci dimentichiamo delle promesse nuziali quando gli ardori giovanili si placano. Anche voi avete una moglie, ho sentito dire, perciò capite cosa intendo.» Gli fece l'occhiolino. «Un uomo ha bisogno di qualche boccale di birra il pomeriggio per sopportare senza troppa fatica il parapiglia del matrimonio.»

«Quaggiù si usa che i forestieri paghino un giro per tutti» disse Ephraim Lavin, il suonatore di violino cieco. Aveva il suo strumento sulle ginocchia e senza dubbio andava a esibirsi in quel tugurio nella speranza che i beoni gli lanciassero qualche moneta. Era seduto con la schiena appoggiata a una delle botti impilate a un'estremità della stanza e i suoi bulbi oculari, gialli e vitrei, non guardavano nulla in particolare.

«Allora temo che dovrò deludervi» rispose Gideon. «Sono venuto qui per persuadervi a fare voto di temperanza.»

«Andate all'inferno!» Ephraim sollevò il boccale perché il cameriere lo portasse via e lo riempisse. «Alla salute del covone d'orzo!» gridò, citando il titolo di una vecchia ballata.

«Dato che avete dimostrato di essere un uomo audace, padre» propose Jake Spargo, «perché non fare una scommessa questa sera? Ho un gallo coraggiosissimo e potete guardarlo mentre fa fuori quello di Henry Trenhouse. Come ospite d'onore vi riserverò un posto in prima fila. Gli schizzi di sangue non mancheranno, ve lo prometto.»

«Non dategli retta, padre» disse Nancy, guardando Jake, suo marito, in cagnesco. «Gliene dirò quattro quando torna a casa stasera, non temete.»

«Forse tornerei a casa più spesso se mia moglie fosse meno bisbetica» borbottò Jake.

«Come voi signori ben sapete» riprese Gideon, «sono venuto qui oggi per dissuadervi dai combattimenti dei galli, dalle zuffe e da ogni genere di barbarie che affligge questo villaggio. Il saccheggio e il contrabbando, la mancata osservanza della domenica, l'intemperanza, il gioco d'azzardo e soprattutto l'irriverenza verso le donne. La mia missione qui sarà finita solo quando avrò convertito la maggior parte di voi.»

«Continuate a sermoneggiare, e vi faccio venire la sifilide alla bocca» minacciò Pentecost, lanciandosi un'occhiata da sopra la spalla mentre gettava una carta sulla botte. Le donne protestarono per l'uso di un linguaggio così scurrile in presenza di signore, ma gli altri uomini si limitarono a sghignazzare.

Ethan diede una boccata alla pipa. «La vostra dottrina, padre, cade male con i poveracci come noi, il cui unico piacere nella vita è bere uno o due boccali di birra con gli amici una volta ogni tanto. A quanto ne so, anche re Giorgio è grasso come un porco, a forza di ingozzarsi di torta e sherry. E ha sempre una sgualdrina a portata di mano.» Gli soffiò in faccia un lungo filo di fumo. «A me pare che c'è una regola per i ricchi e un'altra per i poveri. Vi do un consiglio, padre: qui noi uomini ci offendiamo molto quando ci chiamano *saccheggiatori*. Noi non saccheggiamo; *recuperiamo.*»

«Allora perché gli oggetti che recuperate non sono in vendita a Penzance?» domandò Gideon.

«Colpa del re. È stato lui a mettere i dazi su ogni bene di prima necessità, per pagare i debiti accumulati durante le guerre rivoluzionarie francesi. La guardia costiera preferisce affondare una tonnellata di tè piuttosto che farne bere una goccia a noi poveri. E non abbiamo nemmeno abbastanza sale per conservare le sardine. Scordatevi le idee metodiste, padre. Quaggiù non attaccano. Qui non siamo a Newlyn.»

«Le donne di Newlyn sono tutte puttane» affermò David Combelleck, anche lui impegnato nella partita di carte. «A eccezione della vostra buona moglie, naturalmente, padre.»

«Newlyn è il covo del peccato» aggiunse Ethan. «Non si può negare. Quelle sgualdrine sono umane solo per metà. Hanno il veleno nella saliva, così quando le baci perdi i sensi e non puoi impedirgli di trascinarti giù alla banchina per annegarti.» Si chinò verso la sputacchiera e il suo catarro tintinnò sul metallo come un proiettile. «È risaputo che sanno fare i bambini da sole, senza bisogno degli uomini.»

«La vostra conversione quaggiù ha riguardato perlopiù le donne, se non erro» disse Jake, fissando il ministro con espressione maliziosa.

«Mostra un poco di rispetto, lurido ubriacone!» Nancy agitò l'indice nella sua direzione.

«Invece di andare agli incontri di preghiera, la sera le mogli dovrebbero stare a casa con i bambini, e questa è una verità sacrosanta» insistette Jake con voce carezzevole e lamentosa.

«Cristo è morto sulla croce per salvare uomini come voi? Vergognatevi!» sbottò Gideon. Mentre parlava, Pentecost si alzò e si girò a guardarlo. Il gigante si stagliava tra le nuvole di fumo, gli occhi ridotti a minuscole cavità, la faccia scolpita nel granito, il naso fratturato in almeno due punti e il mento sporgente, solcato da una profonda fossetta. Al vederlo, Martha, che aveva la sfortuna di essere sua moglie, cercò di nascondersi dietro le altre donne.

«Vieni qui» le gridò Pentecost. Martha si lanciò vero la porta, ma lui la inchiodò con un altro urlo. «Sto parlando con te. Vieni subito qui, o te le suono fino a farti pentire di non essere morta e non me ne frega niente di chi mi vede.»

Martha si voltò e si fece largo tra le donne per piazzarsi dinanzi a suo marito, ma senza osare guardarlo.

«Cosa ci fai qui, razza di buona a nulla? Vuoi farmi sfigurare davanti ai miei amici, eh?»

«Sono venuta con il ministro.» Martha parlò a voce così bassa da essere appena udibile.

«Esatto, siete qui con me, Martha.» Gideon le mise il braccio intorno alle spalle.

«Sei qui per dirci di smettere di bere? È per questo che sei venuta?» chiese Pentecost alla moglie.

Martha scosse la testa, ma poi alzò lo sguardo verso Gideon e annuì.

«Puzzi di alcol a miglia di distanza, e hai la faccia tosta di pretendere che io smetto di bere?» chiese Pentecost. «Torna a casa, prima che ti spezzo il collo.»

Martha scrollò il capo, mormorando: «Non posso, Pent. Siamo venute a chiedere a voi uomini di tornare a casa con le vostre mogli».

«Cos'è? Un ammutinamento?» Pentecost la afferrò per il braccio.

«Non farmi del male! Non davanti alle mie amiche» supplicò Martha. «Ti prego, Penty!»

«Adesso ti faccio vedere io!» Le mollò un violento ceffone, strappando un urlo alle altre. Sarebbe caduta se lui non l'avesse tenuta per il braccio. Cissie Olds e la vedova Chegwidden cercarono di toglierla dalle sue grinfie. Martha ansimava, con la testa rovesciata e il sangue denso che le colava dal naso. Sul grembiule di Cissie c'erano schizzi rossi.

Gideon si parò davanti a Pentecost, guardandolo negli occhi. «Vi avverto, non azzardatevi a toccare ancora questa donna!»

«Che fine farà il mondo se un uomo non può picchiare sua moglie senza che un predicatore farneticante si metta in mezzo?» disse Pentecost con una risata di scherno. Lasciò andare Martha e fece per allontanarsi ma poi, veloce come un fulmine, le sferrò un pugno alle costole. Nancy gli saltò sulla schiena e tentò di staccarlo, urlando: «Lasciala stare, schifoso ubriacone!». Il gigante, tuttavia, se la scrollò di dosso e lei cadde pesantemente sul pavimento, gemendo. Accadde tutto molto in fretta. Martha, piegata in due, si lamentava come un animale ferito. Gideon lottava con Pentecost, ribaltando le botti. Le donne si dispersero verso l'uscita e gli uomini si alzarono in pedi, mentre Martha ancora giaceva sul pavimento.

Pentecost immobilizzò Gideon e lo spinse contro una parete, facendo tremare la baracca. «Forza, smidollato, mostrami di che pasta sei fatto» lo sfidò. «Fatti dare una bella ripassata, così diventi un uomo. Ti insegno qualche mossa, magari.» Con uno scatto improvviso gli torse il braccio dietro la schiena e gli bloccò la testa nell'incavo del gomito. Poi prese a sbattergliela così forte contro la parete da ammaccare l'argilla. Accorsi per cercare di fermarlo, la mia voce mi risuonava nelle orecchie come se fosse di qualcun altro. «Smettila, demonio, lascialo in pace!» Per poco non gli strappai la camicia dalla schiena, ma invano, così gli afferrai la faccia e provai ad affondargli le unghie negli occhi. Agitò il capo e liberò Gideon, che si afflosciò sul pavimento. Quindi Pentecost si voltò, aprendo e chiudendo gli occhi per assicurarsi di vederci ancora. Aveva la fronte e le guance piene di graffi.

«Chi di voi cagne mi ha fatto questo?» Si guardò intorno con un occhio chiuso e l'altro semiaperto, e le donne abbassarono lo sguardo. Ero la più vicina a lui e mi scrutò per un po' attraverso la piccola fessura dell'occhio buono, con il sudore che gli gocciolava dalla punta del naso. «Pagherai per questo, chiunque tu sia. Lo scoprirò.» Poi uscì lasciando sua moglie sul pavimento, con i capelli incrostati di sangue. Le altre si accovacciarono accanto a lei.

Io corsi a inginocchiarmi vicino a Gideon. «Fatemi dare un'occhiata alla vostra testa.» La presi tra le mani. Sentii un grosso bernoccolo sotto il cuoio capelluto, ma non vidi sangue. Lo aiutai a tirarsi su e si diede un'occhiata intorno, stordito, tastandosi il capo con una smorfia. Posò lo sguardo su Martha, stesa a terra, con Sarah e Tegen al suo fianco. Si chinò su di lei, esaminandole il naso, che era viola e gonfio.

«Una di voi può ospitarla questa notte?» Si raddrizzò. «È meglio che non vada a casa dopo ciò che è successo, non prima che io abbia scambiato qualche parola con quel prepotente.»

«Può stare da me» si offrì la vedova Chegwidden. «Ho dei rimedi che daranno sollievo a questa povera creatura.»

«Io passerò a vedere i suoi bambini» aggiunse Cissie.

Gideon lasciò vagare lo sguardo per la stanza, vacillando, così lo presi per il braccio, temendo che svenisse. Stringendo le palpebre, fissò gli uomini come se fosse stupito di trovarsi lì.

Risuonò una voce che conoscevo molto bene: «Dunque è questa la situazione». Era Johnenry. Uscì dal buio e barcollò verso di noi. Era molto cambiato dall'ultima volta che l'avevo visto, con il viso scavato e sporco, un occhio nero e iniettato di sangue. Mi resi conto che era lui l'uomo svenuto dietro le botti.

«Che omone coraggioso.» Fece un sorriso di scherno a

Gideon. «Mary vi considera un vero damerino, immagino, con le vostre belle parole e i vostri modi raffinati.»

«Vi conosco?» chiese Gideon.

«Voi no, ma io sì. Ma guardatevi, che bella coppia che siete così, sottobraccio.»

«Venite, andiamocene» dissi a Gideon tirandolo per il gomito, ma non si mosse.

«Chi è quest'uomo?» mi domandò.

«Nessuno» risposi.

«Nessuno?» Johnenry mi scoccò un'occhiata torva. «Dunque non significo niente per te.» Si rivolse a Gideon. «Che intenzioni avete con lei, predicatore? State attento a questa qui, datemi retta. Pensate di conoscere Mary, ma non la conoscete affatto. Non come me. Guardatevi. Vi siete lasciato irretire da lei, come è successo a me.»

«Non ascoltatelo.» Trascinai Gideon verso la porta prima che Johnenry potesse dire altro.

«Dovremmo parlare un'altra volta» gli urlò il ministro da sopra la spalla.

«Risparmiate il fiato, padre» replicò Johnenry. «Non ho voglia di ascoltare i vostri noiosi sermoni. Gesù e tutti gli angeli possono andare all'inferno, per quanto me ne importa ma, se fate del male a Mary, me la pagherete cara.»

Portai fuori Gideon. La vedova Chegwidden e Cissie avevano già percorso un bel tratto lungo il pendio, sorreggendo Martha, con un gruppetto di altre donne al seguito. L'aria fresca parve frastornare Gideon ancora di più, perché barcollò prima in una direzione e poi in un'altra, come se il mondo si inclinasse sotto i suoi piedi.

«Non salirò mai più su una barca» protestò.

«Nessuno vuole che lo facciate» risposi, prendendogli il braccio per impedirgli di cadere a faccia in giù.

«Non mi avvicinerò all'acqua, badate bene! Preferirei camminare tra le fiamme dell'inferno.» Gemette forte e si strinse il capo. «Che cerchio alla testa. E queste luci. Sono lucciole uscite presto per tormentarmi?»

«Siete solo intontito. Avete preso qualche colpo in testa. O non ricordate cosa vi è accaduto?»

Si fermò di colpo, stringendosi nelle spalle. «Ho sbattuto la fronte sulla botte in mare.»

«Quello è stato mesi fa. Ora siamo appena usciti dal pub, meno di cinque minuti fa. Quel bruto di Pentecost vi ha immobilizzato e ha sbattuto la vostra povera testa contro la parete.»

«È una menzogna, maledizione! Non metto piede in un pub da dieci anni. Da quando...»

«Credete pure ciò che volete.» Udire un'imprecazione uscire dalla sua bocca mi stupì.

Vacillò di nuovo sulle gambe malferme. Vidi un masso più avanti e lo spinsi in quella direzione. «Sedetevi qui. State tranquillo per un poco» dissi quando lo raggiungemmo. «Avete le vertigini. Aspettiamo che vi passino.»

Piegò il capo e chiuse gli occhi. Restò così a lungo, mentre rimanevo accanto a lui. Intanto il sole si abbassò a occidente, l'erba sul promontorio si tinse d'ambra e le ombre si allungarono dietro ogni albero e ogni roccia. Il suo viso era illuminato da un chiarore tenue e fui libera di lasciar vagare il mio sguardo sulle ciglia scure che gli tremolavano sulle guance, le rughe sulla fronte, il naso diritto. Alla fine si riebbe e si guardò intorno con gli occhi annebbiati, ruotando la spalla e massaggiandosi il collo. «Quell'energumeno mi ha conciato per le feste.»

«Ora ricordate, dunque?»

«Rammento quel bruto che mi sbatteva la testa contro la parete, ma non come siamo arrivati fin qui.»

«Oggi siete stato assai coraggioso» mormorai. «Tutto solo tra quei mascalzoni, e affrontando quel bestione di Pentecost. Porgere l'altra guancia è stato ancora più coraggioso. Quaggiù nessun uomo avrebbe fatto una cosa simile.»

«Negli anni mi hanno lanciato mattoni e svuotato addosso vasi da notte dalle finestre mentre predicavo. Una volta ho dovuto lasciare le città nel cuore della notte per paura che mi uccidessero.» Si voltò verso di me, stringendo le palpebre contro il bagliore del sole. «Vedo Cristo in voi, Mary, mentre siete seduta qui con me con i raggi del tramonto a farvi da aureola. La Sua luce splende dentro di voi. È stata la provvidenza a condurmi su questa spiaggia affinché mi trascinaste fuori dal mare.»

«Dovete stare meglio, se avete ricominciato a predicare.»

«C'era un giovanotto nel pub, quello che si è avvicinato mentre uscivamo. Chi è?»

«Non vale la pena parlarne.»

«Avanza delle pretese su di voi, sembrerebbe.» Fece una smorfia, tastandosi cautamente la testa. Era in uno stato d'animo insolito dopo ciò che era successo, e pensai che potesse essere geloso di Johnenry o di ciò che c'era stato tra noi. Percepii il rotolo dell'inno che tenevo appeso al collo come un ciondolo. Pareva pulsarmi contro il petto.

«Ci conosciamo fin da quando eravamo bambini, io e Johnenry» spiegai. «E fino a qualche tempo fa ci frequentavamo, ma ora non più.»

«Sì, certo. Avrete avuto delle relazioni. Mi accorgo di non sapere nulla del vostro passato. Vorrei conoscerlo meglio.»

«Non ho molto da raccontare. A differenza di voi. Chi è Molly, la donna che chiamavate quando avevate la febbre? Perdonatemi, non sta a me fare simili domande.»

Tacque per un momento, guardandosi i piedi, poi alzò gli occhi e rispose: «Avevo scambiato Molly per una Maddalena irlandese, ma il suo cuore era nero quanto i suoi capelli. Forse cercavo qualcuno da salvare, anche allora. Stava mettendo da parte il denaro che le davo, diceva, perché potessimo emigrare insieme. Un giorno era il Canada, il successivo l'Australia. Per colpa sua, ho lasciato un uomo con il cranio fratturato e il sangue che gocciolava sulla paglia del pavimento di un pub. E tutto per difendere l'onore di una donna che di onore non ne aveva nemmeno un briciolo».

«Davvero?»

«La mia caduta nel peccato risale a quando avevo vent'anni. Mio padre, per il quale sono stato un'eterna delusione, mi ha messo a fare da apprendista a un disegnatore tecnico a Plymouth. La mia cara madre, che stravedeva per me, si sarebbe opposta se non fosse stata confinata in camera sua da un accesso di malinconia. L'ufficio del disegnatore era come una cella per me. Le catene erano le linee e gli angoli che ero costretto a disegnare con penna, righello e compasso. Non ero fatto per quel lavoro. Il suo unico scopo era servire mammona per riempire le tasche di mercanti e speculatori di cui vedevo caricare e scaricare le merci sulla banchina. Si costruivano case eleganti in campagna mentre uomini, donne e persino bambini passavano un'esistenza miserabile nei loro stabilimenti e fabbriche. Di lì a poco ho iniziato a trascorrere le giornate nei pub, nei fetidi vicoli frequentati da Molly e dalla gente della sua risma.

«È stato così che in una notte fredda e buia mi sono ritrovato a camminare sotto una pioggerella incessante lungo le viuzze più malfamate del porto, in una zona popolata da squadre di arruolatori, tagliagole e sgualdrine, e mi vergogno di dire che la conoscevo bene. Perseguivo un solo scopo: mettere fine alla mia vita infelice nel luogo in cui avevo incontrato Molly. Mentre mi avvicinavo, tuttavia, ho udito la voce di un predicatore e, risentito, ho pensato che non sarei riuscito neppure a suicidarmi. Riempiva il cortiletto una moltitudine di persone della peggior specie: indigenti, borsaioli, ex detenuti, contrabbandieri, uomini che sbarcavano il lunario grazie ai guadagni immorali delle donne, tutti che fissavano nella luce fioca un ometto robusto al centro della folla, uno di quei predicatori farneticanti che mio padre disprezzava.

«"Amico!" ha urlato. "Una grande angoscia grava sul tuo cuore. Te lo leggo negli occhi. Non aver paura, senti la grazia del Signore. Il Salvatore è qui per te. Hai trovato un vero padre in Dio. Accoglilo nel tuo cuore e salvati. Fa' di Cristo l'unico oggetto dei tuoi desideri!" Sembrava che mi leggesse nell'anima. "Hai trovato un vero padre in Dio." Quelle parole, e altre che mi ha detto quella sera, mi hanno fatto battere il cuore come il pendolo di un orologio. Il potere di Nostro Signore Gesù Cristo mi ha pervaso e mi ha indotto a stendermi sul pavimento. I presenti, per quanto rozzi, si sono riuniti intorno a me, offrendomi conforto e amicizia. In quel momento, il cielo e la terra mi sono apparsi in una nuova luce.»

Fece una pausa, dondolandosi avanti e indietro con il respiro affannoso. Aveva il viso lucido di sudore. Credetti di capire cosa intendeva. Certe volte anch'io avevo intravisto un altro mondo, scorgendolo attraverso un velo sottile come una ragnatela.

Mi scrutò. «Siete una persona rara, Mary Blight. Una povera campagnola che conosce le Scritture meglio di molti ecclesiastici. Ciò vi tornerà assai utile. Nondimeno il vostro amico sostiene che non vi conosco. Cos'ha detto? Che mi sono lasciato *irretire* da voi?»

«Non sono sempre stata buona come avrei dovuto. Non siete il solo ad aver peccato» dissi, senza riuscire a guardarlo in faccia.

«Tutti possono essere salvati! Aprite il cuore a Cristo Salvatore.»

«Ho desiderato sovente una vita migliore, ma bramavo cose vili come essere ricca, elevarmi al di sopra degli abitanti del villaggio per orgoglio e persino...»

Le mani mi tremarono sulle ginocchia perché, parlando, mi rividi sulla spiaggia in quella grigia mattinata invernale a strappare il dente dalla bocca della nobildonna, guardare le bolle che le salivano alle labbra, sfilarle gli stivaletti e domandarmi se stesse ancora respirando. Il ricordo mi spaventò al punto che dimenticai dove fossi.

«Ho derubato i cadaveri che le onde portavano a riva durante i naufragi» confessai. «Il Creatore può perdonare anche questo?»

Invece di rimproverarmi, fece un sorriso stanco. «La vostra coscienza si sta risvegliando solo ora. L'essenza della perfezione è l'amore perfetto per Dio e per il prossimo, non l'assenza di peccato. Questa non è una religione della dottrina spietata, bensì una religione del cuore. La perfezione comincia da una nuova rinascita. E voi potete rinascere.»

Continuò a parlare, esprimendo concetti perlopiù incomprensibili. Tuttavia percepii l'alba di un nuovo giorno, una rinascita, come l'aveva chiamata. Mi ero sempre considerata di gran lunga inferiore agli altri, un semplice verme che scavava nella terra, tirando avanti alla bell'e meglio, con il cuore colmo di disprezzo e di invidia per gli abitanti del villaggio più facoltosi. Non che non lo meritassero, beninteso, ma in quel momento un'ondata di speranza mi riempì il cuore.

«Dobbiamo rendere testimonianza, anche mentre i sassi ci piovono in testa» disse Gideon. «Le prove del peccato originale sono ovunque. Industriali che saccheggiano e sfruttano la terra, poveri sciagurati vestiti di stracci che sgobbano senza sosta in stabilimenti infernali. Anche voi, Mary, dovete rendere testimonianza dello spirito che opera dentro di voi quando fate lezione ai bambini.»

Esaurite le energie, si accasciò sul masso. Mi doleva il fondoschiena per essere rimasta seduta così a lungo sulla roccia dura, perciò lo tirai su e lo guidai lungo il fianco della collina. Ormai il sole era quasi sparito sotto l'orizzonte lontano e il cielo era striato di nuvole rosa e blu scuro che si allungavano in ogni direzione. Sopra di noi moltissimi uccelli – gabbiani, oche, cornacchie e storni – volavano in formazione, squarciando l'aria con strida e gracchi, tutti diretti dalla stessa parte, come se qualcosa li attirasse verso i turbini di foschia dorata a occidente.

Io e Gideon incespicammo lungo la china, due pellegrini stanchi. Sebbene non avessi le ali, la mia anima si librò mentre l'oscurità cominciava a scendere sull'acqua.

Anche l'uomo che mi camminava accanto era stato un peccatore a suo tempo, ed era rinato. In un momento di vulnerabilità mi aveva aperto il suo cuore e non mi importava se l'indomani sarebbe tornato ai suoi modi spocchiosi. Mi aveva cambiata e giurai che mi sarei sottomessa alla grazia salvifica di Cristo e che non avrei più saccheggiato i cadaveri per il resto dei miei giorni.

Al successivo incontro di preghiera, nella cappella di fortuna giù al porto, mentre Gideon saliva sul pulpito, entrarono due degli uomini che erano al pub la sera in cui Martha era stata picchiata. Si tolsero i berretti, palesemente nervosi. «Scusate, padre, se per voi va bene, vorremmo partecipare alla riunione» disse uno di loro.

«Siete i benvenuti» rispose lui, indicando loro le panche. Quello che aveva parlato si avvicinò al pulpito, guardandosi furtivamente intorno e poi alzando gli occhi sul ministro. «Volevamo dirvi...» Sembrò perdere il coraggio, ma lo ritrovò. «Insomma... Le vostre parole ci hanno lasciato un segno nel cuore quella sera. Siamo stagnai, Jack e io, e stanotte dobbiamo fare il secondo turno in miniera. Ci siamo chiesti spesso, chiusi in quel buco nero, se questo è tutto quello che la vita ha in serbo per due come noi. Sembrava terribile. Le vostre parole ci hanno dato speranza.»

Gli altri si alzarono quasi tutti insieme, urlando osanna e alleluia e applaudendo.

Quando si furono zittiti, Gideon disse: «Signori, non

potete immaginare quanto mi faccia piacere la vostra presenza qui questa sera. Siete i benvenuti».

In quel momento arrivarono altre signore, ma le panche delle donne erano così piene che si diressero verso i sacchi di grano disposti lungo le pareti per i ritardatari.

«Sorelle, c'è posto sul lato degli uomini» disse Gideon. «Non violerete il decoro né susciterete le ire del Creatore, ve lo assicuro.» Le nuove arrivate, tuttavia, parvero inorridire alla sola idea e presero posto sui sacchi, dove il grasso delle candele di sego sulla parete sarebbe probabilmente gocciolato sulle loro spalle.

Con una leggera scrollata di capo, Gideon diede inizio all'incontro. «Orbene, abbiamo alcune parole sagge per le ragazze qui presenti. Lasciate che vi ricordi di mettere un rametto di mirto sotto il cuscino questa notte. Così scoprirete l'identità del vostro futuro sposo.» Gli ascoltatori si guardarono, non credendo alle proprie orecchie. Alcune giovani si girarono verso le amiche e scoppiarono in risolini irrefrenabili, finché i genitori le rimproverarono. «Se tra voi c'è un'anziana vedova che soffre di bruciore di stomaco, il rimedio è macinare un ragno nero e versare la polvere nel tè.» Capii che si stava facendo beffe delle nostre vecchie abitudini, ma alcuni si scambiarono un'occhiata, non sapendo come reagire. «Come avrete intuito, amici miei, non dico sul serio» proseguì. «Forse queste sciocche superstizioni sono innocue, ma conosco altre usanze pagane più allarmanti. Oggi stesso ho sentito parlare di una famiglia i cui membri, desiderando guarire la nonna da una malattia, hanno tagliato in due un piccione vivo e le hanno applicato le parti sanguinanti sulle piante dei piedi. Una simile barbarie non può esistere in un paese cristiano civile. Vi raccomando di voltare le spalle a credenze e usanze primitive e di affidarvi invece alla verità divina dei vangeli.»

Il resto dell'incontro si svolse come al solito. Gideon concluse con la preghiera di congedo e un accenno alla tenera misericordia dell'amore di Dio.

«Prima che andiate ho un annuncio da fare. Il mese prossimo terremo un banchetto per il rito dell'agape, il primo in assoluto in questo villaggio. Siete tutti invitati. Vi prego di riferirlo anche a coloro che, per qualunque ragione, non hanno ancora partecipato agli incontri. Ci saranno torte e tè per tutti!»

I presenti cominciarono a dirigersi verso la porta parlottando vivacemente, ma poi girò voce che le campane della vecchia chiesa sul promontorio stessero suonando. Tesi le orecchie: era vero. Pareva che un gruppo di pazzi fosse entrato e si fosse impossessato delle funi campanarie. Mi si gelò il sangue al pensiero della collina solitaria a quell'ora e della chiesa decrepita dove avevo passato moltissime ore. Anziché fermarsi a fare due chiacchiere, la gente prese a spingere e a sgomitare per uscire.

«Cosa succede?» Gideon si avvicinò.

«Non sentite le campane che suonano nella vecchia chiesa?» Millie Hicks aveva la borsa del cucito sotto il braccio.

«I marinai morti escono dalle tombe alle nove in punto e vanno a suonare le campane» disse Dolly Stoddern superandoli.

«Credete a queste vecchie storie? Dopo tutto ciò che ho detto riguardo alla superstizione? Mi aspettavo di meglio da voi, Millie.»

«Infatti non ci credo» ribatté Millie, «ma preferisco ugualmente rifugiarmi a casa, se c'è il rischio che gli spiriti invadano i vicoli.»

«Che il Signore abbia misericordia» urlò Gideon. «Esiste una spiegazione razionale. Senza dubbio è lo scherzo di qualche ubriacone.»

«Abbiamo molte anime perdute sulla coscienza» disse un'altra donna. «Molte persone che sono state sepolte in suolo non consacrato o lasciate alla mercé del mare.»

«Ascoltate, amici» implorò il ministro. «Posso mettere fine a queste assurdità se alcuni di voi accettano di accompagnarmi alla chiesa stasera per scoprire la vera causa dei rintocchi.»

Gli uomini non erano più inclini a seguirlo delle donne. Fuori, i due stagnai indugiarono dopo che gli altri furono fuggiti.

«Vieni?» chiese Tegen.

«Non ancora.»

«Non vorrai andare alla chiesa.»

«Forse.»

«Mary, cosa ti prende ultimamente? Be', io me ne vado, quello che ti succede è affar tuo.»

Gideon uscì, chiudendo a chiave la porta.

«Se volete dare un'occhiata, vi accompagniamo» si offrì uno degli stagnai, quello che aveva parlato prima. «Tanto dobbiamo attraversare la brughiera per andare al lavoro in miniera.»

«E voi, sorella Blight? Abbiamo già due testimoni, sicché non è necessario che una donna vaghi per il promontorio di notte.»

«Se volete convincere le persone che la chiesa non è infestata dai fantasmi, dovete portare con voi una donna. È risaputo che abbiamo una vista più acuta di quella degli uomini e che capiamo meglio se ci siano degli spiriti erranti nel mondo.»

«Davvero credete a questa storia della *vista*?»

«No, io no. Ma altri sì.»

«Santo cielo. Allora forse è meglio che vi permetta di venire.»

Così decidemmo di partire subito. Era una limpida e calma notte estiva, rischiarata dalla luna, così potemmo arrampicarci verso il promontorio senza rischio di incidenti. La brezza accarezzava appena i rami degli alberelli curvi che si aggrappavano ai pendii. La luna, bassa nel cielo, proiettava ombre dietro i massi sparsi sulla brughiera arida e brulla, dove viluppi di ginestrone e ortiche aspettavano di prendere in trappola gli incauti. Le campane tacquero e per qualche istante parve che ci fossimo messi in marcia troppo tardi per acciuffare i bricconi. Gli stagnai non fiatavano, gli unici suoni erano lo scalpiccio degli stivali sul terreno sassoso, lo sciabordio del mare lontano e, di tanto in tanto, il bubolare di un gufo. Le mucche erano immobili come statue in cima alle scogliere distanti, come se fossero al confine del mondo.

Superammo uno spettrale cerchio di pietre verticali che spuntavano dal terreno in curiose angolazioni. Una strana musica lamentosa riempì l'aria.

«Ascoltate!» sussurrai.

«Cosa?» chiese Gideon.

«Non la sentite? Le vergini delle rocce stanno cantando.»

«Quello che udite è il vento che soffia tra i massi.»

«Ma stanotte c'è pochissimo vento.»

«Il suono è nella vostra immaginazione, sorella Blight. Queste pietre sono le reliquie dimenticate di un'antica civiltà, collocate qui per placare i finti dei di una fede pagana ormai caduta nell'oblio.» Si fermò. «Forse dovremmo tornare indietro. Temo che siamo partiti troppo tardi per pizzicare coloro che suonavano le campane.» In quel momento, però, i rintocchi ricominciarono, irregolari e ribelli come prima.

Mi si strinse lo stomaco mentre ci dirigevamo verso la sagoma tozza della chiesa. Raggiungemmo il muretto diroccato del cimitero, oltre il quale c'erano lapidi abbandonate, non diverse dalle vergini delle rocce sul promontorio. Un grosso albero avvolto dall'oscurità allungava i rami in quella direzione, facendomi rabbrividire al solo vederlo. I rintocchi erano assordanti e più incontrollati che mai.

«Noi ci fermiamo qui, padre» disse il portavoce dei due stagnai. «Se vi imbattete in un fantasma, sicuramente... avete il potere di esorcizzarlo e di spedirlo subito all'inferno?»

«Queste fandonie sui fantasmi sono soltanto vecchie storie di contrabbandieri» disse Gideon.

«Sì, ma un minatore ha visto una donna qui non più di un mese fa» rispose l'uomo. «All'improvviso è apparsa sul sentiero a notte fonda, vestita di nero, il volto coperto da un cappuccio. Se fossi in voi, mi procurerei un bastone robusto prima di entrare. Si dice che il vecchio pastore di questa chiesa avesse con sé una frusta per cavalli quando ha rabbonito il fantasma di Wild Harris, quello della vecchia leggenda.»

«Intendo entrare disarmato, signori. Vi chiedo soltanto di aspettarmi qui, così potrete testimoniare sulla vera spiegazione dei rintocchi.»

In quel preciso momento, le campane tacquero. Ci guardammo. Scavalcato il muretto, Gideon si incamminò verso il portico. Lo seguii tremando come una foglia. La porta era aperta. Dentro, buio pesto. Rimpiansi che il ministro non avesse pensato di portare una lanterna.

«Chi è là?» La sua voce, impaurita, echeggiò tra le pareti. Si addentrò nella densa oscurità e io gli andai dietro, i nostri passi che rimbombavano sulle lastre di pietra. Una luce fioca filtrava da un grosso buco nel tetto, rischiarando il bordo di una vecchia panca. Archi minuscoli si stagliavano pallidi su un lato della navata, ma sotto la torre le tenebre erano più fitte che mai. «Non sono solo» urlò Gideon. Gli spiriti gli fecero il verso con le loro voci cavernose e tremanti, ripetendo ciascuno le parole del precedente. «Fuori ci sono degli uomini pronti a darmi manforte. Perché non siete ragionevoli e non vi mostrate?»

Un forte sbuffo improvviso mi fece trasalire. Sembrava che una bestia enorme avesse soffiato attraverso le narici. Seguì una specie di zoccolio. Nel buio sotto il campanile comparvero due occhi illuminati dalla luna, troppo distanziati per essere umani. Credetti di vedere un paio di corna. Era il diavolo, e quelli che avevamo sentito erano i suoi zoccoli fessi. Era stato Belzebù in persona ad attirarci fin lì. Dopo un istante, tuttavia, risuonò un profondo muggito, cui risposero altre creature. Una mandria di mucche dai fianchi chiazzati di bianco venne verso di noi. Gideon mi spostò appena in tempo dalla loro traiettoria, le guardai uscire dalla porta accalcandosi e scomparire nella notte. Non avevamo trovato il diavolo, bensì qualche mucca affamata che era entrata nella chiesa abbandonata e aveva cominciato a masticare le estremità delle funi di paglia. Rimasi sola nel buio con Gideon e, almeno per un breve momento, le sue braccia furono intorno a me.

14

La vigilia di mezz'estate mescolai alcuni semi di canapa con un poco di tabacco e fumai in camera di mia madre, sulla mia sedia preferita. Quando fui nel giusto stato d'animo, sgattaiolai in cortile con una manciata di semi nella tasca del grembiule. Camminai qua e là sulla botola della cantina finché con i piedi individuai il punto migliore per evocare gli spiriti. Sapevo che Gideon avrebbe disapprovato ciò che stavo per fare, ma forse non era stato il buon Dio a creare le erbe medicinali e a conferire loro poteri straordinari? Era una notte nuvolosa e il vicolo che conduceva al sentiero era immerso nell'oscurità. In realtà, avrei dovuto essere vergine perché l'incantesimo funzionasse, ma speravo che il segreto si rivelasse ugualmente. Chiudendo gli occhi, recitai la formula tre volte, gettandomi i semi intorno: «La canapa che seminerò forte crescerà, e colui che il mio vero amore sarà in questo istante comparirà».

Di colpo iniziò a fare freddo come in pieno inverno e mi staccai dal suolo, fluttuando nell'aria. Sollevata dagli spiriti, attraversai un campo coperto di rugiada torbida, fermandomi sotto un albero, un tasso. I rami cantavano con la voce di centinaia d'uccelli. A poco a poco un uomo si profilò nella foschia con una falce in mano. Cominciò a dondolarla all'ombra dell'albero, voltandomi le spalle in modo che non potessi scorgerne il viso. Iniziai a tremare. Sapevo che se l'incantesimo avesse funzionato, la figura del mio futuro marito mi sarebbe apparsa davanti quando avessi aperto gli occhi. Scese il buio e d'un tratto gli uccelli tacquero. Un rumore di passi che echeggiava sulla pietra, poco lontano. Stavo forse per scoprire chi avrei sposato?

Parlò: «Chi è là a un'ora così tarda?».

Conoscevo quella voce. Aprii gli occhi e vidi l'uomo uscire dal vicolo. Restai delusa perché era soltanto Nathaniel Nancarrow. Ormai mi aveva vista, era troppo tardi per correre nel cottage.

«Cosa vi porta qui, Nathaniel?» domandai.

Forse avevo parlato in tono più freddo di quanto avessi voluto, perché si fermò appena fuori dalla viuzza, senza avvicinarsi. «Stavo percorrendo il sentiero quando ho sentito una voce. Mi sono chiesto se qualcosa non andasse, dato che è così tardi.»

«È tutto a posto.»

«Siete sicura di stare bene? Sembrate diversa dal solito.»

«Sto benissimo. Non è necessario che vi preoccupiate.»

«Allora vi auguro la buonanotte.»

La comparsa di Nathaniel parve confermare la tesi di Gideon. Gli incantesimi erano un'inutile assurdità. Rientrai, quasi travolgendo Tegen, che si era nascosta dietro la porta.

«Mi stavi spiando, Teg?»

«Ho sentito delle voci e volevo sapere chi fosse.»
«Sono uscita a prendere una boccata d'aria.»
«Ti ho sentita parlare con qualcuno.»
«Nessuno di interessante.»
«Come puoi dirlo, quando so benissimo che era Nathaniel?»
Mi sedetti al tavolo, stanca e sgomenta. La mamma sonnecchiava sulla poltrona. «Stavi origliando, dunque. Se proprio vuoi saperlo, ho cantato la vecchia filastrocca per scoprire chi sarà mio marito. Quando ho aperto gli occhi, indovina chi ho visto davanti a me?»
«Allora sposerai lui!» strillò, portandosi la mano alla bocca.
«Sposare Nathaniel? È probabile quanto riuscire a volare sopra i tetti a cavallo di una scopa.»
«Perché no? È un… un caro amico dei Blight.»
«Ce l'hai con me, vero, Teg?»
«Vado a letto.»
«Ho ancora un poco di canapa, se vuoi tentare la sorte» le gridai dietro.
Quando se ne fu andata, indugiai per qualche minuto, accasciata sul tavolo. Stavo per seguirla quando udii la voce flebile della mamma.
«Non dovresti punzecchiarla così, è una brava ragazza la nostra Teggie.»
Mi alzai sospirando. «Non volevo svegliarvi, madre. Tornate a dormire.»
«Non scappare proprio ora. Chiacchieriamo un poco. Non parliamo mai in questi giorni. Orbene, perché non mi dici chi hai cercato di evocare con la canapa?»
«Lasciate stare.» Mi risedetti.

«Uscire in cortile di notte lanciando canapa per evocare lo spirito di un uomo ti servirà soltanto a dar da mangiare agli uccellini. Non ti sarà di alcuna utilità, capisci? Non più di quanto le erbe della vedova Chegwidden possano guarire la mia bronchite.»

«Non dite così! Vi riprenderete, ne sono certa.»

«Era il ministro che speravi di vedere, e non fingere il contrario.»

Mi risedetti con un sospiro.

«Sei sempre stata testarda. Quante volte ho dovuto rimproverarti quando eri piccola, sempre nei guai e pronta a irritare le persone. Mi hai dato del filo da torcere, senza un padre che ti rimettesse in riga. Però ero ugualmente fiera di te.»

«Parlatemi di papà» dissi per distrarla dai discorsi su Gideon. «Ripetetemi le storie che ci raccontavate da piccole, su quanto fosse bello e coraggioso e su come sia annegato cercando di salvare i membri dell'equipaggio.»

Iniziò a tremare, lisciandosi il grembiule sulle ginocchia e prendendo un angolino di stoffa da torcere tra le dita.

«Ho cercato di crescerti onesta e ingenua, così se avessi preso qualche vizio, non sarebbe stata colpa mia» spiegò, nervosa. «Forse ho esaltato troppo tuo padre quando eri bambina. Volevo che camminassi a testa alta quando pensavi a lui e che cercassi di essere buona e degna.» Mi sbirciò di sottecchi. «Forse ti ho messo in mente troppe idee bizzarre.»

«Sì, ma è morto da eroe, vero?»

«Che Dio mi aiuti! Cosa ho fatto?»

«A cosa vi riferite, madre? Ditemi la verità!»

Gemette, dimenandosi sulla poltrona. «È morto in mare,

questo è vero. È stata dura per me, all'epoca aspettavo Teggie ed era cosa rara che lui portasse a casa qualche soldo, perché lavorava solo quando ne aveva voglia. Eravamo sempre al verde e dovevo tirare la cinghia per andare avanti. E dov'era quando i miei poveri bambini sono morti? Al pub, a bere e a giocare d'azzardo con gli amici, ecco dove.»

«Dunque le voci che Loveday Skewes metteva in giro sul suo conto erano vere? Era soltanto uno scansafatiche.»

«Non era un uomo cattivo, tesoro, solo un sognatore. Era fatto così. Non ha mai amato le imposizioni.» Le voltai le spalle, irritata, ma proseguì. «Certe volte lo rivedo in te. Guardami, Mary!»

Mi girai lentamente. Aveva il volto arrossato, il respiro affannoso e una mano stretta intorno alla gola. Corsi a prendere una tazza dell'infuso della vedova Chegwidden dalla stufa e mi accovacciai accanto a lei, soffiandoci sopra. Glielo avvicinai alla bocca, ma lo rifiutò.

«Speravo di vivere abbastanza a lungo per vederti sposata, almeno. Questa follia che si è impossessata di te ultimamente deve finire!» ansimò.

«Calmatevi, madre, vi supplico.»

«Tutela te stessa. Girano delle voci sul tuo conto. La vedova me l'ha detto oggi pomeriggio. La paura mi toglie il respiro.»

«Cos'ha detto la vedova? Ditemelo, madre!»

«Qualcuno là fuori conosce un segreto. Uno dei più facoltosi, a quanto pare. Qualcosa di malvagio che avresti fatto. Dimmi che non hai niente sulla coscienza!»

«Sono pettegolezzi e menzogne. Non ho fatto più di quello che fa metà del villaggio. Sapete da dove vengono il tè e lo zucchero, vero, madre? Eppure li usate ugualmente.»

«Secondo Tegen, se rinunciassi alla posizione di maestra, saresti fuori dai guai.»

Feci no con la testa. «Tegen può dire quello che vuole. Io non mi tiro indietro.»

«Proprio come tuo padre. Ascoltami, bambina mia. Devi imparare il senso delle cose: si rivelano sagge o stupide a seconda di come accadono, non di come tu desideri che siano!»

Quella domenica andai a lezione. Quando zia Madgie aprì la porta, la studiai in volto per cercare di capire se avesse intenzione di mettere in circolazione perfide menzogne sul mio conto, ma il suo sguardo duro e gelido non lasciò trapelare nulla. Quando provai a superarla, mi sbarrò la strada con il bastone.

«Hai smesso di usare i libri di catechismo che ti ho dato. Come mai?»

«Non mi piacciono. Sono destinati a bambini di età inferiore a sette anni, ma alcune dottrine potrebbero causare gli incubi ai piccoli.»

«Le dottrine hanno proprio lo scopo di spaventarli affinché imparino abitudini oneste e frugali e la debita moderazione. Altrimenti come apprenderanno le virtù della diligenza, del duro lavoro e dell'avvedutezza, e come capiranno di dover rifuggire i mali del lusso?»

«A cosa serve insegnare a un bambino che l'inferno è un abisso buio e senza fondo, pieno di fuoco e di zolfo? Vogliamo che facciano la pipì a letto di notte?»

«Sei troppo tenera. Non mi stupisce che la settimana scorsa uno dei maschietti ti abbia presa in giro.»

«Da che mondo è mondo, i bambini burloni amano

canzonare gli adulti e i superiori.» Scavalcai il bastone e le scivolai accanto lungo il corridoio buio.

«Ascoltami bene, porterò la questione all'attenzione della Società metodista.»

«Come volete.»

Quando entrai in cucina, gli alunni erano già lì, divisi in piccoli gruppi. I maschietti fecero un sorriso di scherno e si sedettero sulle panche senza fretta. Le femminucce presero posto più rapidamente, scambiandosi occhiate maliziose. Senza guardarmi negli occhi, formarono una fila di visetti imbronciati. Sembravano diversi dall'ultima volta. Persino Sarah Pengilly, che avevo sempre considerato un'alleata, fissò il tavolo anziché incrociare il mio sguardo. I figli dei più facoltosi erano diminuiti e il numero complessivo si era ridotto.

«Iniziamo la lezione sui Testamenti» esordii. «Vedremo cosa dicono le Scritture sui bambini che non mostrano rispetto agli adulti. Martin, comincia tu.» I più grandi sogghignarono e sbuffarono. Martin era un bambino povero di Uplong Row, uno di quelli che leggevano peggio.

«Silenzio!» sbottai. «Andate a pagina 3.»

Martin si chinò sul tavolo, il volto vicino al foglio. Mentre scorreva la riga con gli occhi, faceva mormorii che non c'entravano nulla con i segni sulla pagina. Gli altri soffocarono le risate. Di lì a poco Martin mi rivolse un'occhiata implorante.

«Quello non conosce l'alfabeto, signorina» disse Kit Trefusis, ridacchiando.

«Dicci una parola che inizia per A» intervenne Peggy Combelleck, seduta di fronte a Martin. Aveva un tono gentile, ma non mi fidavo di lei.

«A come Pera, giusto?» rise Kit, facendo sbellicare anche gli altri.

Martin li guardò a uno a uno, con il labbro inferiore che tremava.

«Sei il primo della classe, amico» commentò Kit, altezzoso, il naso all'aria come fosse lui, l'insegnante.

Non ero disposta a sopportarlo. «Kit, esci e aspetta fuori finché non sarò pronta a occuparmi di te» ordinai. Si alzò senza fretta e uscì sbattendo la porta.

«Eliza, tocca a te» continuai con voce alta e tremante. «E se oggi qualcun altro fa l'impertinente, si beccherà una bella dose di bacchettate sulle dita. Sono stata chiara?»

Senza Kit a istigarli, si calmarono, ma alla fine della lezione avevo i nervi a pezzi. Quando li ebbi mandati via, richiamai Kit. Fissò il pavimento, sogghignando.

«Vedi questa bacchetta?» La presi da dove l'aveva lasciata zia Madgie. «Guardami quando ti parlo, ragazzo.» Mi ignorò. «Molto bene. Questa è la tua ultima occasione. Se la prossima settimana fai di nuovo l'impudente, riceverai una bella dose di bacchettate, e forti per giunta.»

Borbottò qualcosa.

«Cosa?»

«Ho detto che non ho paura della bacchetta. A casa ci sono abituato.»

Quando se ne fu andato, tornai a respirare normalmente solo dopo molto tempo. Cominciai stancamente a raccogliere i libri sui Testamenti e a impilarli sulla credenza. Dopo un poco, udii Gideon parlare con zia Madgie in corridoio ed ebbi il bisogno impellente di ricevere un segno da lui, una prova che mi avrebbe protetta da coloro che infangavano il mio nome e diffondevano voci malevole su di me.

«Sono certo che i bambini stiano facendo progressi sufficienti» disse a zia Madgie.

«Troppo presto per dirlo» rispose lei. «La vostra Miss Blight deve ancora dimostrare di saperli tenere a bada come dovrebbe. Accendere fuochi e altre tenerezze non li renderà soldati di Cristo più valorosi.»

«Dovremmo concederle una certa libertà d'azione, Mrs Maddern. Forse facendo le cose a modo suo, con il tempo ispirerà devozione ai bambini.»

«Devozione? Be', ve ne intendete di certo più di me.» Sentii il bastone che picchiettava sul pavimento mentre zia Madgie si spostava verso il retro della casa. Mi sistemai i capelli meglio che potei e mi lisciai le gonne. Per fortuna indossavo un sobrio vestito nero di quelli che piacevano a Gideon. I suoi passi echeggiarono in corridoio mentre si avvicinava, così entrai in un raggio di luce fioca che filtrava dalla finestra. Gideon calpestò le assi scricchiolanti della cucina e, percependo la sua presenza, mi sentii mancare il respiro. Alzai lo sguardo solo quando ebbi raccolto e impilato i libri. A quel punto lo trovai immobile accanto alla porta, in una sorta di stordimento rapito. Teneva in mano alcuni vecchi volumi laceri.

«Ho portato qualche copia di *The Child's Companion* e di *Youth's Instructor*, entrambi molto consumati» disse. «E anche questo, un vecchio libro di geografia. La copertina non c'è più, temo, ma per il resto non credo che la geografia stessa sia cambiata molto da quando è stato pubblicato. Ho pensato che avrebbero potuto esservi utili.»

Facendosi avanti, me li porse. Li aprii, consultando

una o due pagine prima di riporli nella mia cesta. Gideon inspirò come se stesse per dire qualcosa, invece batté le mani e strofinò i palmi. «Bene, bene, bene. Volevo parlarvi dei finanziamenti per la scuola e di altre questioni. Basti dire che abbiamo contributi sufficienti per continuare anche nelle prossime settimane, e organizzeremo un'altra colletta al rito dell'agape.»

Blaterò per un poco di tempo di tutte le cose che occorreva fare per il banchetto, ma non lo ascoltai. Quando ebbe finito il discorsetto, lasciammo la casa insieme e camminammo in silenzio fino al fondo di Back Street e sul piccolo ponte di pietra. Ci fermammo per qualche minuto, fianco a fianco, guardando, oltre il muretto, il fiumiciattolo che scorreva verso il mare. Posai la cesta.

«Siete un poco più pallida dell'ultima volta che vi ho vista» disse.

«Sarei più contenta se le lezioni si tenessero altrove. Dove zia Madgie non possa spiarmi.»

«Non posso fare a meno che essere d'accordo. Vedo la pressione cui vi sottopone. Non è eccessiva per voi, spero?»

«Resisterò. E alcuni bambini stanno facendo progressi, mi sembra.»

«Ne sono certo.»

Vedendo che non aggiungeva altro, raccolsi la cesta e mi incamminai lungo il ponte, facendogli capire che stavo per andarmene.

«Prima di accomiatarci, mi è appena venuta in mente un'altra faccenda di cui volevo discutere con voi.» Gli tremò la voce, cosa che non era da lui. «Ho pensato al vostro amico, quel Johnenry Roscorla. Dopo il nostro incontro al pub volevo fugare alcuni dubbi che mi sono venuti. Voi due eravate intimi un tempo.»

«Sì, ma ora non più.» Distolsi lo sguardo, puntandolo sul sentiero dall'altra parte del ponte.

«Ho sollevato la questione perché mi dispiacerebbe se la rottura tra voi e quel giovanotto dipendesse in qualche modo dal vostro lavoro per la Società metodista» proseguì. «Mi sento in dovere di precisare che, se provate ancora dei sentimenti per lui, le vostre mansioni alla scuola di catechismo non devono rappresentare un ostacolo.»

Dunque era questo che aveva voluto dirmi fin dall'inizio, che avrei dovuto sposare Johnenry. Ero così furiosa che ebbi la tentazione di gettare la cesta nel fiume.

«Non sono innamorata di lui e non intendo dare le dimissioni» dichiarai.

«L'amore non è costante nel tempo. Per favore, considerate ciò che avete perduto. Mi sentirei molto in colpa se in qualche modo avessi alimentato le vostre speranze, se forse… vi avessi dato l'impressione che foste al di sopra degli altri abitanti del villaggio.»

«Mi rincresce molto deludervi, ma ora Johnenry frequenta Loveday Skewes. Cosa mi dite di voi? Mrs Stone è guarita? È tornata a casa? E chi era la donna di St. Buryan che è venuta a casa vostra mentre eravate fuori?»

Fece un passo indietro, come se l'avessi schiaffeggiato. «Ho fatto il poco che potevo per Anne Treveil, ve lo assicuro. Purtroppo c'è stata un'altra donna prima di lei, entrambe nel periodo precedente il mio matrimonio. Ho fatto loro un grande torto che non potrò mai riparare. Darei loro di più, ma Ellie lesina ogni singolo centesimo. Si lamenta che non possiamo sperare di crescere un figlio con la mia misera retribuzione da ministro. Ecco, ora sapete tutto. È meglio che non vi facciate illusioni sul mio conto.»

Mi voltò le spalle, fissando l'acqua spumeggiante. «Desidero solo ciò che è meglio per voi, sorella Blight» disse.

«Non è affar vostro sapere chi sarà il mio futuro marito.»

Prima che potesse aggiungere altro, mi lanciai lungo il ponte e svoltai in Downlong Row. Ben presto mi raggiunse e ci ritrovammo faccia a faccia. Prima di parlare, scrutò il sentiero per assicurarsi che nessuno ci stesse spiando.

«Temo che ci sia stato un malinteso in passato, e forse è colpa mia» riprese. «Confesso di aver avuto un dubbio persistente riguardo alla vostra nomina a maestra di catechismo, ma ho cercato di esaminare la mia coscienza.»

«Mi fa piacere saperlo. Ora, se non vi dispiace, la cesta pesa e vorrei andare a casa.» Mi avviai lungo la collina.

«Qualunque cosa io abbia fatto, l'ho fatta nel vostro interesse» disse affiancandomi.

«Lasciatemi in pace! Sono stanca delle vostre chiacchiere.»

«Vi prego, abbassate la voce. Cosa penserebbe la gente se ci sentisse litigare? Non posso separarmi da voi finché la questione non sarà risolta.»

Fermandomi, mi frugai nel vestito e trovai il rotolo di carta che portavo vicino al cuore. Passandomi la cordicella sopra la testa, gli feci dondolare l'inno davanti agli occhi. «Perché me l'avete regalato?»

«Non avrete frainteso le mie intenzioni, mi auguro.»

Strappai il foglio e gli gettai addosso i frammenti. «Credo che d'ora in poi sia meglio non vedersi più. Negli ultimi mesi sono stata assalita da una sorta di follia, ma finalmente sono rinsavita.»

«Datemi un momento per spiegare. Vi prego, sorella Blight... *Mary*. Riflettendoci, è possibile, suppongo, che chiedendovi di riconciliarvi con quel giovanotto stessi cercando di allontanare un dubbio dalla mia mente. Forse volevo essere sicuro di aver agito nei vostri confronti sulla scorta di motivazioni pure e rispettabili.»

«Se non provate alcun sentimento per me, perché non mi lasciate andare?»

«Non posso parlarne qui. Qualcuno potrebbe origliare.»

«Allora andatevene!» urlai.

Trasalì, quindi si chinò per sussurrarmi all'orecchio. «Giacché non mi lasciate altra scelta, proverò a spiegarvi la mia posizione. È possibile che un uomo confonda, in totale buona fede, il fervore religioso con...»

«Alzate la voce, non vi sento!»

Chiudendo gli occhi, fece un profondo respiro. «È possibile che un uomo confonda il fervore religioso con un forte affetto di tutt'altra natura e che i miei pensieri riguardo alla vostra persona siano stati condizionati da...» Si guardò sopra la spalla per sincerarsi che nessuno stesse ascoltando. «Da una sorta di predilezione inconscia. Poiché insistete, ammetto di provare certi sentimenti per voi.»

«Santo cielo, dite chiaramente ciò che pensate, ministro.»

Parve assai contrariato. «Volevo dire che, sì, mi sento attratto da voi. Nondimeno dovete capire che è cambiato tutto, ora che questo... chiamiamolo attaccamento... è palese per entrambi. In futuro non potremo farci vedere insieme per nessun motivo. Sarebbe imperdonabile mettere a repentaglio il lavoro compiuto per costruire una cappella in questa baia. Sono certo che siamo d'accordo su questo punto. Qualche mese fa la vecchia malattia – lo scoraggiamento, l'apatia dello spirito – ha minacciato di sopraffarmi. Non posso rischiare di ricadere nell'errore.»

«Non sopportate di pensare male di voi stesso, vero?»

«Come posso perdonare l'imperdonabile? Solo Dio Onnipotente avrà questo privilegio, quando arriverà il giorno del giudizio. Se devo portare avanti la sua opera, tuttavia, mi servono delle certezze.»

«Forse se descrivessimo tutti i pensieri e le azioni di un uomo dal primo all'ultimo, quell'uomo apparirebbe come cento individui diversi.»

«Allora come facciamo a separare il grano dalla zizzania?»

«E io invece? Cosa farò? Ho dei nemici in questo villaggio, specialmente ora che faccio la maestra.»

«Se mai avrete bisogno, potrete comunicarmelo. Farò tutto ciò che è in mio potere per aiutarvi. Vi do la mia parola. Vi devo almeno questo.»

Si inchinò, avviandosi lentamente lungo il sentiero con la testa bassa. Dopo qualche passo, tuttavia, si fermò e si affrettò a tornare indietro.

«D'ora in poi dobbiamo prendere ogni precauzione. Penso sarebbe meglio che non veniste al banchetto per il rito dell'agape. Anzi, in futuro vi pregherei di partecipare soltanto agli incontri di preghiera guidati da Mr Hawkey. Me lo promettete?»

«Non vi prometto un bel nulla. Quale promessa avevate fatto alle povere donne che avete trattato ingiustamente?»

Corsi via e, quando arrivai al cottage, salii al piano di sopra e mi buttai sul letto. Ero ancora lì quando fece buio. Dentro di me infuriava uno strano miscuglio di sentimenti. Cosa dovevo pensare di Gideon Stone? Il grano e la zizzania parevano inseparabili in lui. Da una parte, era uno spirito sublime, pronto a rischiare la vita per salvare le anime degli altri. Tra le ombre del suo passato, tuttavia, si celava un altro uomo, un fragile peccatore, vittima dell'alcol e incapace di dominare gli istinti più vili. Era un santo o un dannato, senza nessuna via di mezzo tra i due estremi. Non poteva accontentarsi di provare a essere un brav'uomo, al meglio delle sue capacità, senza voler essere un angelo a tutti i costi? Un uomo come il caro onesto Nathaniel Nancarrow, che Tegen amava con tutto il cuore.

Tuttavia non avevo nessun altro su cui contare, se mai gli abitanti del villaggio se la fossero presa con me. Con il passare delle ore capii che il motivo della mia angoscia risiedeva nelle tenebre del mio cuore, e tremai all'idea di portarlo alla luce. Quando avevo conosciuto Gideon, l'avevo giudicato un uomo tutto d'un pezzo, quasi impossibile da distogliere dal proprio dovere. Poi però avevo scoperto che era come tutti gli altri, con le stesse debolezze ed esigenze, e che il segreto per indurlo a deviare dalla sua strada si nascondeva forse nella sua fragilità, non nella sua forza.

15

Era il pomeriggio del giorno stabilito per il rito dell'agape. China sul tavolo, infarinata fino ai gomiti, sfogavo le mie frustrazioni sull'impasto, lavorandolo con impeto rabbioso. Mia sorella era al telaio e la mamma sonnecchiava sulla poltrona.

Tegen lasciò l'ago conficcato tra i fili dell'ordito. «Sono esausta.» Si accasciò sulla sedia. «In questi giorni stiamo sgobbando più che mai.»

«Sì, e nessuno ci affida lavori buoni. Solo perché mi hanno nominata maestra. Gli altri anni siamo dovute andare raramente a pesca di gamberetti, e quando mai ci siamo ridotte a raccogliere la sabbia da spargere sui pavimenti per venderla ai minatori?»

«Ho persino provato a prendere un po' di erica per farne delle scope, ma nessuno ha voluto comprarle» disse Tegen, poi si stiracchiò sbadigliando. «Vorrei che cantassi come facevi una volta quando cucinavi. Mi tirava su il morale.»

«Non oso cantare, con tutti i miei nemici che aspettano solo di cogliermi in fallo.»

«Ho sentito delle cose, delle chiacchiere. Dovresti parlare con Tobias Hawkey. Si pronuncerà contro qualunque malizia. Diventerà pastore quando la cappella sarà costruita e il ministro tornato a Newlyn, e quaggiù tutti hanno una buona opinione di lui.»

«Non mi interessano i suoi sermoni insulsi» dissi, tirando l'impasto con il matterello.

«Be', a me sì. È stato quando 'Bias ha iniziato a guidare gli incontri di preghiera che ho visto la luce.»

Rendendomi conto di cosa intendeva, mollai il matterello. «Mi stai dicendo che ti sei convertita?»

«Non posso negarlo, ma non voglio gridarlo ai quattro venti. È troppo credere che un giorno il duro lavoro e la vita morigerata riceveranno la giusta ricompensa, come sostiene 'Bias? Penso che la resa dei conti arriverà nel giorno del giudizio. Vorrei vedere gli avvoltoi che infangano il tuo nome dinanzi al trono della misericordia, quando sarà il loro momento. Che Dio mi perdoni. So di non essere un esempio di compassione cristiana.»

Ci fu una pausa. La luce giallognola filtrava dalla metà superiore aperta della porta d'ingresso, con la farina che vorticava al suo interno. Fuori, le rondini scendevano in picchiata sotto le grondaie per nutrire i piccoli e l'aria echeggiava delle loro strida.

«E se ti venisse offerto di dividere il ruolo di maestra con Loveday?» propose Tegen.

«Dividere l'incarico con lei? Neanche morta» risposi, sbattendo sul tavolo una nuova palla di impasto.

«Grace e i più facoltosi del villaggio pensano che Loveday abbia il diritto di diventare maestra.»

«Si è già ripresa Johnenry. Non è abbastanza?»

«Oh, Mary, almeno evita di venire al banchetto questa sera, ti prego.»

«Non mi farò dire dove posso e dove non posso andare. Non ho fatto nulla di male. Non vedo il ministro da settimane. Sono la maestra. È mio dovere presenziare.»

«Guardati. Magra come un chiodo. Giuro che non c'è spettacolo più tremendo di una donna che perde la testa per un uomo.»

«Come ti salta in mente una cosa simile?» strillai.

«Sono tua sorella. Non puoi nascondermi le cose.»

Mi guardò negli occhi per un momento e capii che mi conosceva meglio di quanto credessi.

«Non è necessario che ti preoccupi» dissi, riprendendo a impastare. «Il ministro non ha alcun interesse per me. L'ultima volta che ci siamo incontrati ha cercato di buttarmi tra le braccia di Johnenry.»

Scosse la testa. «Povero Johnenry.»

Non sarei mancata al banchetto nemmeno se fosse cascato il mondo. Io e Tegen arrivammo in ritardo. Quando varcammo la soglia, scorsi Gideon sul pulpito. Alzò lo sguardo e, vedendoci, fece un profondo respiro.

«Benvenute, sorelle. I vostri amici e vicini vi faranno spazio sulle panche. Stavamo per ascoltare una breve lettura dal vangelo di Matteo.» Trovò la pagina e iniziò a leggere.

Le donne erano pigiate su un lato, mentre dall'altra parte del corridoio le panche degli uomini erano semivuote. Tegen fece per sedersi con le signore più povere sotto le candele di sego sibilanti e fumose, con il grasso che colava lungo le pareti, ma la trascinai via. Ci stipammo su una panca delle donne. Quando ci fummo accomodate, mi guardai intorno. Il deposito non era mai stato così affollato. C'erano facce nuove, persone senza vestiti abbastanza decorosi per partecipare ai soliti incontri di preghiera infrasettimanali. Stupita di scorgere Nathaniel Nancarrow tra gli altri uomini, diedi una gomitata a Tegen, che arrossì dal collo alla radice dei capelli. Le altre mi passarono una tazza di tè nero e poi un vassoio di pane e di focaccine allo zafferano, ma avevo lo stomaco chiuso.

Fu allora che notai la vecchia con la cuffia e il vestito nero, seduta davanti. Era la prima volta che zia Madgie partecipava a uno degli incontri di Gideon. Girò la testa e la sua occhiata raggelante mi fece rabbrividire, inducendomi a distogliere lo sguardo. Accanto a lei c'era sua figlia Grace Skewes e, in fondo alla fila, la nipote Loveday, con un vestito dalle spalle larghe e le maniche a *gigot*. Sorrideva leziosa a Johnenry, accomodato di fronte a lei sulle panche degli uomini.

Gideon, che aveva smesso di leggere, fissò gli ascoltatori. Proseguì più lentamente, alzando spesso gli occhi dalla pagina, cosicché afferrassimo il significato delle parole.

«"L'uomo buono dal suo buon tesoro trae cose buone, mentre l'uomo cattivo dal suo cattivo tesoro trae cose cattive. Ma io vi dico che di ogni parola infondata gli uomini renderanno conto nel giorno del giudizio."»

Mi domandai cosa significassero quei versetti. Poco dopo, la lettura finì e Gideon iniziò a commentarla.

«Vedo delle facce nuove questa sera. Siete i benvenuti. Abbiamo tè e dolci per tutti. Chiedetevi per un istante cosa ci abbia portati a questo rito dell'agape, specialmente alla luce del testo di Matteo. Cosa intendiamo esattamente per *agape*? È un'occasione per riunirci con il nostro prossimo in uno spirito di armonia e fiducia, per celebrare i legami dell'amicizia e dell'amore. Mettiamo da parte le rivalità meschine e dimentichiamo i rancori passati in uno spirito di fiducia assoluta.» Alcuni si voltarono e sorrisero ai loro vicini, mentre altri tennero lo sguardo basso. «Nelle ultime settimane ho appreso che io stesso non sono stato del tutto esente dai sospetti e che sono diventato oggetto di critiche.» Si alzò un brusio. «Vi assicuro che le mie motivazioni e la mia condotta da quando sono arrivato in questa baia sono sempre state oneste e sincere. Non sono un santo. Durante gli incontri precedenti ho ammesso di aver sbagliato in passato, e dobbiamo sempre stare in guardia dalle tentazioni. Allo stesso modo, vi esorto a perdonare le trasgressioni del vostro prossimo. Ricordate il brano di Giovanni: "Chi di voi è senza peccato, scagli per primo la pietra contro di lei".» A quelle parole, Loveday si voltò e mi fissò dritta negli occhi, ma sostenni il suo sguardo.

«Vi invito a rinunciare ai pettegolezzi oziosi e a riflettere sui vostri peccati prima di scagliare pietre contro gli altri» riprese Gideon. «Molto presto il duro lavoro svolto per costruire la cappella giungerà a compimento e io me ne andrò. Sarete in buone mani con Mr Hawkey. Ora, chi di voi desidera parlare della sua esperienza spirituale questa settimana?»

Alzandomi senza esitazione, imboccai il corridoio e camminai a testa alta verso la balaustra, nonostante le gambe tremanti. Per quanto fossi spaventata, volevo mettere fine alle voci sul mio conto e intendevo approfittare del fatto che fossero tutti riuniti sotto lo stesso tetto. Scese il silenzio quando mi fermai un secondo prima di girarmi verso gli ascoltatori.

«È accettabile che una donna renda testimonianza davanti alla balaustra?» urlò il vecchio Thomas.

«È soltanto un pezzo di legno» rispose Gideon. «Sorella Blight può alzarsi e rendere testimonianza ovunque voglia, come qualunque altra donna o uomo qui presente.»

«Cari amici» esordii, «è magnifico essere qui e sentire l'amore di Dio in questa stanza.»

«Che Dio sia lodato!» gridò una donna rozza dal fondo.

«I vecchi nemici sono diventati amici. Chi l'avrebbe mai detto, fino a qualche mese fa? Sbuffavo quando qualcuno diceva "Per il bene di tutti". Ma ora inizio a crederci, fratelli e sorelle.»

«Così vuole il Signore!» aggiunse il vecchio Thomas.

«Osanna nell'alto dei cieli!» urlò un altro uomo.

«Nondimeno ci sono ancora conflitti tra noi donne, vero? Nessuno dà più lavoro a me e a mia sorella. Nel villaggio circolano truci menzogne.»

Dalla prima fila si levò un mormorio. «A cosa vi riferite, sorella Blight?» chiese Grace Skewes. «Contro chi state puntando il dito?»

«Sorella Blight» intervenne Gideon, «posso chiedervi di limitare la vostra testimonianza a una descrizione di ciò che Dio ha fatto per la vostra anima dall'ultima volta che ci siamo incontrati, astenendovi da qualunque accusa?»

«Nelle ultime settimane ho avuto la fortuna di insegnare le Scritture ai bambini, ai figli di alcuni dei presenti.» Evitai di guardarlo. «All'inizio erano disposti a imparare, ma ora sembra che alcuni abbiano ricevuto l'ordine di farmi disperare.»

«Vergogna! Lasciate che Mary faccia la maestra, se lo desidera» gridò una donna. Era Martha Tregaskis, ubriaca, con il naso rosso e gonfio.

«Mi domando se arriverà mai il momento in cui riusciremo ad amare il prossimo come noi stessi» dissi. «Come ci invita a fare Gesù, anziché tramare per metterci i bastoni tra le ruote a vicenda.»

Grace Skewes si alzò, rivolgendosi a Gideon. «Dobbiamo ascoltare il sermone di una donna?»

«Sono soltanto una donna e so che è sconveniente commentare un testo evangelico» ammisi.

Gideon mi interruppe. «Sorella Blight, credo che abbiate spiegato il concetto.»

Grace Skewes si risedette e iniziò a confabulare con le sue amiche. Nelle ultime file, le donne più povere stavano diventando insofferenti.

«Suvvia, fratelli e sorelle, siamo d'accordo, almeno sugli aspetti essenziali» disse Gideon. «Dunque ricordiamo perché siamo qui. Se ci sono dei malintesi, parliamo apertamente. Non servirà a nulla diffidare l'uno dell'altro o permettere ai risentimenti di esacerbarsi e di tramutarsi in odio. Grazie, sorella Blight, per aver affrontato l'argomento. Orbene, chi altri vuole parlare?»

Allontanandomi dalla balaustra, percorsi rapida il corridoio centrale. Il silenzio era così assoluto che udivo il fruscio delle mie gonne e il battito del mio cuore. Quando raggiunsi la panca dove ero seduta prima, le donne non mi guardarono né diedero segno di volermi far passare, così proseguii fino in fondo al deposito. Ero seccata e, volendo fare un dispetto a tutti, mi accomodai sulla prima panca vuota dalla parte degli uomini. Davanti qualcuno trasalì e nella stanza si propagarono sussurri maligni. Guardai dritto davanti a me, ostentando indifferenza.

Udii un profondo sospiro, mi girai e vidi sulle panche affollate alcune donne che si agitavano intorno a una signora. «È zia Merryn. È svenuta!» gridò una di loro.

«Non mi sorprende, dato che siamo stipate come sardine. Ci manca l'aria» commentò un'altra.

«Che assurdità!» disse la giovane Cissie Olds. Si alzò e, attraversato il corridoio, si sedette accanto a me, imitata dalla vedova Chegwidden e da un'altra donna.

«Sì, fate pure, c'è spazio per tutti» osservò Gideon. «Non vogliamo che le signore svengano a causa di anacronistiche concezioni del decoro. Spostatevi sul lato degli uomini, se volete!»

«Siete completamente uscito di senno, padre?» chiese il vecchio Thomas.

«Non conosco comandamenti che vietino agli uomini e alle donne di dividere una panca» rispose Gideon. «L'Onnipotente non li ha forse messi assieme nel giardino dell'Eden perché vivessero in armonia? Ricordate le parole dell'apostolo Paolo: "Non c'è più uomo né donna, poiché tutti voi siete uno in Cristo Gesù".»

All'udire quel versetto, seppure con una certa esitazione, Nancy Spargo si trasferì dalla parte opposta e si sedette di fronte a noi con due amiche. Di lì a poco, forse dieci donne avevano fatto la stessa cosa, sotto lo sguardo sbigottito degli uomini. Mi ritrovai seduta accanto a quattro o cinque signore, e dovetti scivolare un poco più giù a ogni nuovo arrivo.

Tegen si tirò su e, imbarazzata, rimase in piedi al centro della fila. Con la testa bassa, superò le altre e raggiunse la fine della panca, al che cercò di imboccare il corridoio, ma cadde lunga distesa sul pavimento. Ero sicura che la donna all'estremità della fila le avesse fatto lo sgambetto. Uno o due dei presenti, tra cui Tobias, fecero per andare ad aiutarla, ma Nathaniel arrivò per primo. Con una tenerezza che non gli avevo mai letto negli occhi prima di allora, le diede una mano a rialzarsi. Tegen si spolverò il vestito e, raddrizzandosi la cuffietta, si spostò i capelli dal viso. Stavo per avvicinarmi quando mi urlò: «Resta dove sei, Mary!».

Nathaniel scoccò un'occhiataccia alla colpevole, che restò seduta con le braccia incrociate e la faccia girata dall'altra parte. «Sto bene, Nat» mormorò Tegen. «Tornate pure tutti al vostro posto.» Poi, anziché accomodarsi, si guardò intorno. «Ho un annuncio da fare. Stasera non avevo intenzione di testimoniare, perché avevo troppa paura, o forse perché ero troppo orgogliosa. Ma ora tanto vale che vi dia la notizia. Fratelli e sorelle, mi sono convertita nelle ultime settimane.»

«Sia ringraziato il Signore!» urlò un uomo.

«Amen» risposero altri.

«L'ho tenuto per me finché non sono stata sicura, ma una grande speranza mi ha colmato il cuore» continuò, la voce sempre più forte a ogni parola. «Per la prima volta in vita mia ho capito che Dio considera degni tutti i Suoi figli, per quanto umili. Questa fede ha reso più sopportabili le avversità che io e Mary abbiamo incontrato ultimamente. Ecco. Questo è tutto.» Andò a sedersi in fondo alla mia panca.

«Grazie, sorella Blight» disse Gideon. «La vostra testimonianza mi conforta molto. Mi sembra il momento adatto per scendere dal pulpito e lasciare che sia Mr Hawkey a guidare l'incontro. Tobias, fatevi avanti e prendete il vostro posto!» Gideon scese, mentre Tobias si sedeva davanti alla balaustra. Non sarebbe mai salito sul pulpito perché voleva dimostrare di essere uguale a ciascuno di noi. I miei occhi, tuttavia, erano puntati su Gideon. Di solito, quando era Tobias a condurre l'incontro, si sedeva sulla prima panca degli uomini, ma quella sera andò in fondo al deposito, sul lato delle donne. Arrivato alla mia altezza, si girò e venne a mettersi accanto a me. Il brusio ricominciò sulla panca di fronte, quella delle più abbienti. Si alzò Millie Hicks, l'alleata più leale di Grace Skewes e di zia Madgie, nonché una delle maggiori donatrici di fondi per la cappella. Pensai che, disgustata, volesse lasciare il deposito, invece percorse il lungo corridoio e si sedette dietro di me. Quando mi voltai a guardarla, mi fece un cenno e un sorriso compito, posandosi il cestino del cucito sulle ginocchia. Tutt'intorno c'erano visi sorridenti.

Ben presto quel momento di distensione fu interrotto da tre forti colpi: zia Madgie che batteva il bastone contro una panca. Si spostò nel corridoio, però non si posizionò davanti alla balaustra. Fissò gli ascoltatori, ma dov'era il suo consueto sguardo gelido? Sembrava ferita, come una vecchia cornacchia con l'ala spezzata. «Se qualcuno potesse darmi un poco d'acqua» disse. Grace Skewes gliene porse una tazza con mano tremante.

«Mi dispiace molto non aver partecipato agli incontri precedenti, amici» disse zia Madgie, «ma sono anziana e di recente sono stata poco bene. Devo confessare di essere rimasta turbata da ciò che ho veduto e sentito questa sera. Non avrei mai pensato di riscontrare un simile dissenso in una parrocchia dove noi donne ci siamo sempre sostenute reciprocamente.» Bevve un sorso d'acqua e posò la tazza sul pavimento.

Accanto a me, Gideon si alzò. Tutti gli occhi si puntarono su di lui e avvampai. Tirò fuori un fazzoletto dalla tasca e si asciugò la fronte. «Apprezziamo molto la vostra presenza qui, e siete la benvenuta a tutti i nostri incontri, sorella Maddern» esordì. «Credo abbiate frainteso l'entusiasmo degli abitanti del villaggio. Nessuno di noi vuole seminare zizzania. Questo è il rito dell'agape e siete invitata a celebrare l'amore di Dio con tutti noi. Abbiamo tè e pane.»

«Un momento, signore, per cortesia» disse piano zia Madgie. «Altri hanno avuto la possibilità di testimoniare, pertanto chiedo solo di poter dire qualche parola. Mi perdonerete se la mia voce è meno squillante di altre.» Seguì uno scroscio di applausi proveniente dalla panca dalle donne più facoltose, e una serie di esortazioni a continuare.

Gideon si rimise a sedere, sospirando e incrociando le braccia.

«Come dicevo, quaggiù noi donne siamo sempre state unite» proseguì zia Madgie. «Forse alcune delle più giovani ignorano che in questo villaggio superiamo le avversità perché ciascuno sa qual è il suo posto. Insieme siamo forti quanto le scogliere di granito che ci offrono riparo. Ma se l'unità viene meno, periremo tutti.» Ora parlò con la sua vera voce, dura come la pietra: «Volete una rinascita in questo villaggio, vero, amici? Ebbene, questa è una bellissima rinascita, devo ammettere. Vedo un giovanotto che stasera è venuto al solo scopo di guardare trasognato la ragazza di cui è invaghito».

Gli ascoltatori seguirono il suo sguardo fino a Davey Keigwin, i cui amici sghignazzarono, mettendolo in imbarazzo.

«Questo è sempre stato un villaggio di genitori timorati di Dio e di figli coscienziosi e obbedienti» disse zia Madgie. «I parroci sono andati e venuti, e abbiamo dovuto sopportare sacerdoti ubriaconi pur di poter fare la comunione durante le feste comandate. Tuttavia siamo persone orgogliose e non ci piegheremo dinanzi a un dignitario ecclesiastico, a meno che non conquisti prima la nostra fiducia. Accoglieremo un bravo ministro a braccia aperte.» Sorrise a Tobias, che era rimasto davanti alla balaustra. «Dal canto mio, non c'è nulla che mi faccia più piacere di un energico sermone sull'inferno. Devo confessare, al contrario, che non sono molto amante del rito dell'agape e di altri concetti moderni. Né approvo la vista di una donna che se ne va in giro pavoneggiandosi come un santo nella luce del paradiso. "Prima della caduta il cuore dell'uomo si esalta, ma l'umiltà viene prima della gloria." Proverbi 18,12.»

Gideon provò ad alzarsi, ma qualcosa lo trattenne. Quando si mosse, ebbi la sensazione di essere trascinata e pensai di essermi seduta sulle code del suo cappotto. «Sorella Maddern, lasciate che Dio sia il giudice di ciascuno di noi. Se avete finito, forse è il momento giusto per pregare insieme.»

«Un'ultima cosa» disse zia Madgie. Tutti aspettarono, silenziosi e rapiti. «Chi brama gli averi altrui spezza il legame che ha tenuto unito questo villaggio per tutti questi anni. Qui le donne arroganti sono un abominio. L'orgoglio avido sarà punito. Una donna nubile è un pericolo!» continuò quasi urlando. Tobias le si parò davanti con le mani alzate, ma lei proseguì imperterrita. «Senza bambini, le donne sono peggio dei mostri. Non mi servono riti dell'agape, tè e pasticcini. Non è a questa vita che dobbiamo pensare, ma all'altra. La sofferenza di Cristo sulla croce è la mia ispirazione costante.»

Alcune delle più facoltose risposero: «Benedetto sia il Suo nome!» e «Sia lodato il Signore!». Altre invasero il corridoio. Quelle sedute accanto a me erano inviperite.

«Ha parlato abbastanza!» protestò Cissie Olds.

«Qualcuno la faccia tacere!» insorse Martha Tregaskis.

«Inginocchiatevi in segno di sottomissione dinanzi al trono di Gesù» insistette zia Madgie, alzando gli occhi verso le travi come se il tetto potesse spalancarsi e la roccia fusa rovesciarsi sulle nostre teste. Gideon era paralizzato, come se il diavolo l'avesse pietrificato. «Implorate il perdono del Redentore e piegatevi alla Sua volontà» incalzò zia Madgie. «Combatterò fino all'ultimo respiro per impedire che questo villaggio vada in malora. Estirperemo i peccatori e illumineremo con la sacra luce del Salvatore i loro vizi segreti, le loro condotte licenziose e la loro depravazione.»

La sua voce fu soverchiata dalle proteste. Metà della congregazione si era riversata nel corridoio. Alcuni si riunirono intorno a zia Madgie, acclamandola, mentre altri litigavano fra di loro e sgomitavano. Tobias si tuffò nella mischia, dividendo quelli che stavano per venire alle mani.

Quando Gideon fece per alzarsi, mi ritrovai trascinata

come da una forza magica. Caddi in avanti e per poco non feci cadere anche lui, ma mi sorresse. Tutti gli occhi erano su di noi, aggrappati l'uno all'altra.

«Ordine, per favore!» gridò. Provai a divincolarmi, ma invano. Sembravamo incollati. «Dobbiamo assistere a un tumulto dove dovrebbero esserci pace e bontà?» Tutti si riunirono nel corridoio e ci fissarono. Sbirciai da sopra la spalla per scoprire cosa non andasse e, muovendomi in quel modo, feci avvicinare Gideon ancora di più.

«Guardate, sono cuciti insieme» urlò un ragazzino che si era fatto largo tra la folla per guardare meglio. Gideon si tolse il cappotto e, a quel punto, tutti videro cosa era successo. Qualcuno aveva preso ago e filo e cucito la stoffa del mio vestito al cappotto del ministro. Dappertutto regnava il subbuglio, i miei nemici si sbellicavano dalle risate. Millie Hicks, che fino a quel momento era stata seduta dietro di noi, era svanita nel nulla.

III

IL TEMPO DEL RACCOLTO

16

Un mattino, una settimana dopo i disastrosi avvenimenti del rito dell'agape, Tegen entrò nel cottage di corsa. «Quanto scompiglio c'è giù al porto» disse. «Ci sono manifesti lungo l'intera banchina. Una ricompensa di cento ghinee – ci credete? – in cambio di informazioni sul criminale che chiamano il Cannibale di Porthmorvoren.»

«Cento ghinee?» mi stupii. «Sei sicura?»

«È una bella somma, ma sì, sono sicura. L'ho visto con i miei occhi. Ho sempre pensato che ci sarebbe dovuto essere un prezzo da pagare per i saccheggi. Da' un'occhiata questo.» Posò sul tavolo lo *Sherborne Mercury*. «Guarda qui» disse, indicando una colonna sulla pagina aperta. Le parole mi tremolarono davanti agli occhi. «Hanno organizzato una colletta per raccogliere altre cinquanta ghinee. Dopo il duca, anche le persone rispettabili di tutta Penwith hanno messo mano al portafoglio.»

«Peccato che gli snob non abbiano raccolto qualche ghinea per i poveri quaggiù» intervenne la mamma. Andai a sprimacciarle i cuscini, in parte perché non volevo che Tegen scorgesse l'espressione di panico che avevo dipinta sul viso.

«Questo Lord S__ ha perso altre tre navi solo quest'anno, e due in Cornovaglia.» Tegen si sedette al tavolo, chinandosi sul giornale. «Lo dice qui. Tutte saccheggiate.» Scosse la testa, quindi lesse i nomi delle navi. «La *Caroline of Brunswick*, un brigantino da cinquecento tonnellate. Il *Neptune*, un veliero da ottocento tonnellate. La *Lady Lucy*. Non c'è da meravigliarsi che vogliano dare una lezione esemplare al Cannibale! Si mormora che qualcuno nella baia abbia visto cos'è successo.»

«A memoria d'uomo, però, nessuno qui ha mai fatto la spia su un abitante del villaggio» osservò la mamma. «Naturalmente, nessuno aveva mai nemmeno offerto cento ghinee prima d'ora.»

«Con tutto quel denaro potresti vivere come una regina, lontano, dove gli abitanti del villaggio non possano mai trovarti» commentò Tegen con sguardo sognante.

Andai alla porta, stringendomi lo scialle intorno alle spalle.

«Vai a vedere di persona?» mi urlò dietro Tegen mentre chiudevo l'uscio.

Al fondo di Downlong Row mi fermai a leggere uno dei manifesti, affisso a un palo. Era identico a quello che avevo visto a Penzance, con l'unica differenza che la ricompensa era stata raddoppiata.

«Il conestabile è stato qui all'alba per appenderli» disse una voce dietro di me. Voltandomi, vidi Martha Tregaskis, con il naso storto per il pugno ricevuto da Pentecost al pub. «Mi ha fatto venire un colpo, diamine. E anche a te, mi sembra. Pare che hai visto un fantasma, Mary.»

«Sono soltanto giù di corda.»

«Da queste parti non si parla d'altro, da quando il tuo ministro è naufragato.»

«Non è il mio ministro.»

«No, certo che no, mia cara, ma sai cosa voglio dire.» Si avvicinò, corrugando la fronte. Benché fosse presto, aveva l'alito che puzzava di alcol. «E pensare che chi l'ha fatto vive in uno di questi cottage! Il Cannibale, intendo.»

Annuii. Ero impaziente di andarmene, ma temevo di sembrare colpevole.

«Il marito della donna morta è un gran signore e credono che non si fermerà davanti a niente pur di trovare quel furfante» continuò Martha. «A ben pensarci, un gentiluomo come quello non può lasciare che una campagnola la passa liscia.»

«Una campagnola? Come fai a essere sicura che sia stata una donna?»

«Be', è solo che...» si portò la mano tremante alla faccia. «È quello che si dice in giro.»

«E chi lo dice?» Dovevo sapere se dietro ci fosse zia Madgie.

«Me l'ha riferito Dolly Stoddern, se ben ricordo. Comunque, uomo o donna che sia, non vorrei essere nei suoi panni.»

«È meglio che vada.»

«Se sento qualche novità, ti faccio sapere» mi urlò dietro.

Mi coprii il viso con lo scialle e mi diressi verso la banchina a passo spedito, in modo che nessuno mi disturbasse. Pur tenendo la testa bassa, con la coda dell'occhio vidi che ogni deposito del porto aveva un manifesto affisso sulla facciata. Mi ripetei che, in realtà, non era cambiato nulla, che quella storia era in circolazione da settimane. Tuttavia avevo l'impressione che ogni passante mi lanciasse un'occhiata diffidente. Dolly Stoddern aveva riferito a Martha che il Cannibale era una donna, e Dolly era molto vicina a Grace Skewes, la figlia della zia Madgie. Come se non bastasse, Betsy, la figlia di Dolly, era la migliore amica di Loveday. Se zia Madgie voleva accusarmi ingiustamente, l'avrebbe fatto con una di loro.

Non riuscendo a stare ferma a casa, continuai per tutto il giorno ad andare su e giù per i sentieri. Nel pomeriggio, una raffica di vento sparpagliò alcuni manifesti per il villaggio. Si impigliarono nelle piante di fagioli e nella paglia dei tetti, si avvolsero intorno alle botti nel porto e agli alberi delle navi, si incollarono ai ciottoli della banchina e si coprirono di impronte fangose. Alcuni si limitarono a turbinare in piccoli mulinelli per la via. Quella notte, mentre fissavo il soffitto senza riuscire a prendere sonno, ebbi la folle idea di correre fuori a raccoglierne il maggior numero possibile per poi nasconderli.

Il mattino seguente presi la statuetta di pietra dal cassetto dove era rimasta chiusa dall'arrivo di Gideon nella baia. La dea era furiosa dopo essere stata lasciata al buio così a lungo. Quando provai a interpellarla sui miei problemi, restò in silenzio. Cominciai a sospettare che fosse davvero una pietra fredda e insensibile, come aveva sempre sostenuto Tegen, ma forse ero io a non averle rivolto delle domande chiare. C'erano cose di cui a casa non potevo parlare, o forse che non osavo neppure pensare. Misi la statuetta nella cesta e partii per Tombstone Point.

Nel frutteto sopra il villaggio, i rami scricchiolavano sotto il peso delle mele mature e incespicai nei frutti abbattuti dal vento, marroni e bacati. L'allodola cantò, ma con il verso vuoto e sconsolato che faceva quando i piccoli lasciavano il nido. Un grosso ragno bruno era accovacciato su una ragnatela tremante, il disegno sulla sua schiena più elaborato di qualunque ricamo. Superato l'angusto vicolo di cottage sudici in cui vivevano i minatori, raggiunsi il promontorio. Tutto intorno a me vagavano enormi nuvole nere, sospinte nel cielo dalle raffiche; sotto di me l'oceano grigio e spietato, che si stendeva fino alle Americhe.

Arrivata a Tombstone Point, mi sedetti sul freddo granito coperto di muschi, licheni ed escrementi di cornacchia. Dall'altra parte del promontorio, gli alberi si stringevano in un avvallamento, tenendomi d'occhio. I rami più alti ondeggiavano silenziosi nel vento come se fossero sott'acqua, chiamandomi verso un altro mondo. Il mare, da sotto, cercava di attirarmi nei suoi abissi.

Chiesi alla dea cosa fare per mettere fine ai miei guai. Aggrottò la fronte. «Dimmelo!» supplicai. «Mi giudichi, immagino, perché pensi che volessi rubare un uomo sposato a sua moglie.»

Si rabbuiò. Mi alzai e scossi la statuetta. Diventò così pesante da farmi dolere le braccia. «Mi consideri debole ed egoista» aggiunsi, avvicinandomi al bordo della scogliera. Ricordai Lady Rosemount: anche lei si era ritrovata sull'orlo di un precipizio, pronta a superare qualsiasi limite. L'idolo voleva che saltassi giù? Mi guardò in cagnesco, leggendomi nel pensiero. Emanò calore e si tinse di rosso quando fu illuminato dal sole che proprio in quel momento fece capolino tra le nuvole. Per tutto il tempo emise un suono acuto, esasperante. Iniziò a tremare con tanto vigore che non riuscii più a tenerlo in mano. I suoi poteri mi attirarono più vicino al baratro. Guardai lo strapiombo, i miei pensieri selvaggi come le violente onde che infuriavano e si frangevano contro gli scogli sotto di me. Un altro passo, e tutte le mie paure sarebbero svanite, ma anche le mie speranze.

Il mondo diventò una cassa di risonanza, con i gabbiani che urlavano lasciandosi trasportare dalle raffiche, il vento che mormorava tra gli alberi piegati e scheletrici aggrappati al terreno sassoso, e le rocce che intonavano il loro canto antico. Fili sottili si dipanarono da ogni parte di me, troppo sottili per essere scorti da occhio umano. Sondavano l'ignoto come le corna di una lumaca, vibrando a ogni nuovo suono o movimento. Mi dissolsi: ero fatta d'acqua, tenuta insieme dalla sola forza di volontà.

Scese il buio sebbene fosse appena mezzogiorno. Boccheggiai in cerca d'aria, aprendo la bocca umida e lanciando un triste lamento marino, avvolta nella bianca e densa foschia turbinante che usciva dal mio corpo e copriva il suolo, impedendomi di vedere dove finisse la sommità della scogliera. Il terreno cominciò ad alzarsi e abbassarsi. Quando vidi l'acqua che imperversava sotto di me, chiusi gli occhi. Poi scagliai la statuetta in mare.

Una settimana dopo, io e Tegen stavamo lavorando nelle tenute del signorotto. Sfacchinavamo senza sosta, perché più ci mettevamo a portare a casa il raccolto, più aumentavano le probabilità che il maltempo lo rovinasse. Per molte ore seguimmo una fila di uomini che, a turno, tagliavano l'orzo marrone con le falci, le nuche abbronzate dal sole sotto i berretti. Ogni volta che raggiungevano la fine del campo, tornavano indietro e ricominciavano sull'altro lato, senza sosta. Pentecost il gigante imponeva agli altri un ritmo insostenibile, schernendoli senza pietà se non riuscivano a stargli dietro. Le donne dovevano essere circa ottanta, alcune avevano ormai superato la cinquantina, altre non avevano più di sei anni. Sgobbavamo come muli, chine e bruciate dal sole. Io e Tegen non avevamo fiato da sprecare in chiacchiere. Avevamo bisogno di tutte le nostre forze per legare i covoni. Le piante, dure e acuminate, ci graffiavano le braccia. Con il passare del tempo, il nostro umore peggiorava sempre di più.

Quando fu il momento di mangiare, un gruppo di donne si sedette all'ombra di un vecchio olmo. Io e Tegen ci mettemmo un poco in disparte e prendemmo il pezzo di pane e la fetta di carne che ci spettavano dall'uomo del signorotto. C'erano acqua e un boccale di birra per ciascuna. Tegen addentò il pane secco. La guardai, con la sua camicia ruvida e il grembiule lurido. Aveva la cuffietta tirata sugli occhi, il viso chiazzato, la gola e il petto bruciati dal sole, di un rosso livido sopra la sottile riga di carne bianca che si intravedeva nella scollatura. Aveva dovuto accettare quel lavoro per colpa mia. Soltanto i più umili si occupavano del raccolto, lavorando come schiavi dall'alba al tramonto in cambio di qualche scellino e del diritto di raccogliere fascine di legna lungo il tragitto di cinque miglia fino a casa.

Mi avvicinai a Tegen affinché potessimo conversare senza che nessuno ci ascoltasse di nascosto. Aveva chiazze umide sotto le ascelle e puzzava di sudore. Mi occorsero uno o due minuti per trovare il coraggio di parlare.

«Non ti metteresti mai contro di me, vero, Teg?»

Corrugò la fronte. «Perché me lo chiedi?»

«C'è una questione che mi preoccupa. Mi vergogno a parlarne.»

«C'è sicuramente una soluzione, purché non abbia a che fare con i manifesti della ricompensa.» Mi guardò per un istante, scacciando un moscone sonnacchioso dal suo pezzo di pane. Poi spalancò gli occhi. «Ossignore! Non avrai...»

«Le ho preso solo gli stivaletti» sussurrai. «Non sono stata io a fare il resto, lo giuro, ma zia Madgie mi ha vista vicino al cadavere e temo che voglia accusarmi.»

Mi fissò con le sopracciglia aggrottate.

«Mi credi, vero, Teg? Sai che non sono il Cannibale?»

Annuì stancamente. «Pensavo solo a tutte le cattiverie che zia Madgie ha vomitato al rito dell'agape. È pazza. Potrebbe dire che sei stata tu e denunciarti.»

«Lo so, non ci dormo la notte.»

«Allora sai cosa fare. Cedi il posto di maestra a Loveday e sta' lontana dal ministro. Non mi sono mai fidata di lui. Ha un che di inquietante.»

«Non è colpa del ministro. Ma è ovvio che tu lo dica, Teg, preoccupata come sei di cosa penseranno gli abitanti del villaggio.»

«L'unica cosa che una donna ha in questo mondo è il suo buon nome. Salvati finché sei tempo. Ascolta 'Bias. Il duro lavoro, la rispettabilità e la fiducia in se stessi daranno i loro frutti.»

«In questi giorni non fai altro che ripetere 'Bias questo e 'Bias quello.»

«È la fede a darmi forza. Se fossi in te, pregherei Dio che non ne venga nulla di male, da tutto questo.»

«E se zia Madgie mi denunciasse ugualmente, anche se mi dimettessi? Devo andarmene dal villaggio, costi quel che costi.»

«Ma rifletti, una donna come te, senza un centesimo in tasca. Che fine faresti?»

Strappai un ciuffo d'erba. Tegen mi guardò e parve leggermi nel pensiero. Si tirò indietro.

«Oh, Mary!» bisbigliò. «Sei pazza come quella vecchia. Stai fantasticando sul ministro anche ora. Ti supplico di aprire gli occhi e di rinsavire. Trova un uomo al villaggio e dimentica questa follia.»

«Un uomo come Nathaniel Nancarrow, intendi?»

Mi scoccò un'occhiataccia.

«Non preoccuparti, Teg. Vi ho visti al rito dell'agape, e come ti guardava. Devi dirgli cosa provi. Siete fatti l'uno per l'altra. Comunque, è tutto tuo.»

«Come sarebbe a dire? Non è abbastanza buono per te, ma per me sì? È questo che pensi? Certo, solo un forestiero sbruffone dai modi raffinati è degno di Mary Blight, immagino. Ti conviene tornare in te prima che sia troppo tardi.»

Abbassai gli occhi sulle mie mani ruvide e screpolate, sul sudiciume sotto le mie unghie, sulle brutte lentiggini sulle mie braccia.

«Pregherò per te» disse Tegen.

«Risparmia il fiato. Non voglio le stesse cose che vuoi tu. Siamo diverse come il giorno e la notte.»

«Allora va' per la tua strada e finisci i tuoi giorni in prigione o all'ospizio dei poveri. O peggio.» Si allontanò, mi voltò le spalle e prese un sorso di birra. Con i nervi a fior di pelle, spostai lo sguardo oltre il campo deserto.

«È facile per te» ripresi. «Non ti sei mai aspettata molto da questa vita, ma io sì. Non voglio buttarmi via mettendomi con un idiota del villaggio.» Qualcosa di aguzzo mi colpì alla nuca e il pane di Tegen atterrò sull'erba accanto a me.

«Come fai a sapere cosa voglio?» chiese. «Non mi conosci, non hai idea di come sono fatta.»

Mi girai. Non l'avevo mai vista così arrabbiata. «Di cosa stai parlando? Certo che ti conosco. Non infuriarti. Questo lavoro schifoso ci ha messe entrambe di malumore, ecco tutto.»

«Sono stanca di te e dei guai che combini.» Si alzò. Alcune donne la guardarono, ma per una volta non le interessava. «D'ora in poi sei sola.» Si pulì le mani sul grembiule. «Io ho il mio telaio e un gruzzoletto che ho messo da parte vendendo tessuti. Tu puoi badare a te stessa, quindi stammi bene.» Detto questo, sollevò le gonne e si avviò attraverso il campo.

Quella notte, i miei incubi furono interrotti da una voce sommessa. «Sei tu, tesoro mio?» Era buio pesto e, sulle prime, non capii dove fossi. Poi ricordai. Ero sulla sedia al piano di sotto, accanto alla mamma. Le braci morenti si spostarono e caddero silenziose nel camino. La cucina prese vita nel chiarore rosa: il tavolo, il comò, la panca. Quando il dottor Vyvyan era passato all'inizio della settimana, aveva diagnosticato a mia madre una febbre reumatica e annunciato che non le restava molto da vivere. Le sue ultime ore erano scandite da lunghi respiri regolari. Prendendole la mano, sentii il sangue che le pulsava lento sotto la pelle. Era difficile credere che avrebbe smesso di scorrerle nelle vene. Non sapevo per quanto tempo avessi dormito né che ore fossero. Toccava a me vegliare la mamma, Tegen riposava di sopra. Non nel letto che dividevamo di solito, bensì nella vecchia camera dei nostri genitori. Era la prima volta che dormivamo separate. Non ci rivolgevamo la parola dal litigio nel campo di orzo.

«Mary?» Un rantolo. «Sei tu, tesoro mio?»

«Sono qui, madre» sussurrai. Confusa e arrossata, si spegneva sotto i miei occhi, uno spirito che sprofondava nell'altro mondo. «I miei tre dolcissimi bambini, tutti perduti, uno dopo l'altro» disse. Le avvicinai l'orecchio al viso, avvertendo il suo respiro freddo sulla guancia. «Erano soltanto neonati. Senti che mi chiamano?» Fece un altro profondo respiro, quasi un russare tremolante, poi tacque, come se fosse sorpresa di se stessa. La stanza diventò improvvisamente fredda. Rimasi lì seduta nella luce dell'alba, ascoltando il silenzio più assoluto che avessi mai udito.

17

Stavo rammendando una rete all'ultimo piano della vecchia e fatiscente casa del sale al porto. Un lavoro lento e noioso, ma che alternative avevo? Se non altro tenere le mani impegnate mi distraeva dal senso di vuoto che provavo da quando la mamma era morta, quindici giorni prima. Non aiutava che avessi litigato con Tegen e che non ci fossimo più rivolte la parola, nemmeno mentre seppellivano nostra madre. Volevo soltanto abbracciare mia sorella ma, quando vedevo la sua espressione imbronciata, non ci riuscivo.

Da fuori, giunsero alle mie orecchie due voci femminili. Quando mi accorsi che si trattava di Grace Skewes che stava spettegolando con Millie Hicks, mi cadde l'ago di mano; mentre cercavo a tentoni sulla rete srotolata a terra quel maledetto coso, ascoltai quello che dicevano di sotto, in strada.

«Hai scelto una giornata ideale per fare il bucato» commentò Grace. «Mi sorprende che tu non sia volata via, con questo vento. Sta arrivando un temporale, si direbbe.»

«È così. Ma è per questo che ho lavato ogni cosa. Ho il

terrore che un fulmine colpisca la casa di notte e che le persone mi trovino a letto con le federe sporche. Voglio che sia tutto in ordine anche se dovessi morire all'improvviso.»

Grace rise. «Sei d'esempio per tutti noi, Millie.»

Tacquero per un momento.

«Be', è bello incontrare qualcuno che potrebbe avere qualche novità da riferire» disse Millie. «Non che mi piacciano i pettegolezzi. Mi faccio un sacco di scrupoli quando sento delle maldicenze nei confronti di uno degli abitanti del villaggio. Nondimeno ci sono questioni di cui le persone hanno il diritto di essere informate.»

«Io mi faccio gli affari miei e lascio che gli altri facciano lo stesso» ribatté Grace.

«Anch'io.»

Sapevo che avrebbero sparlato di me, così appesi la rete a un gancio e mi avvicinai di soppiatto alla finestra. Ero così ansiosa di sbirciare che per poco non infilai il piede in un buco tra le assi del pavimento. Il vetro era sfondato, dunque le vedevo chiare come il sole, a pochi passi di distanza. Mi sporsi in avanti il più possibile, ma cercai di restare nascosta. Fu allora che vidi che con loro c'era anche Loveday, la figlia di Grace. Le ceste del bucato di Millie erano posate sui ciottoli accanto a lei. Che bella biancheria aveva!

«Perlomeno Johnenry ha capito di che pasta è fatta quella lì, ed era ora!» disse Grace sorridendo a Loveday.

«Avete già deciso la data delle nozze, ragazza mia?» domandò Millie.

Loveday annuì facendo un sorriso affettato mentre Grace rispondeva al suo posto. «La prima domenica dopo la festa di san Martino. Speriamo che assisterai alla cerimonia.»

Dunque Loveday aveva riconquistato il cuore di Johnenry! Ero quasi tentata di rubarglielo di nuovo solo per farle un dispetto.

«Quella lì ha perso Johnenry, su questo non ci piove, ma tiene ancora in pugno il ministro, recitando la parte della verginella pudica» osservò Millie.

«Dal canto mio, non sono mai stata entusiasta del ministro» replicò Grace. «Gli ho offerto ospitalità soltanto per rispetto della sua vocazione e ho donato del denaro per la cappella nella speranza che migliori la condotta degli abitanti più spregevoli di questo villaggio.»

«Lo stesso vale per me» disse Millie, sollevando il lungo naso appuntito come se un tanfo le avesse improvvisamente aggredito le narici. A quanto pareva, avevano dimenticato che, quando Gideon era arrivato, gli erano piombate addosso come mosche sul miele.

«Hai sentito qualcosa su quei due?» chiese Grace.

«Nessuno dei miei conoscenti li ha visti insieme. Questa mattina ero in Downlong Row, badando ai casi miei come al solito, ed ecco che incontro Dolly Stoddern. È la vicina di quella donna. Ieri sera stava potando le piante di fagioli, ha detto, quando è salita sulla scala e ha sbirciato nel cortile di tu-sai-chi.»

«E poi?» la incalzò Grace.

«Non ha notato nulla di strano» rispose Millie.

«Forse il ministro ha capito il suo gioco» fece Grace. «Nell'ultimo mese non ha praticamente messo piede nella baia e, quando è qui, passa tutto il tempo a lavorare nella nuova cappella. È quasi finita. Forse erano tutte fandonie.»

«Può darsi, e non rovinerei mai il buon nome di un'abitante del villaggio tanto per il gusto di farlo» disse Millie, «ma una donna nubile è sempre un pericolo, a mio avviso.»

«Altroché. Sarebbe meglio per tutti se si trovasse un uomo tutto suo, anziché rubare quelli delle altre» intervenne Loveday.

«Preferisce circuire gli idioti» sentenziò Millie. «Se volete la mia opinione, non la vorrebbe nessuno in ogni caso, non se si arrivasse davvero al sodo. Non è mai stata una donna dolce, e gli uomini non amano le bisbetiche.» Abbassò la voce. «Secondo alcuni assomiglia a una strega.»

«O a una sirena. Con quei piedi piatti, non mi meraviglierei» fece Loveday ridacchiando.

«Non sta a me giudicare ma, se nel villaggio è stato commesso un crimine, la verità troverà il modo di venire a galla» affermò Grace.

«La provvidenza punisce sempre la superbia immotivata» dichiarò Millie.

Ascoltandole, mi si gelò il sangue. Poco più in là, il vecchio gattaccio di zia Merryn, accovacciato su una colonna d'ormeggio, osservava una piccola cutrettola che becchettava sullo scalo di alaggio. Era così immobile da sembrare fatto dello stesso granito della colonna. Ciò che udii in quel momento mi terrorizzò.

«Orbene, abbiamo bisogno che il ministro rinsavisca e nomini Loveday maestra della scuola di catechismo» disse Millie.

«Non appena la cappella sarà stata costruita e il ministro se ne sarà andato, gli abitanti del villaggio costringeranno Mary a dimettersi» rispose Grace. «Quaggiù esistono modi per far abbassare la cresta alle persone, se necessario. In caso non fosse sufficiente per farla ragionare, sappiamo che qualcuno di autorevole in questo villaggio è a conoscenza di un segreto e che aspetta soltanto il momento giusto per rivelarlo.»

Le tre pettegole annuirono, scambiandosi sguardi d'intesa. In quell'istante, il gatto spiccò un balzo e si avventò sull'uccellino. Una piccola ala gli sbatté tra le fauci.

Qualcosa indusse Loveday ad alzare la testa verso la finestra e mi abbassai appena in tempo, facendo un passo indietro. Il mio piede sprofondò nel vuoto e caddi sulla schiena, tentando invano di aggrapparmi allo stipite. Atterrai con un forte tonfo e uno scricchiolio di assi. Le gonne attutirono il colpo, ma urtai dolorosamente il coccige. Sedendomi, estrassi la gamba da buco e mi tirai su. Quando mi riaffacciai alla finestra, le tre donne erano sparite.

Tornai allo sgabello. Il fondoschiena mi pulsava e l'ansia per quello che avevo sentito mi dava i capogiri. Zia Madgie non vedeva l'ora di diffondere menzogne su ciò che aveva visto sulla spiaggia quel mattino. Mi domandai fino a che punto fossero responsabili i manifesti della ricompensa. Zia Madgie non sarebbe vissuta ancora a lungo, ma Grace e Loveday sarebbero state impazienti di mettere le mani su tutto quel denaro. La vecchia megera mi aveva già minacciata quando mi avevano convocata a casa sua in Back Street mesi addietro. E, a giudicare dalle ignobili parole che aveva pronunciato al rito dell'agape, sembrava capace di qualsiasi cosa. Era come se credesse davvero di avermi vista rubare gli orecchini. Forse stava diventando matta e la sua memoria cominciava a fare scherzi. O forse mi odiava al punto di ritenermi colpevole e ricordava i fatti di quel mattino non per come erano andati realmente, ma per come desiderava che si fossero svolti.

Rimuginai sulla mia situazione tutto il giorno, concludendo che l'unico modo per salvarmi era andare da zia Madgie e dirle che avrei rinunciato al ruolo di maestra. Dopotutto, lei e le sue comari mi avevano già messo contro i bambini. Se avessi fatto quel passo, tuttavia, avrei reciso il mio unico legame con Gideon e qualunque vaga speranza di una vita migliore. Alla fine la paura prevalse sull'ambizione e decisi di andare in Back Street ad annunciare le mie dimissioni. Che Loveday prendesse pure il mio posto.

L'indomani lasciai il cottage con il cuore e le membra pesanti come piombo e svoltai in Downlong Row, diretta alla casa della vecchia megera. Camminavo distrattamente, come avvolta da una nebbia densa e paralizzante, perciò all'inizio non mi accorsi dell'ometto tarchiato che risaliva la collina con andatura dondolante. Lo sconosciuto aveva il viso arrossato per lo sforzo e i favoriti bianchi. Stavo per superarlo quando sollevò il cappello.

«Buongiorno, Miss Blight» disse, sbuffando e grugnendo. Quell'accento curioso e quella voce aspra mi suonarono familiari. Era Mr Dabb, il giudice di pace, l'ultima volta che lo avevo visto era alla cena a Newlyn. «Non vi ho spaventata, spero?» Mi studiò da sotto le sopracciglia cespugliose.

«No, è solo che non avrei mai creduto di vedervi da queste parti.»

«Be', devo andare ovunque il dovere mi chiami.»

«Questioni riguardanti le miniere, immagino.»

«Non questa volta. Sono venuto in veste di magistrato.»

«Nessuno si è messo nei guai, spero.»

«Vedremo. La mia visita ha a che fare con il nostro vecchio amico, il Cannibale di Porthmorvoren. Avrete visto i manifesti che ho affisso.»

Feci sì con la testa.

«Non avete sentito nulla, Miss Blight? Nessuna indiscrezione?»

Avevo la gola così secca che deglutire era doloroso, e il cuore era sul punto di esplodermi nel petto. «Temo di no» riuscii a rispondere. «Vi auguro buona fortuna. A proposito, come sta Mrs Stone? L'avete vista di recente?»

«Sì, proprio questa settimana. Ormai siamo ottimi amici. Donna meravigliosa, Mrs Stone. Ha preso molto a cuore questa indagine, sapete? Ora, sareste così gentile da indicarmi Back Street? Credo di aver sbagliato strada.»

«Back Street, avete detto?»

«Sto andando da Mrs Maddern. Sicuramente la conoscete.»

Dunque era lì per far visita a zia Madgie! Mi appoggiai al muro di una casa.

«State male, Miss Blight?» Mi scrutò attentamente. «Avete una brutta cera. Vi prendete cura di voi stessa?»

«Ho perso mia madre da poco e non sono più la stessa.»

«Mi rincresce molto. Vi prego di accettare le mie condoglianze. Giacché andiamo nella stessa direzione, perché non proseguiamo insieme?»

Avevamo già percorso un breve tratto lungo il sentiero quando trovai il coraggio di chiedere: «Volete parlare con zia Madgie del Cannibale?».

Chinandosi verso di me, abbassò la voce. «Diciamo solo che forse è emerso qualcosa di decisivo. Mrs Maddern potrebbe essere in grado di far luce sulla questione, secondo una fonte attendibile.»

«Eccoci arrivati» dissi. «La casa che cercate è quella laggiù, con le colonne davanti.»

«Riguardatevi, Miss Blight» disse, stringendomi la mano.

Aspettai sulla banchina per un poco prima di correre a casa. Una volta al sicuro, rimasi con la schiena contro la porta per un lungo momento, cercando di riprendere fiato. Dopo essermi calmata, mi lasciai cadere su una sedia vicino al tavolo, girandomi come d'abitudine a guardare la mamma, ma la vecchia poltrona, con i suoi braccioli consunti e il cuscino sgualcito, era vuota. Scoppiai in lacrime. Avrei voluto raccontare i miei problemi a Tegen, ma era a casa di Nathaniel, ad aiutare Tamsin con i bambini più piccoli mentre lui era a pesca. Non che avesse avuto molto tempo per me dopo il litigio.

Le ore trascorsero lente, senza che trovassi pace. Con il passare del tempo, credetti di udire delle voci che, fuori, complottavano contro di me. Chi era quella persona, mi interrogai, quella Mary Blight che spiavano e calunniavano? Mi sentii prigioniera in casa mia, spaventata dai cigolii e dagli scricchiolii all'interno e dai fruscii all'esterno. Quando fece buio, accesi una candela di sego e la posai sul tavolo. Sibilò e il fumo mi irritò gli occhi, già arrossati dal pianto.

Dovevo essermi appisolata, perché fui svegliata da tre leggeri colpi alla porta. Mi alzai di scatto, pensando che fosse Gideon. Mi strinsi lo scialle attorno alle spalle e corsi ad aprire. Fiutando un puzzo di alcol e sudore, vidi un uomo dai capelli scuri che barcollava nel buio.

Johnenry! Era solo Johnenry.

«Sbrigati a entrare, prima che ti vedano» dissi. «Come ti salta in mente di presentarti così? Sei sicuro che nessuno ti abbia notato?»

«La tua finestra era illuminata. Passo di qui ogni sera, perciò nessuno lo troverà strano. Inizio il turno di notte tra un'ora. Arriverò in ritardo e mi ridurranno la paga, ma che vadano tutti all'inferno.» Rimase lì senza sapere dove mettersi. Tossì, un suono secco, gutturale, insistente.

«Ti conviene avere un buon motivo per farmi visita a quest'ora. E se Loveday scoprisse che sei stato qui?»

«Non ha alcun diritto su di me.»

«Oh cielo! Di cosa stai parlando?»

Si sedette al tavolo, di fronte a me. Nella luce giallognola, appariva malaticcio e tirato. Fu scosso da un nuovo accesso di tosse.

«È stata la miniera a ridurti così, vero?» chiesi.

«Ho iniziato a fare i turni per risparmiare per le nozze con Loveday, ma non ci sarà alcun matrimonio.»

Immaginai Loveday che preparava il corredo e poi riceveva questa notizia. «Perché? Cosa ti è preso?»

«Ho sentito che tu e il ministro avete litigato.» Sorrise, una scena raccapricciante. «Ti gira al largo da settimane.»

Presi a tremare, temendo ciò che stava per dire. «Cosa ci fai qui?»

«Non è troppo tardi per noi, Mary.»

«Zitto! Sei ubriaco.»

«Ti tratterò come meriti.»

«Basta con queste assurdità» ribattei. «Ho già abbastanza grattacapi. Devi andartene.»

«Possiamo lasciare il villaggio. Ci daranno un cottage vicino alla miniera. Possiamo iniziare una nuova vita.»

Non era quello che volevo, fuggire dal villaggio e da tutti i miei problemi? Ricordai le giornate estive di molti anni prima, quando io e Johnenry ci sdraiavamo sulle rocce a Tombstone Point, fantasticando sul futuro.

«Non ti deluderò mai. Non sono come il tuo pastore» disse.

«Non scapperò con te. Ti voglio bene come a un fratello, ma non ti amo, Johnenry. Mi dispiace, credimi. Ora devi andare. Torna da Loveday. Mettiti in ginocchio e supplicala di riprenderti.»

«Ti amo da quando avevo tredici anni, Mary. Non amerò mai un'altra.»

«Basta così.» Alzandomi, andai alla porta. «Vado a vedere se la via è libera. Seguimi nel vicolo tra un momento, e ti faccio segno quando puoi incamminarti.»

Si tirò su. «Mary, io...»

«Zitto!»

Come rimbombarono i miei passi nel buio, echeggiando sulle assi sopra la cantina! Percorsi il vicolo angusto e scrutai il sentiero. Non c'era nessuno, perciò feci cenno a Johnenry di seguirmi. Passandomi accanto, mi prese tra le braccia. Sentii il velo di barba sul suo mento mentre la sua bocca cercava la mia, ma mi divincolai. «No!»

Lo spinsi sul sentiero e rientrai di corsa, sprangando l'uscio.

Poco dopo bussarono di nuovo. Non risposi, ma ci fu

un altro colpo, così aprii la porta di uno spiraglio e mi trovai davanti Johnenry.

«Non ti faccio entrare» dissi. «Vattene.» Chiusi il battente e misi il paletto.

Per qualche istante regnò il silenzio, quindi iniziò una sorta di ululato, come di un animale catturato da una tagliola. Johnenry, ancora in cortile, urlava il mio nome senza sosta. Quando non riuscii più a sopportarlo, aprii la porta e gli gettai addosso un secchio d'acqua.

«Fuori dai piedi! Non voglio vederti mai più.»

Il mattino successivo fui svegliata da forti colpi alla porta. Ancora mezza addormentata, strisciai di sotto e sbirciai fuori, quasi temendo che fosse di nuovo Johnenry, ma il cortile era deserto. Controllai il vicolo e il sentiero più sotto, ma non c'era nessuno. Fu solo quando tornai indietro che mi accorsi che qualcuno aveva affisso il manifesto all'uscio. Lo strappai, accartocciandolo.

Poi mi vestii, chiedendomi come uscire dal guaio in cui mi ero cacciata, e rammentai le parole di Gideon. Se le cose fossero volte al peggio, avrei potuto contare su di lui. Ma come avrei fatto a rintracciarlo? Ed era ancora della stessa idea? Non metteva piede nella baia da settimane.

In quel momento udii delle voci in cortile. Erano Tegen e Tobias Hawkey. Corsi al comò, prendendo penna e inchiostro e sedendomi al tavolo per scarabocchiare un messaggio su una vecchia busta. Non avendo tempo per sigillarlo, lo piegai e lo infilai nella tasca del grembiule.

Signore,
indovinerete facilmente chi sia il mittente di questo biglietto. Una volta mi avete detto che mi sarei potuta ri-

volgere a voi se mai ne avessi avuto bisogno. Ebbene, quel momento è arrivato. Vi supplico di raggiungermi il prossimo venerdì nel luogo in cui ci siamo recati una notte per liberare questo villaggio da una sciocca superstizione. Venite prima che sorga il sole, cosicché nessuno vi spii o vi segua.

Non ve lo chiederei se non fossi in gravissimo pericolo. Anche se, forse, vi esporrete a un rischio, mi adopererò per proteggervi da qualunque disonore. Nella speranza che accogliate questa richiesta,

la vostra umile serva,

X

Mentre finivo, Tegen entrò stancamente in cucina. Mi precipitai fuori, attraversando il cortile. Tobias camminava spedito lungo il sentiero. Quando lo chiamai si girò e tornò sui suoi passi, seguendomi verso il cottage.

«Ho ricordato vostra madre nelle mie preghiere, Mary.»

«Grazie, siete gentile. Posso chiedervi un favore?»

«Certo.»

«Quando andrete a Newlyn la prossima volta?»

«Domani. Ho un appuntamento con Mr Stone.»

«È una fortuna, perché ho un messaggio per il ministro.» Tirai fuori il biglietto e glielo porsi. «Vi dispiace darglielo il prima possibile?»

«Riguarda la scuola di catechismo, immagino.»

«Esatto. Il ministro, credo, preferirebbe che non lo leggeste. Contiene dettagli confidenziali sui finanziamenti.»

«Avete la mia parola.» Studiandomi, corrugò la fronte. «State dimagrendo a vista d'occhio, Mary. La morte di vostra madre vi ha provata duramente, temo. Mi domando come stiate nello spirito.»

«Rimandiamo il discorso a un'altra volta, 'Bias. Ho del lavoro da sbrigare.»

Fece un passo avanti. «In me avete un amico sincero. Se c'è qualcosa che vi preoccupa, non soffrite in silenzio.»

«Avete sentito delle voci su di me, probabilmente.»

«Non ho tempo per le chiacchiere. Vi prego solo di non isolarvi.»

«Se volete aiutarmi, consegnate questo messaggio al ministro.»

Lo mise nella tasca della giacca. «Devo informarvi che Mr Stone non è più lo stesso ultimamente.»

«Si è ammalato?»

Rifletté per un momento. «Dobbiamo pregare per lui.»

«Sta male, dunque?»

«Preferisco non parlare dei suoi affari personali.»

«E Mrs Stone?»

«È tornata a Newlyn.»

Forse sarei svenuta se Tobias non mi avesse afferrata per il braccio. «Se avete un peso sulla coscienza, Mary, è meglio che ve ne liberiate» insistette.

«Date il biglietto al ministro, 'Bias. Non vi chiedo altro.»

18

Arrivò il venerdì. Aspettai a lungo nella vecchia chiesa, immersa in un'oscurità densa come il catrame. Con la schiena contro una colonna, avevo paura di muovermi per i colpi, gli scricchiolii e i fruscii che risuonavano ovunque. Il rudere era soltanto un'enorme tomba gelida, piena di ossa dei morti. Nei primi bagliori dell'alba, le panche assunsero una forma spettrale e una pallida sagoma con le ali spiegate scese dagli abissi neri della torre e mi volò sopra la testa attraversando la navata. Dapprima pensai fosse un angelo caduto dal cielo per spaventarmi, ma lanciò un urlo raggelante prima di fare dietro front e tornare verso il campanile. Era soltanto un gufo, rientrato dalla caccia notturna. Fuori, nella brughiera, il mondo si riempì lentamente di suoni: cinguettii, muggiti, belati. Tuttavia, di Gideon neanche l'ombra. Avevo quasi rinunciato alla speranza quando finalmente la porta si spalancò e un rumore di passi rimbombò sulle lastre. Lo scalpiccio si fermò a qualche piede di distanza. Distinsi una figura alta nella penombra.

«Fatevi vedere, se ci siete. Parlate» intimò.

«Da questa parte» sussurrai.

Si avvicinò e mi si parò davanti, solido e robusto.

«Spero abbiate un motivo valido per avermi convocato qui. Non intendevo venire più a Porthmorvoren finché la cappella non fosse stata completata. E quella sarebbe stata la mia ultima visita.»

«Non ho nessun altro cui rivolgermi. Temo che da un giorno all'altro zia Madgie mi accusi di un terribile crimine.»

«Ne dubito. Voi campagnoli siete famigerati per la vostra tendenza a fare fronte comune.»

«Avete visto come ha inveito contro di me al rito dell'agape. E l'altro giorno ho incontrato il giudice Dabb che andava a casa sua.»

«Quale crimine potete aver commesso di cui non sia altrettanto colpevole la maggior parte degli abitanti del vostro villaggio?»

«Non l'ho commesso. Sono tutte calunnie, ma l'altra sera Johnenry è venuto al cottage e mi ha chiesto di sposarlo e, quando ho rifiutato, ha svegliato l'intero villaggio a forza di urlare. Ha lasciato Loveday, e questo è un altro colpo di grazia per me.»

Si portò la mano alla fronte. «Queste bazzecole sono ciò che vi ha indotta a trascinarmi fin qui da Newlyn?»

«No, c'è di peggio, di molto peggio. Zia Madgie, temo, ha detto al giudice che io sono il Cannibale» sibilai. «È per questo che vi ho mandato a chiamare. La paura mi toglie il respiro. Mi ha vista accanto al corpo quel mattino, con le labbra sporche di sangue. Lo confesso. È stato perché... Mi vergogno troppo per ammetterlo.»

«Siete stata voi a commettere quell'azione atroce?»

«Come potete anche solo pensarlo? Ho semplicemente rubato gli stivaletti della donna, e facendolo mi sono ferita la bocca, è da lì che veniva il sangue. So che è una condotta riprovevole, ma giuro su Dio che non rifarò mai più una cosa simile. Il giorno in cui Pentecost vi ha malmenato, quando mi avete raccontato della vostra conversione, mi sono illusa di poter diventare una persona migliore. Ho giurato che da quel giorno non avrei più saccheggiato i cadaveri. Mi avete detto che la grazia salvifica del Creatore esiste per tutti i peccatori, a condizione che credano.»

«Ho difficoltà a capire in cosa credete, Mary Blight.»

«La gente se la prenderà con me e, dopo che ve ne sarete andato, non ci sarà nessuno a difendermi.»

«Il mio sostituto Tobias eserciterà la sua influenza per impedire agli abitanti del villaggio di trattarvi troppo duramente.»

«Non vi mostrereste così insensibile se sapeste cosa mi è capitato. Persino mia sorella mi si è rivoltata contro. La mia cara mamma è morta e giace là fuori nella terra gelida.»

«Pregherò per la sua anima. Tuttavia le circostanze mi impediscono di fare di più per voi. Ho avuto buoni motivi per evitarvi nelle ultime settimane, come ben sapete. Dopo i deprecabili eventi del rito dell'agape ho concluso che era ancora più importante non farci vedere insieme. Non potevo permettere che qualcosa o qualcuno mettesse a repentaglio la costruzione di un adeguato luogo di culto in questa baia.»

«Allora fuggirò dal villaggio. Non sono al sicuro qui» piansi.

«Non agitatevi. Prendete questo.» Mi porse un fazzoletto bianco. «Se proprio volete partire, posso offrirvi un poco di denaro. Posso anche fornirvi delle brevi referenze che potrebbero aiutarvi a trovare lavoro altrove. D'altra parte, potrebbero non servire ad alcunché, data la mia situazione attuale. Nondimeno, devo sconsigliarvi di imboccare questa strada.»

«Ma se quella vecchia megera dice al giudice che sono il Cannibale?»

«È la vostra parola contro la sua. Non ha uno straccio di prova. Senza dubbio sarà difficile, ma con il tempo le divergenze tra voi e gli abitanti del vostro villaggio si appianeranno. Dobbiamo arrenderci tutti alla volontà di Dio e pensare all'altra vita.»

«Dunque è per questo che siete venuto. Per tenere un sermone e regalarmi qualche moneta?»

«Sono venuto perché vi avevo dato la mia parola.»

«Ma siete arrivato fin qui di giorno, correndo il rischio di essere visto. Non l'avete fatto perché volevate rivedermi?»

«Al contrario. L'ho fatto per mettere fine a questa storia una volta per tutte. Mia moglie è tornata a casa.»

«Voi non l'amate.»

«Questa conversazione è finita.» Voltandosi, si avviò verso la porta.

«Scappate pure» urlai. «Ora vi vedo per quello che siete: un uomo debole e codardo.»

Fermandosi, si girò lentamente e fece qualche passo nella mia direzione. «Benissimo. Dato che siete in vena di provocazioni, forse è bene che vi informi delle mie attuali circostanze.» Dalla giacca tirò fuori un foglio piegato. «Tenete. Leggete questo.»

Mi sedetti all'estremità di una panca e, aprendo la pagina, scoprii che era una lettera.

A Mr Gideon Stone
STRETTAMENTE RISERVATO
3 ottobre 18__
Egregio Signore, in qualità di sovrintendente del circuito di Penwith, è mio dovere comunicarVi che al presente ufficio sono state inoltrate due gravissime rimostranze riguardanti la Vostra condotta. Qualora le accuse si rivelassero fondate, costituirebbero una deplorevole violazione della disciplina della Conferenza metodista. Presentano l'istanza due donne, qui di seguito identificate:

Mrs Louisa Travellick di St. Just, di anni ventisette
Miss Anne Treveil di St. Buryan, di anni ventiquattro.

La presente per convocarVi a un incontro nell'ufficio del sovrintendente a Penzance, il giorno 21 ottobre alle ore 11, con una commissione di tre membri laici della Società metodista e tre consacrati. In quell'occasione avrete l'opportunità di rispondere alle istanze delle due signore. Vi suggerisco di preparare la Vostra dichiarazione in anticipo. Si allega copia delle accuse a Voi rivolte.
La commissione valuterà se la questione si possa appianare con soddisfazione di tutte le parti in causa. In caso contrario, tuttavia, mi vedrò costretto a deferirla all'udienza disciplinare della Conferenza metodista.
Vi informo che siete sospeso con effetto immediato dalle Vostre mansioni di ministro fino a nuovo ordine.
Data la gravità delle suddette rimostranze, devo comunicarVi che, qualora le accuse venissero comprovate, la commissione sarà incaricata di intraprendere le azioni necessarie, compreso l'ordine che cessiate di esercitare le Vo-

stre funzioni a pieno titolo, ovverosia sarete rimosso dalla posizione di ministro.

Restando il Vostro umilissimo servitore,

Mr J__ W__

Sovrintendente,

Circuito metodista di Penwith, Cornovaglia

Dopo, non sapevo cosa dire. Gideon ruppe il lungo silenzio con un colpo di tosse. «Così ora capite» disse. «Questa è la conseguenza della mia resa ai vili appetiti. Dobbiamo reprimere simili desideri. Non siamo animali. Dio ci ha dotati di facoltà morali.»

Un raggio di sole gli illuminò il viso, mostrandomi quanto fosse sciupato e segnato, con ombre scure sotto gli occhi.

«Ma lo stesso Dio che ha creato gli animali ha creato anche voi» replicai. «Possiamo essere sempre sicuri di cosa Dio vuole da noi? Mi sembra che non possiamo negare la nostra natura più di quanto facciano gli uccelli o le bestie dei campi.»

Scoppiò in una risata secca e amara. «Non avrei immaginato di sentire un ragionamento così elaborato da una donna semplice e illetterata. Ricordate che siamo nella casa di Dio. Fate attenzione a non bestemmiare.»

Mi alzai e feci un passo verso di lui. «Abbiamo bisogno entrambi di fuggire dai nostri problemi. Millie Hicks ci ha cuciti insieme quella volta, coprendoci di ridicolo, ma non siamo legati l'uno all'altra fin dall'inizio? Mi avete scelta perché era destino.»

«Vi ho scelta come maestra della scuola di catechismo, non come... O almeno mi sono convinto... In altre parole...» Rovesciò la testa gemendo. «Quanto sono stato stolto in tutti questi mesi. Mi sono illuso che lo Spirito Santo stesse operando dentro di me e ho scambiato una forte emozione per una dimostrazione di fede. Ma era qualcos'altro.» Strinse i pugni.

«Dunque siete come gli altri uomini» dissi. «Cosa c'è di male? Mi chiedo se qualcuno in questo mondo sia davvero quello che sembra. Ogni cosa è finzione, di questi tempi. Persino vostra moglie ha dei segreti.»

Si girò con espressione torva. «Non azzardatevi a insultare mia moglie.»

«Il volto che mostra al mondo non è quello che ho visto io.»

Avanzò come se volesse colpirmi. Prima che potesse farlo, corsi ad abbracciarlo, posandogli la testa sul petto. Tirò indietro il viso e alzò le mani.

«A ogni passo che faccio c'è una trappola che mi aspetta.»

«Non m'importa cosa avete fatto.» Sentii il suo cuore che mi martellava sotto la guancia. «È stato Dio a rendervi l'uomo che siete.»

«Basta così.» Cercò di spingermi via, ma lo tenni stretto finché, dentro di lui, qualcosa parve cedere.

«Sorella Blight, mettete subito fine a questa follia, per favore, prima che...»

Mi afferrò i polsi e, liberandosi, indietreggiò vacillando, ma gli presi le mani e me le misi intorno alla vita. Di lì a un momento ci stavamo baciando. Gettò il cappotto sulle fredde lastre di pietra sotto il campanile in fondo alla chiesa e ci sdraiammo fianco a fianco. Le sue mani vagabondarono ovunque volessero, maneggiandomi come se fossi una bambola di porcellana di inestimabile valore, che si sarebbe potuta rompere facilmente. Mi sollevò le gonne e mi guardò le gambe con lo stupore che Adamo deve aver mostrato per Eva quando la vide per la prima volta nel giardino dell'Eden. Quanto era caldo e pesante quando si stese sopra di me. Mi scivolò dentro senza esitazione e io rovesciai la testa, salendo verso un'oscurità troppo profonda per immaginarla.

19

Dopo, ci fermammo ancora per un po' nella cappella.

«Ora vuoi abbandonarmi?» chiesi. Avevo la gola secca e la voce rauca.

«No, non dopo questo» rispose, togliendo la polvere dal cappotto. «Siamo destinati a stare insieme, nel bene o nel male. È inutile negarlo.»

«Ma tua moglie?»

«Farò qualunque cosa sia necessaria.» Rimase muto e immobile per un momento. «Noi due dovremo trasferirci da qualche parte dove non ci conoscano, e temo che dovrò rassegnarmi a una vocazione meno elevata. Dobbiamo agire rapidamente, data la tua situazione.»

«Sei sicuro di voler fare tutto questo per me?»

Annuì. «Affronteremo insieme qualunque difficoltà ci aspetti. Fatti trovare in questa chiesa, pronta per partire, domenica quando le campane a Paul battono l'una. Così avrò il tempo di sistemare le cose a Newlyn meglio che posso.»

«Così presto?» Dovetti appoggiarmi a una colonna.

«Ma soprattutto non fare nulla che desti sospetti. Sii

paziente. Preghiamo affinché, con il tempo, se d'ora in poi condurremo una vita rispettabile e decorosa, Dio ci perdoni questa grave trasgressione.»

Prima che ci separassimo, mi strinse forte come per rafforzare la nostra determinazione. Uscii da sola in modo che non ci vedessero insieme. Scesi il promontorio sotto una pioggerella costante, ma quel giorno niente sarebbe riuscito a rattristarmi. La terra sconfinata sembrava nuova e sconosciuta. In quello stordimento estatico, raggiunsi la sommità di Downlong Row. Lungo il rigagnolo scorrevano lische di pesce e gusci d'uovo, ed era difficile non scivolare sui ciottoli viscidi.

Mentre mi avvicinavo al nostro cottage, dalla foschia emersero tre figure che, mettendosi in fila, mi bloccarono la strada. Due di loro erano alunni della scuola, Thomas Penpol e quel piantagrane di Kit Trefusis. L'altro era un ragazzo più grande, Matthey, il fratello maggiore di Kit. Se i visi dei bambini erano lisci e infantili, quello di Matthey aveva assunto i lineamenti duri di un adolescente, con una riga di peluria scura sopra il labbro. Avanzando, capii che non avevano intenzione di spostarsi.

«A che gioco giochiamo, ragazzi? Andiamo, fatemi passare» dissi.

Kit fu il primo a parlare. «Sappiamo dove siete stata. Eravate in chiesa con il pastore.»

«Le cose si mettono male in questo villaggio, se ragazzoni coraggiosi come voi pensano di poter importunare una signora sola lungo la strada» ribattei. «Ero in chiesa per ripararmi dalla pioggia ma non c'era nessun altro con me.» Li guardai uno alla volta. I più piccoli evitarono i miei occhi, ma Matthey mi fissò con aria di sfida.

«Andiamocene, lasciatela in pace» disse Thomas, provando ad allontanarsi. Rabbrividì, con i capelli bagnati incollati alla fronte.

«Resta dove sei» ordinò Matthey con la sua voce da adulto, incrociando le braccia. Thomas abbassò lo sguardo sui piedi, spostando la scarpa avanti e indietro.

«Mi meraviglio di te, Tom» dissi. Lui evitò ancora il mio sguardo, lanciando un'occhiata a Matthey in cerca di suggerimenti.

«Di' a questa sgualdrina cosa hai visto» disse l'altro.

«Non azzardarti a insultarmi, Matthew Trefusis! Te ne pentirai, te l'assicuro. Fatti da parte e lasciami passare.»

«Tom ha seguito il pastore fin lassù e vi ha visti uscire entrambi» disse, facendo un passo verso di me. «Sono rimasti lì dentro a lungo, vero, Tom?»

«Basta così» lo interruppi.

«Il pastore vi ha sco___, oppure vi ha dato solo una palpatina?» chiese Matthey. «Confessate, e forse vi lasciamo andare.»

«Vattene, Tom, e anche tu, Martin. Siete stati costretti a comportarvi così e so che vi vergognate di voi stessi. Se ve ne andate subito, ci mettiamo una pietra sopra.»

Tom e Martin erano palesemente imbarazzati. Matthey fece un sorriso lascivo, ma sostenni il suo sguardo. «È l'ultima volta che te lo dico. Levati dai piedi, ragazzo.»

Kit ridacchiò quando sentì come avevo rimesso a posto suo fratello, e Matthey gli sferrò un energico pugno sul braccio. Con le lacrime agli occhi, Kit si massaggiò, il viso contratto in una smorfia di dolore. Matthey si spostò lentamente, lasciandomi uno spazio appena sufficiente per sgusciare via, perciò dovetti spingerlo. Scesi rapida la collina, strappandogli una risata quando persi l'equilibrio. Raggiunto il vicolo, attraversai di corsa il cortile.

Soltanto la forza di volontà mi permise di darmi da fare in casa. La mia gioia era stata completamente rovinata, sostituita da un profondo terrore. *Sii paziente,* aveva detto Gideon. Ma come potevo essere paziente, quando mi avevano vista in chiesa con lui?

Preparai la cesta, scegliendo tre vestiti, alcune sottogonne e sottovesti. Recuperai dalle travi la vecchia calza con tutti i miei tesori, lo spillone d'argento e alcuni gioielli che forse sarei riuscita a vendere, nonché qualche moneta per finanziare la nostra nuova vita insieme. Volevo un ricordo della mamma, così presi le pinze per lo zucchero. Aveva sempre avuto un debole per i dolci, come me. Quando ebbi finito, mi sedetti ad aspettare, non sapendo cosa fare.

Scrissi un biglietto per Tegen e lo lasciai nella camera della mamma in modo che lo trovasse quando non ci sarei stata più.

Carissima Teggie,
quando troverai questo messaggio, sarò partita per una nuova vita lontano da qui. Senza dubbio ne sentirai di cotte e di crude ma, ti prego, non giudicarmi troppo severamente. Quando il polverone si sarà placato, ti manderò l'indirizzo, con la speranza che tu mi faccia visita. È stata un'agonia per me, mentre mi tenevo dentro tutte le preoccupazioni, ricordare come abbia sempre condiviso ogni segreto con te.
Ho un peso sul cuore da quando abbiamo litigato e darei qualunque cosa per potermi rimangiare le parole dure che

ho pronunciato quel giorno durante il raccolto. Ho detto che non ti aspettavi niente dalla vita, ma so che non è vero. Non ti ho dato la considerazione che meriti, e ti chiedo scusa. Sono stata assorbita dalle mie stupidaggini e non mi sono accorta che sei diventata una bellissima donna con desideri e speranze da adulta. Non sei più la bambina timida di un tempo, quella che si nascondeva dietro le mie gonne. Mi riempio di orgoglio quando ripenso a come ti sei alzata e hai reso testimonianza davanti a tutti durante l'incontro di preghiera. Non avrei mai dovuto farmi beffe di Nathaniel, che è un brav'uomo, coraggioso, onesto e sincero, una cosa rara a questo mondo. Ho intuito ciò che prova per te e prego affinché la vostra unione sia presto sancita.
Voglio che tu abbia la mia Bibbia, giacché è troppo pesante da portare nella brughiera. Mi si spezza il cuore a lasciarti qui, ma mi consolo con la speranza che ci ricongiungeremo presto.
La tua affezionatissima sorella,
Mary

Le lacrime inumidirono la pagina, così versai un poco di sabbia sulle parole per impedire che si sbavassero.

Sabato, il giorno prima dell'appuntamento con Gideon, fui svegliata dal trambusto giù alla baia. Scendendo, trovai un folto gruppo di donne accanto al muro del molo. Poi vidi Miss Vyvyan, la benefattrice, e, con mio orrore, Mrs Stone. Spiccavano tra gli altri come se fossero in piedi su un palco. Mrs Stone, nonostante la sua aria altezzosa, era pallida e aveva le borse sotto gli occhi. Accanto a loro c'erano altre due donne che avevano partecipato alla cena a Newlyn. Miss Vyvyan si guardò intorno, sfregandosi le mani con gusto, come se fosse contenta di vedere che il villaggio aveva un estremo bisogno del suo aiuto.

«Buongiorno, signore. Permettetemi di presentarvi me e le mie compagne. Mi chiamo Miss Vyvyan, e con me ci sono Miss Elliot, Mrs Cotterill e Mrs Stone.» L'ultimo nome suscitò un mormorio stupito fra le donne del villaggio. Quanto a Mrs Stone, guardò davanti a sé con espressione torva mentre Miss Vyvyan continuava il discorso. «Rappresentiamo l'Associazione filantropica per la lotta all'indigenza di West Penwith e siamo state assegnate a questo distretto per segnalare i casi di bisogno. Purtroppo non abbiamo fondi con noi oggi.» La notizia fu accolta da alcuni borbottii. «Nondimeno stenderemo una lista dei più bisognosi tra voi, cosicché in futuro si possa provvedere a donazioni in denaro o, se necessario, in vestiti.» Queste parole provocarono un altro brusio, che la costrinse a fare una pausa. «Prima incontreremo dei rappresentanti della Banda metodista locale per concordare il criterio di distribuzione più equo.» Si udirono delle proteste, perché significava che sarebbero stati i più facoltosi a decidere chi avrebbe ricevuto gli aiuti. «Porthmorvoren, essendo piuttosto isolata, è stata trascurata durante i precedenti sopralluoghi e speriamo di rimediare nelle prossime settimane. Ora, la mia amica Mrs Stone vorrebbe dire qualche parola. Prego.»

Mrs Stone si schiarì la voce, puntando lo sguardo sopra le nostre teste. «Porthmorvoren mi sta particolarmente a cuore per ragioni di cui, ne sono certa, siete tutti a conoscenza.» Questo suscitò un altro mormorio da parte delle donne. «Non può essere sfuggito alla vostra attenzione che il nome di questo villaggio è diventato sinonimo di depravazione morale dopo il naufragio della *Constant Service* e le azioni malvagie cagionate da quel tragico evento.» Ci fu un brontolio quando le donne si voltarono l'una verso l'altra, parlando del Cannibale. «L'intera regione è sgomenta» proseguì Mrs Stone. «Sconvolta dall'accaduto. Per troppo tempo siete stati liberi di... o meglio, siete stati trascurati. Mr Wesley, il fondatore del nostro movimento, ha condannato il saccheggio e il contrabbando, sicché dovete comprendere che è nostro dovere morale controllare e tenere a freno coloro che, tra voi, si abbandonando ancora a questi crimini immondi.»

«Le merci ci spettano di diritto» urlò Nancy Spargo. «Non che mi abbasserei mai a...»

«Voi non avete alcun diritto di questo tipo» la interruppe Mrs Stone. «Ma non è questo il punto. Ciò che voglio dire è... In passato eravamo abituati a elargire sussidi ai poveri, a prescindere dalla loro levatura morale. Nondimeno sono dell'opinione che gli aiuti debbano essere preceduti da un'indagine sulle abitudini e sulla condotta della parte assistita. La beneficenza funziona meglio quando è meritata. Altrimenti cosa penseranno i nostri donatori?»

Le donne cominciarono a bisticciare per stabilire chi dovesse ricevere la carità.

«Sono convinta» riprese Mrs Stone, «che il modo più efficace per inculcare in persone come voi abitudini oneste e frugali, nonché l'amore per la patria e l'inclinazione all'industriosità, sia l'istruzione religiosa.» Tirò fuori un fazzoletto e si asciugò la fronte. «Vorrei sapeste che sono preoccupata per la scuola di catechismo in particolar modo.»

Alcune donne si voltarono a guardarmi.

«Coloro che sono senza colpa verranno aiutati» promise Mrs Stone, «ma i criminali saranno puniti. Un nobiluomo ha offerto una ricompensa. Avrete visto i manifesti.»

La sua voce fu soverchiata da quelle delle ascoltatrici. Nel frattempo qualcuno si fece largo tra la folla e, di lì a un momento, Martha Tregaskis uscì dal gruppo, bianca come un lenzuolo. Mosse qualche passo barcollante, quindi si piegò e vomitò sulle pietre della banchina, lasciando una pozza fumante che puzzava di bile e alcol.

Mentre l'attenzione era concentrata su di lei, sgattaiolai via e corsi a casa. Una volta in cucina, iniziai a camminare avanti e indietro, con mille pensieri che mi turbinavano nella testa. Un colpo alla porta mi fece trasalire. Mi sorpresi di trovare Miss Vyvyan sulla soglia, da sola. Entrò sorridendo come se fossimo vecchie amiche.

«Mary, è un grande piacere rivedervi.» Si guardò intorno e giudicò il cottage così miserabile che mi strinse al suo petto. Fece un passo indietro, tenendomi ancora per i polsi, e aggrottò le sopracciglia. «Oh, Mary, siete un mucchietto d'ossa! E come tremate! Dobbiamo fare qualcosa per aiutarvi.»

«Gradite una tazza di tè?» chiesi.

«Posso dedicarvi qualche minuto, perciò sì, volentieri. Guardate questo posto! Voi meritate molto di più!» esclamò. «A proposito, la notte scorsa vi ho sognata» aggiunse, sedendosi al tavolo.

«Mi avete sognata, signora?»

«Chiamatemi Rebecca, per favore! Sì, sono rimasta sveglia a lungo, pensando alla visita di oggi, e ho provato a immaginare le vostre condizioni di vita. Mi dispiace dire che sono indegne come avevo previsto.»

«Faccio del mio meglio.»

«Santo cielo, non vi sto accusando. Comunque, lasciate che vi racconti il sogno. Sognavate mai di volare, da bambina?»

«Come una strega, intendete, signora?»

Sorrise. «Sì, forse. Era così nel mio sogno. Mi libravo nell'aria, sempre più in alto, fino alle nuvole. Vedevo quella sconfinata distesa d'acqua, l'Oceano Atlantico, che collega le rive della Cornovaglia con le isole delle Indie Occidentali. Distinguevo grandi navi cariche di merci preziose, sospinte dagli alisei da una costa all'altra, e osservavo gli imperdonabili soprusi contro migliaia e migliaia di esseri umani, quelle povere anime, i negri, trasportati in catene su quelle isole remote. Qui, sulle nostre spiagge, vedevo i crimini meschini commessi dagli abitanti della costa per ciò che sono in realtà, il tentativo dei poveri di godersi i lussi che i più facoltosi danno per scontati. Ho pensato a voi e mi sono resa conto che siete soltanto una cugina più pallida di quelle povere anime trattate con estrema brutalità nelle piantagioni. Siete anelli di una catena.»

«Non ho cugini negri, signora.»

«Non ne dubito. Dicevo in senso metaforico.»

«Non vorrei nemmeno che mi consideraste una saccheggiatrice, signora.» Posai il tè sul tavolo.

«Che tazza graziosa» disse. La esaminò, tendendola di fronte a sé con le sopracciglia inarcate. Poi mi disse, con un sorriso d'intesa: «Desidero aiutarvi. Me lo permetterete, vero?».

Annuii.

«È meglio che vada. Mi staranno cercando.» Si alzò e, dopo avermi abbracciata di nuovo, uscì senza aver neppure assaggiato il tè.

Passai la mattina e buona parte del pomeriggio a casa, in un'attesa angosciosa. Sembrò un'eternità. D'un tratto bussarono alla porta e questa volta era Mrs Stone. Quando ebbi superato lo shock, la feci entrare in cucina, dove si fermò in silenzio, guardandosi intorno disgustata e spaventosamente gelida. Senza una parola, tirò fuori dalla tasca un biglietto spiegazzato e me lo porse.

«Qualcuno l'ha lasciato sotto un sasso davanti a casa mia, a Newlyn, dove chiunque avrebbe potuto trovarlo» si decise a dire. «Leggetelo.»

DA UNA PERSONA CHE TIENE A VOI.
MI RINCRESCIE MOLTO DARVI CATIVE
NOTIZIE MA AVETE IL DIRITO DI SAPERE CHE
DAVANTI HA UN TESTIMONE AFIDABILE
VOSTRO MARITTO A VIOLATO IL SETTIMO
COMANDAMENTO CON UN CERTA
MARY BLITE DI PORTHMORVOREN.

«Cosa avete da dire a vostra discolpa?» domandò.

«Sono menzogne. Alcuni abitanti del villaggio vogliono rovinarmi.»

«Credete che lancerei un'accusa come questa senza aver prima appurato la verità? Mio marito ha già confessato.»

«Vi prego, signora…»

«Zitta! Durante il sopralluogo di oggi mi sono informata sul vostro conto. Mrs Maddern, una donna onesta e rispettabile, era assai impaziente di illuminarmi sulle vostre malefatte.»

«Zia Madgie mi odia, e anche la sua famiglia.»

«Mrs Maddern dichiara che siete colpevole di un crimine esecrabile.»

«Non è vero!» Colta dalle vertigini, dovetti sedermi. «Non sono sotto processo.»

«Non ancora, ma Mrs Maddern ha accettato di presentarsi dal giudice.»

«Non lo farebbe mai. Sa che non sono stata io. Inoltre, nessuno fa la spia in questa baia. Tantomeno zia Madgie.»

«Questa volta la coscienza deve aver avuto la meglio su di lei.»

In quel momento arrivò Miss Vyvyan.

«Rebecca, ho scoperto che questa donna è moralmente degenerata» disse Mrs Stone.

«Mi sorprendi, Ellie.»

«Ho validi motivi per affermarlo. Una delle abitanti del villaggio di Miss Blight, una donna di buona famiglia, l'ha vista profanare il cadavere di Lady S__ la mattina in cui la povera donna è stata sospinta dalle onde in questa baia. Mrs Maddern testimonierà che Miss Blight aveva del sangue intorno alla bocca, sicché è innegabile che sia responsabile del nefando crimine da cui la regione è rimasta scandalizzata.»

«Non è come sembra, Miss Vyvyan» mi difesi.

«Con grande riluttanza, Mrs Maddern ha infranto l'antica usanza secondo cui i campagnoli di queste parti non si denunciano mai fra di loro» continuò Mrs Stone. «Ha scritto una lettera al magistrato, che ho qui in tasca. La consegnerò personalmente a Mr Dabb domani, dopo essere stata alla cappella.»

«Non ho preso gli orecchini. È la parola di zia Madgie contro la mia. Non ha alcuna prova» insistette.

«Oh, di prove ne ho a sufficienza, Miss Blight» replicò Mrs Stone. «Era da tempo che sospettavo di voi. Dimenticate la volta che vi ho sorpresa nella mia camera, quando avete cercato di rubare la biancheria. E so che avete rubato gli stivaletti di quella donna, perché sono ancora in mio possesso.»

«Ho preso gli stivaletti, ma non gli orecchini!»

«Secondo voi, una giuria crederebbe che una donna capace di sfilare gli stivaletti dai piedi di una morta si farebbe scrupoli a trafugare il bene più prezioso, ovverosia un paio di orecchini d'oro? Vedi, Rebecca, questa è la persona che hai scelto di prendere sotto la tua ala. Mary Blight è il Cannibale di Porthmorvoren.»

«Prendere un paio di stivaletti non è un crimine» disse Miss Vyvyan. «I suoi sforzi in veste di maestra di catechismo dimostrano buone intenzioni, il che depone sicuramente a suo favore.»

«Scopriremo ben presto se gli altri saranno teneri di cuore quanto te» dichiarò Mrs Stone.

«Va' pure, Ellie» disse Miss Vyvyan. «Ti raggiungo sulla banchina. Vorrei parlare con Miss Blight.»

Quando Mrs Stone se ne fu andata, Miss Vyvyan si sedette al tavolo con me. «È una sfortunata vicenda. Farò tutto ciò che è in mio potere per aiutarvi. Ma vi avverto, sarà ben poco.»

«Che ne sarà di me?»

«Le vostre prospettive non sono rosee. Lord S__ vuole dare una lezione esemplare a qualcuno. Esistono modi per persuadere le giurie e il duca ha i mezzi per raggiungere il suo scopo. In prima istanza finirete in prigione, in attesa di processo.»

«E se mi giudicano colpevole?»

«Temo che probabilmente la pena sarebbe severa. Ci sono stati mesi di interesse morboso per questo caso e la reputazione della regione è infangata. Quasi sicuramente, un giudice della corte d'assise sarebbe intransigente. Non è giusto, lo so. Lord S__ ha accumulato enormi ricchezze grazie allo schiavismo. Nonostante i suoi dipinti e i pezzi d'antiquariato – per non parlare di quel ridicolo *rudere gotico* che ha costruito sulla sua proprietà – quell'uomo non è altro che un pirata. Dovete fuggire da questo villaggio il prima possibile. Avete un posto in cui andare?»

«C'è una persona che potrebbe aiutarmi.»

«Allora dovete andare da lei appena potete.» Mi guardò corrucciata. «Chissà quali traguardi avreste potuto raggiungere in circostanze diverse.»

20

Arrivò la domenica. Gideon avrebbe mantenuto la parola data? Prima di scoprirlo avevo un'ultima prova da superare: la lezione di catechismo.

Zia Madgie aprì la porta di casa sua rivolgendomi la stessa occhiata gelida di sempre, senza lasciar trapelare nulla. Dal corridoio udii i bambini che schiamazzavano, le voci attutite che provenivano della cucina. Aspettai che la vecchia megera mi rimproverasse per i miei errori come di consueto, ma si spostò per farmi passare senza proferire parola.

Quando entrai nella stanza, fui quasi assordata dagli strilli degli alunni che, divisi in gruppetti sparpagliati, si spintonavano e si canzonavano a vicenda. Con orrore vidi che c'erano anche Thomas Penpol e Kit Trefusis. Sapevano che ero stata in chiesa con Gideon ed ero sicura che l'avessero spifferato agli altri bambini.

«Zitti! Esigo immediatamente silenzio» urlai. Continuarono come se niente fosse, ma ero certa che mi avessero sentita. «Chiudete subito il becco, tutti quanti» gridai. «Avete capito?» Presi la bacchetta dal cassettone. «Se non obbedite, riceverete ciascuno un colpo su entrambe le mani.» La mia voce era stridula e nervosa, e sapevo di aver dimostrato più paura che superiorità. Gli orrendi libri di catechismo di zia Madgie erano sparsi sul tavolo. Li presi e ne porsi una pila al bambino a ciascuna estremità del tavolo perché li distribuisse ai compagni. Nel frattempo percepii la presenza della vecchia strega che origliava trionfante dietro la porta.

Dopo essermi seduta al mio posto a capotavola, posai la bacchetta davanti a me e iniziai a leggere ad alta voce. I bambini ascoltarono in silenzio il destino che li attendeva all'inferno. Avevo i nervi a pezzi. Dopo un quarto d'ora circa mi sentii abbastanza calma per alzare lo sguardo.

«Scusate, sorella Blight» disse Kit tirando su la mano.

«Sì?»

«Devo pisciare.» Ridacchiarono tutti a eccezione della povera Sarah Pengilly. Afferrai la bacchetta e la sbattei sul tavolo con tanta veemenza da scheggiare il legno. La misi di nuovo giù e spostai lo sguardo da un viso all'altro, trattenendo le lacrime.

Kit fece un sorriso furtivo ai compagni. «Sorella Blight, cosa significa *sgualdrina*?»

Sarah trasalì, fissandomi. Gli altri si scambiarono un'occhiata, ma evitarono di incrociare il mio sguardo.

«Cosa significa, sorella Blight? Qui lo dice?» chiese Tom Penpol agitando il libro di catechismo, cercando appoggio nei compagni. Ormai sghignazzavano tutti, con Kit e gli altri maschi che davano a Tom pacche sulle spalle per incoraggiarlo a continuare. «Il fratello maggiore di Kit dice che dovreste saperlo» aggiunse.

Alzandomi, presi la bacchetta, torcendo l'estremità

scheggiata fino a spezzarla e gettando sul tavolo il pezzo più corto. Battendomela sul palmo, scoccai un'occhiata torva a Tom Penpol.

«Non ti permetto di parlarmi in questo modo» dissi. «Vieni qui.» Strisciò teatralmente sulle ginocchia degli altri e si fermò davanti a me con un sorriso sfacciato, per dimostrare che non aveva paura. Ma era impallidito.

«Tendi la mano» ordinai. Si pulì la saliva dalla bocca. Aveva smesso di ridere.

«La bacchetta è rotta, sorella Blight» disse, tirando su con il naso.

«Non potete picchiarlo con quella, sorella, gli resteranno dentro le schegge» osservò Peggy Combelleck.

«Tieni ferma la mano, ragazzo» dissi, sollevando la bacchetta.

Allungò la mano davanti a sé piegando leggermente le dita, e sussultò quando presi lo slancio. Chiudendo gli occhi, lo colpii più forte di quanto volessi. Dovevo aver mancato il palmo e centrato le sue piccole dita, perché udii il legno che urtava le ossa. Emise un mugolio, infilandosi la mano sotto l'ascella. Contrasse i lineamenti e una lacrima gli rigò la guancia.

«Vado a chiamare mia madre» piagnucolò, poi si mise a singhiozzare. «Porterà il matterello e ve le suonerà di santa ragione.» Mi scivolò accanto e corse alla porta, aprendola e lanciandosi lungo il corridoio. La porta d'ingresso cigolò sui cardini e si richiuse sbattendo. Gli altri maschietti avevano già abbandonato i loro posti per seguirlo. Le femminucce esitarono, poi fecero lo stesso. Rimase soltanto la mia piccola amica Sarah Pengilly, che tremava sulla sedia.

Andai in corridoio e udii il bastone di zia Madgie che picchiettava sul pavimento mentre la vecchia megera usciva dalle ombre della casa. Sbatté le palpebre. Dalla porta, che i bambini avevano lasciato aperta, entrava un raggio di luce polverosa. Al vedere zia Madgie, la mia rabbia cocente non fece altro che aumentare.

«Siete soddisfatta?» dissi. «Ho usato il vostro metodo, e questo è il risultato. Un ammutinamento.»

«Non sei mai stata all'altezza del tuo ruolo.» Parlò con voce calma, appena venata di rimprovero.

Feci un passo avanti. «Siete stata voi a spingermi fino a questo punto. Avete agito subdolamente per mettermi i bastoni tra le ruote.»

«Te la sei cercata, signorina. Non è opera mia.»

«Pensate di potervi ergere a giudice su di me?»

«Sarà l'Onnipotente a giudicarti, non io.»

«Giudicherà anche voi.»

«Non temo il giudizio del Redentore.»

«Se siete devota come fingete di essere, perché non vi scagliate mai contro gli abitanti del villaggio che non osservano la domenica?» gridai. «Come mai approvate il saccheggio e il contrabbando? La vostra concezione di giusto e di sbagliato è piuttosto confusa, mi sembra.»

«Il sostentamento delle persone viene prima di ogni altra cosa» rispose, reggendo il mio sguardo.

«L'Onnipotente vedrà dentro il vostro cuore nel giorno del giudizio e vi chiederà conto delle menzogne che avete raccontato.»

Abbassò le palpebre e cominciò a citare le Scritture sottovoce. «Isaia dice che tutti conosceranno i tuoi abietti desideri, portatrice di perdizione. Il Signore punirà la superbia delle figlie di Sion che camminano a piccoli passi, procedendo a collo teso, ammiccando con gli occhi.» Tremò come se fosse posseduta dai demoni. «Denuderà le loro tempie... invece di bellezza ci sarà... bruciatura.» Sotto le palpebre si vedeva soltanto il bianco degli occhi, come se stesse guardando l'oscurità della sua stessa anima.

«Ascoltatevi. Siete piena di rancore e di invidia» dissi. «Una strega maligna e crudele. Una vecchia reliquia falsa il cui tempo è quasi scaduto.»

Alzò le palpebre tremolanti, quindi mi mollò un violento ceffone. Sentii il sapore del sangue e, quando mi toccai la bocca, avevo i polpastrelli macchiati di rosso. Prima che potessi trattenermi, avevo restituito lo schiaffo con tutta la mia forza. Il bastone cadde sul pavimento mentre zia Madgie indietreggiava vacillando e sbattendo la testa contro la parete. Per un momento rimase immobile, il capo inclinato, lo sguardo basso. Poi parlò con un filo di voce.

«Ti ho vista sulla spiaggia quel giorno. So che sei stata tu.» Tentò di sollevare il mento per guardarmi negli occhi, ma invano. «Mi vuoi morta per impedirmi di comparire davanti al magistrato.»

«Ho soltanto rubato un paio di stivaletti» sussurrai con la bocca vicino al suo orecchio.

«Hai staccato a morsi i lobi di quella signora per mettere le tue sudice mani sui suoi gioielli.» Scivolò più giù lungo la parete. «Denunciarti sarebbe...» Chiuse gli occhi accasciandosi a terra, lasciando una scia rossa sull'intonaco.

Posandole le dita sul collo, cercai il polso tra le pieghe della pelle grinzosa. Il cuore batteva lentamente, quasi impercettibile sotto il mio pollice. Cosa mi sarebbe accaduto quando fosse rinvenuta? Era debole, e sarebbe stato abbastanza facile premerle la mano sulla bocca e soffocarla. Era ciò che meritava, ma non sarei mai riuscita a farlo.

Scrutai il corridoio e vidi la piccola Sarah Pengilly che mi guardava dalla porta della cucina, frugandosi nel grembiule.

«Non spaventarti, Sarah. È solo caduta. Ti dispiace andare a chiamare la vedova Chegwidden? E dire ai suoi famigliari che la zia Madgie ha avuto un incidente e che si è ferita?»

La bambina annuì rapida e percorse il corridoio, schiacciandosi contro la parete per starmi lontana mentre mi superava.

Di lì a un istante udii un bambino che urlava sul sentiero: «Ora sì che finirai sulla forca, sgualdrina!». Poi si allontanò.

Cercando di fare il più in fretta possibile corsi a casa, presi la cesta e mi precipitai sul promontorio. Enormi nuvole nere vorticavano e si rincorrevano nel cielo sterminato. Quando vidi la chiesa, provai un fremito di disagio, ma proseguii ed entrai nell'edificio buio. Posai la cesta e mi sedetti su una panca, rabbrividendo nella corrente d'aria. Da sopra la spalla, lanciai un'occhiata al punto in cui le funi campanarie pendevano sotto il campanile, quasi aspettandomi di scorgere Gideon. Quello che mi era parso un luogo incantato l'altra mattina, ora si rivelava spento, lurido e immerso nell'oscurità. Ripensai ai momenti che avevo passato con Gideon sotto la torre e mi sentii mancare.

Passò molto tempo prima che udissi il rintocco lontano delle campane a Paul. Il cuore mi batteva all'impazzata. Sarebbe arrivato, certamente sì. Attesi ancora un poco, poi, spazientita e agitata, uscii. Pioveva a dirotto. Attraversando il portico, raggiunsi il cimitero, con i piedi che affondavano nel terreno fangoso, e sbirciai oltre gli alberi gocciolanti. Non c'era nessuno. Sentii un tuono in lontananza, una tempesta che si avvicinava dall'Atlantico.

Rientrai e aspettai, tremando su una panca cigolante e tarlata, con l'acqua che cadeva sulle lastre di pietra dall'orlo della gonna. I dubbi si moltiplicavano nella mia mente come topi in una cantina. Mentre i minuti scorrevano lenti, tramutandosi in ore, il mio stato d'animo passò dalla speranza convulsa alla disperazione e infine a una sorta di stordimento. La luce si affievolì e la chiesa fu invasa da tenebre più fitte. Sarebbe diventato buio nel giro di un'ora. Il mugghio della tempesta cresceva a ogni istante, e di tanto in tanto un fulmine illuminava l'edificio.

Gideon non sarebbe venuto.

Spinsi forte la porta della chiesa per aprirla, e il vento la richiuse alle mie spalle quando fui uscita. In cima al campanile era accovacciata la vecchia di granito, che si apriva lascivamente la vagina con le mani: un torrente d'acqua zampillava fuori da lei e cadeva sulla croce di pietra, che si era rovesciata e ora giaceva sul terreno, spezzata in due. Dal mare soffiava un vento impetuoso che mi sbatteva qua e là. I gabbiani volavano disordinatamente sopra la scogliera. Di lì a poco ero fradicia. Sotto di me infuriava il mare grigio, i cavalloni che si abbattevano sulla spiaggia. Una raffica mi scaraventò a terra e, quando mi rialzai, scoprii che potevo abbandonarmi, appoggiandomi con tutto il mio peso contro la burrasca, ma il vento mi manteneva comunque in posizione eretta. In quell'istante esplose un tuono. La terra mi tremò sotto i piedi. Un bagliore innaturale rischiarò il cielo, squarciato da lampi bianchi e frastagliati, e nell'aria si diffuse puzza di bruciato. Corsi a rotta di collo lungo la scogliera finché raggiunsi la strada dei cottage dei minatori, che perlomeno offrivano riparo dal vento. Finalmente svoltai in Downlong Row ed entrai in casa.

Mi trascinai su per le scale, appesantita dai vestiti bagnati. Mi spogliai, asciugandomi meglio che potei. Scorsi me stessa, avvolta nella sottoveste bianca sfilacciata, nello specchio arrugginito nella vecchia camera della mamma. Fu come vedere un fantasma. Da un cassetto penzolava una camicia, così la afferrai e la gettai sopra il riflesso. Quindi tornai di sotto, buttai gli indumenti fradici nel mastello del bucato, lavai il pavimento e mi sedetti al tavolo. Ero sola. Tegen stava accudendo i figli di Nathaniel mentre lui era a Marazion da sua sorella, che era indisposta.

Quando l'immobilità e il silenzio del cottage mi avvilupparono, vidi ogni cosa per ciò che era in realtà, nient'altro che falsità e menzogne. Quanto ero stata ingenua! Gideon Stone non era l'uomo che avevo sognato, bensì un adultero, un bugiardo ipocrita e codardo, un ubriacone, un sasso raccolto sulla battigia, che scintillava finché era bagnato ma diventava opaco come tutti gli altri quando si asciugava. Presa da una furia cieca, presi a pugni la parete fino a esaurire le energie, scaraventando il secchio di metallo dall'altra parte della cucina. La collera non si era ancora placata, perciò mi afferrai i capelli a ciocche, e provai a strapparle delle radici.

Stanca e fuori di me, mi lasciai cadere su una sedia, piangendo lacrime rabbiose. Temetti che l'angoscia non avrebbe mai avuto fine, ma dopo un accesso di singhiozzi violenti mi tranquillizzai. Posai la testa sul tavolo e caddi in un sonno profondo. Quando mi svegliai, era notte.

21

Ero seduta in cucina, nel fioco chiarore ambrato di una candela di sego. La tempesta si era allontanata sulla brughiera, e sul villaggio era calato il silenzio. Sobbalzavo a ogni fruscio della paglia sul tetto, a ogni vibrazione della finestra. Udii un colpo di tosse all'esterno e per poco non morii di paura, ma dissi a me stessa che era soltanto un passante sul sentiero. Dopo un momento seguì una risatina, così andai alla porta e appoggiai l'orecchio al legno. Qualcuno bussò forte, prima una volta e poi altre due, infine risuonò uno squillo così intenso che poteva provenire soltanto da uno dei megafoni che i pescatori usavano al largo per comunicare da una barca all'altra. Il suono doveva essere giunto fino alla nostra porta. Ma poi seguì un'esplosione di urla, accompagnato da un suono ritmico e terribile. Sbirciando fuori dalla finestra, vidi gli abitanti del villaggio che gridavano e ridevano, percuotendo bollitori, padelle e vassoi, mentre altri suonavano corni e fischietti. Sembrava una battuta di caccia tra pazzi. Passò molto tempo prima che il baccano cessasse.

A quel punto, una donna chiese: «Chi è questa volta?».

«Quella donnaccia dai capelli rossi» rispose un'altra. «È una depravata, ha bisogno di una bella lezione.»

«Ha rubato l'uomo a Loveday Skewes quando stavano per andare all'altare» disse un'altra voce. «E ha anche fatto girare la testa al ministro.»

«Conosco quella sgualdrina. Un'imbrogliona bisbetica, superba come Satana. Lasciate che una donna come quella faccia di testa sua, e ben presto terrà in pugno l'intero villaggio.»

«Ha cercato di uccidere zia Madgie, lo so per certo.»

«E non dicono che sia lei il Cannibale?»

«Sì, e il resto di noi è stato ricoperto dallo stesso fango. Nel villaggio non abbiamo mai avuto così tanti funzionari della dogana come negli ultimi mesi. Spero che la impicchino per questo.»

Ci fu un altro colpo alla porta e la folla pretese che uscissi. Non avevo altra scelta se non affrontarli, così aprii l'uscio e restai sulla soglia. Il cortiletto era affollato di persone inviperite che, non appena mi videro, iniziarono a sghignazzare e a insultarmi. Betsy Stoddern era in prima fila, ma Loveday Skewes non si vedeva da nessuna parte, anche se sicuramente era stata lei a istigare tutti.

«Ora basta!» urlai quando ci fu una pausa in quel frastuono. «Dovreste vergognarvi a tormentare una donna sola.»

«Come facciamo a sapere che sei sola?» ribatté Betsy. «A quanto ne sappiamo, dentro potrebbe esserci uno dei tuoi amanti.»

Le grida ricominciarono, perciò dovetti aspettare prima di parlare. «Vi siete divertiti abbastanza. La maggior parte di voi non mi conosce nemmeno. Che diritto avete di giudicarmi? Tornatevene a casa, tutti quanti.»

«Non fare l'arrogante con noi, signorina!» disse Betsy.

«Quanti uomini hai lì dentro?» domandò un uomo, suscitando l'ilarità generale.

Con orrore vidi quell'enorme zucca vuota di Pentecost che si apriva un varco verso di me, torreggiando sopra gli altri. Quando si avvicinò, notai i suoi occhi minuscoli, il naso storto ricoperto da un intrico di tagli e il mento butterato.

«Non osare toccarla!» protestò una donna in fondo al cortile. Riconobbi la voce: era Cissie Olds. Se non altro avevo un'amica. Pentecost, tuttavia, mi aveva già cinta da dietro con le sue braccia muscolose, immobilizzandomi e sollevandomi come se fossi una bambola di pezza. Quando i miei piedi si staccarono da terra, provai a scalciare con tutte le miei forze, ma invano. Mi portò verso il vicolo che conduceva in Downlong Row, la moltitudine che si separava per farlo passare. Non sopportavo le loro occhiate cariche di disapprovazione. Quando raggiungemmo il vicolo, il gigante ci passava a malapena e fu costretto a girarsi per farci stare anche me. Udendo il raglio di un asino all'estremità opposta, capii cosa aveva in serbo per me. Ci sarebbe stata una Cavalcata, e io sarei stata la protagonista.

Pentecost mi portò fuori dal tunnel buio, sul sentiero illuminato dalle torce. Ero troppo terrorizzata per cogliere i dettagli, le facce che si stagliavano nell'oscurità, le urla assordanti e le risate. Alzandomi sopra le teste degli spettatori, il gigante mi gettò sul pavimento duro di un carretto che puzzava di fieno e di mele marce. Cissie Olds posò un ginocchio sul veicolo, cercando di salire con me. «Lasciatela andare, mascalzoni!» gridò, mentre la tiravano giù e la trascinavano via. Il carretto si avviò sobbalzando e sbandando mentre l'asino, nervoso, procedeva lento lungo il pendio ripido. Mi rannicchiai in un angolo, abbracciandomi le ginocchia e cercando di nascondere il viso mentre mi tempestavano di uova marce e bucce di patata. I ragazzi saltavano per sputarmi addosso e le donne, i visi paonazzi dall'alcol, si sbellicavano dalle risate rovesciando la testa.

Il panico si trasformò in un profondo orrore quando potei distinguere i volti degli abitanti del villaggio: giovani e vecchi camminavano dietro al veicolo, e alcuni di loro tenevano alte le lanterne di corno, rischiando di dar fuoco alla paglia dei tetti. L'atmosfera era festosa come a Natale o come quando arrivava la fiera a Penzance. I bambini erano stati svegliati perché assistessero allo spettacolo. Sbuffi di fumo acre mi investirono il viso, accecandomi e irritandomi gli occhi.

Quando fummo sulla banchina, udii un gran vociare, e uomini che recitavano battute come gli attori di una pantomima. Non captai le parole, ma le persone lì intorno scoppiarono a ridere. All'estremità occidentale del porto, tre grandi fantocci erano fissati a venti piedi da terra su pali altissimi. Laggiù la folla era meno compatta e, siccome la marea era bassa, alcuni erano scesi sulla sabbia per ballare intorno a un enorme falò. Il carretto si fermò nello spazio libero sotto i pali. A ogni rumore improvviso, l'asino sobbalzava infliggendomi urti e scossoni.

Da vicino, vidi che cosa rappresentavano le tre sagome. Una indossava un vestito, con la paglia che, infilata nelle maniche, spuntava dai polsini. Aveva ricci fatti di filo rosso, lunghi quasi fino ai piedi. Le altre raffiguravano due uomini: la prima un Gideon così realistico da essere inconfondibile, la seconda sicuramente Johnenry, perché aveva le spalle curve dei minatori e una lampada di sicurezza sulla testa. Gli uomini che reggevano i pali e davano voce ai fantocci portavano maschere dotate di corna, con grandi bocche spalancate che ghignavano tra gli sbuffi di fumo, orribili nella luce torbida. Quello che sosteneva la mia sagoma la agitava qua e là parlando con voce stridula e altezzosa. «Avvicinatevi di più, ministro, cosicché riesca a sentire il fuoco santo!» disse.

Quello che interpretava Gideon urlò in tono profondo e carezzevole: «Sarà un rito dell'agape indimenticabile, sorella, ve lo prometto» poi si mise a rincorrere *Mary* lungo la banchina mentre lei strillava e lo incitava con gemiti sensuali. Gli ubriaconi si spanciarono dalle risate, tra di loro i fannulloni che passavano il tempo bighellonando al pub, i minatori di Uplong con le mogli e alcuni dei miei alunni. In cima al palo, la mia sagoma saltellava per sfuggire alla mano di Gideon che tentava di palpeggiarle il fondoschiena e ogni volta che riusciva a toccarla c'era uno squillo di tromba.

Nancy Spargo piombò in mezzo allo spazio degli attori, dondolando le braccia grassocce e rimproverando la folla. «Cosa state facendo a questa donna, furfanti?» gridò.

«Che vi prende, signora? Spostatevi» gridò un uomo.

«Guardate quella poverina!» disse Nancy indicandomi. «Potete stare certi che ha già abbastanza guai. Non spetta a noi punirla.» La moltitudine fischiò, ma Nancy non vi badò, raggiungendomi per aiutarmi a scendere dal carretto. Quando i miei piedi toccarono il suolo, le gambe mi tremavano così tanto che non mi reggevo in piedi, ma Nancy mi sostenne.

In quel momento udii la voce di Tegen. «Questa non è giustizia» protestò. «Dovreste saperlo. Dov'è finita la vostra misericordia cristiana?»

«Ascoltate la piccola Tegen Blight» gridò qualcuno tra l'ilarità generale.

Sentendola, la cercai tra le persone che circondavano gli attori e la vidi farsi largo verso di me. Quando mi raggiunse, caddi tra le sue braccia. Tra noi era tutto perdonato, senza bisogno di parole. Ci abbracciammo per un lungo momento, ma – troppo presto – Betsy Stoddern ci separò.

«Voi due potrete coccolarvi dopo. Qui non abbiamo ancora finito.»

«Non avete il diritto di trattare mia sorella in questo modo, quanto è vero Iddio» disse Tegen mettendosi tra me e Betsy.

«È così che facciamo e che abbiamo sempre fatto le cose quaggiù» ribatté Betsy. «Siamo tenuti a farlo. Prenderà un piccolo spavento e si ravvedrà. Ora torna a casa, Tegen, se non hai lo stomaco per assistere.»

«Non la passerai liscia, scimmiona!» gridò un'altra voce. Era Cissie Olds, accompagnata da diverse donne. «Siete soltanto invidiose di Mary. Dov'è Loveday? Coraggio, vieni fuori, Loveday Skewes, e prenditi subito le tue responsabilità.»

Gli attori avevano interrotto la rappresentazione e tutti gli occhi erano puntati su di noi. Ci fu un fermento improvviso mentre gli spettatori si domandavano dove fosse la ragazza. Di lì a un istante, qualcuno la stanò dal suo nascondiglio nelle ultime file. Cissie e un'altra donna corsero ad afferrarla e la spinsero davanti. Si mise accanto a Betsy, con il naso in aria, evitando il mio sguardo.

«Dunque questa è la tua idea di *bene di tutti*, Loveday?» chiese Tegen.

«Di cosa stai parlando? Niente di tutto questo è opera mia.»

«Dov'è tua madre? E Millie Hicks? E tutte le altre che hanno tramato per organizzare questa Cavalcata?»

Loveday – quella piccola codarda – si morsicò il labbro, tremando.

Betsy prese le sue difese, fronteggiando Cissie. «Mrs Skewes e Mrs Hicks sono a casa, come si addice alle persone rette e timorate di Dio.»

Nancy Spargo si avvicinò a Betsy, ruotando le spalle come un lottatore che scioglie i muscoli prima di un incontro. Quando Betsy si voltò, Nancy si arrotolò le maniche e la guardò negli occhi. «Ora lascia in pace Mary. Se vuoi azzuffarti, prenditela con me» disse, picchiettandosi il pollice sul petto. «Sono già brutta e grassa, perciò un pugno in bocca non fa nessuna differenza.» Alcuni uomini le incitarono, sperando di vederle risolvere la questione in pubblico. Mi guardai intorno in cerca di Loveday, ma aveva colto l'occasione per sgattaiolare via mentre la folla era distratta.

In quel momento, un uomo con un lungo cappotto si staccò dalla moltitudine e venne verso di noi, accolto da uno scroscio di applausi. Era Ethan Carbis, che portava uno straccio sulla testa che avrebbe dovuto essere una sorta di parrucca da giudice. Si fermò a pochi passi da me, con la marmaglia riunita alle sua spalle. Srotolò un foglio e iniziò a leggere con accento aristocratico, scatenando un'esplosione di risate. «Signor sindaco, signore e signori, e povera onesta gente di campagna, con la presente accuso Mary Blight, membro di questa parrocchia, dei seguenti crimini: aver rubato il fidanzato di un'altra donna per invidia...»

La folla fischiò per manifestare la sua disapprovazione.

«... canzonato il giovane Pascoe Hurrel, tanto da indurlo a buttarsi da Tombstone Point...»

«Vergogna!» urlò qualcuno.

«... intrattenuto rapporti sconvenienti con il ministro Gideon Stone...»

I fischi e le grida diventavano più forti a ogni nuova accusa.

«... commesso sacrilegio nella santa chiesa di Dio; colpito una devota e rispettabile signora anziana di questa parrocchia, Margaret Maddern, con l'intenzione di arrecarle danno; staccato a morsi i lobi di una donna per rubarle gli orecchini, attirando così un'ondata di funzionari della dogana in questa baia e interferendo con l'attività delle persone rispettabili.»

Quando ebbe finito, aspettò che lo strepito cessasse, poi mi guardò chiedendo: «Avete qualcosa da dire in vostra difesa, Miss Blight?».

«Sì, ho da dire che la maggior parte delle accuse è una menzogna, e il resto non è più grave di ciò che hanno fatto altri tra i presenti.»

Betsy mi zittì. «Se mostrassi un poco di vergogna e ammettessi di aver sbagliato, saremmo più clementi con te. Te la sei cercata. Perché non rispetti la tradizione?»

«Voglio sentire un *sì* da tutti coloro che la ritengono colpevole!» gridò Carbis fissando gli spettatori attorno a lui. Echeggiò un boato di sì. «E un *no* da coloro che la considerano innocente.» Alcuni si schierarono dalla mia parte, ma erano pochi.

«Allora il verdetto è: colpevole! Vi condanno a essere condotta da qui...»

Carbis fu interrotto da un forte suono martellante all'estremità orientale della banchina. Il pubblico tacque alla vista di un'alta figura bruna e solitaria che si profilava nella luce tremolante del falò, seguita da una scia di fumo. Sembrava più uno spirito che un uomo in carne e ossa. Stringeva una grossa padella in una mano e un robusto bastone di legno nell'altra. Camminava lentamente tra le nuvole di vapore, a passo lento e rigido. Quando fu più vicino, vidi che era Gideon Stone, con un velo di barba e il cappotto incrostato di fango.

Prima che potesse raggiungerci, tuttavia, quel bestione di Pentecost si fece avanti nella nebbia, dondolando le braccia muscolose. Gideon si fermò, in attesa. D'un tratto gli spettatori ricominciarono a fischiare e a urlare. Avevano visto Martha Tregaskis barcollare verso il marito, sollevando le gonne per non inciampare. Girandosi, Pentecost la guardò in cagnesco, i forellini neri degli occhi che la fissavano da sotto le sopracciglia. Martha gli afferrò il braccio con entrambe le mani.

«Ora basta!» gridò, cercando di trascinarlo via, come se fosse posseduta. «Non sopporto più questa perfidia. Non ci riesco!»

«Non imparerai mai a stare al tuo posto?» la rimbeccò Pentecost. «Toglimi le mani di dosso e levati dai piedi.»

«No. Devi uccidermi prima!» rispose Martha. Pentecost, tuttavia, si limitò a sogghignare, prendendola per la collottola. Sollevandola senza il minimo sforzo, la scaraventò a terra, dove lei atterrò con un tonfo sordo e una serie di gemiti.

Poi il gigante avanzò fino a trovarsi faccia a faccia con Gideon. «Dunque volete un'altra lezione di lotta, padre?»

Ma non appena queste parole uscirono dalle labbra del bruto, Gideon prese lo slancio con la padella e gli assestò un poderoso colpo alla tempia. Per un lungo momento, Pentecost resistette e temetti che per il ministro fosse la fine. Poi, però, il gigante rovesciò la testa, piegò le ginocchia e cadde pesantemente. Gli spettatori trasalirono alla vista del gigante che crollava a terra, svenuto.

Gideon gettò via la padella, che tintinnò sulla pietra. Torvo, si parò davanti a Carbis.

«Ora basta con questa pagliacciata, amico» disse. Carbis, spaventato, si fece da parte togliendosi la parrucca. «Vedo che il mio lavoro in questa baia non è ancora finito» proseguì Gideon, rivolgendosi alla marmaglia con voce rauca. «Chiedo in nome di Dio che mettiate immediatamente fine a quest'atrocità. Non abbiamo costruito una cappella per Dio su quella collina? Eppure torno qui e vi trovo ridotti a una condizione di barbarie pagana, una folla urlante che infligge una punizione a una donna indifesa.»

«È venuto a prendere la sua sgualdrina» gridò qualcuno.

«Ha fatto una bella scorpacciata. Guardate come ancheggia» disse una donna nelle prime file, imitando l'andatura di Gideon.

«Pentitevi ed espiate i vostri peccati prima che sia troppo tardi!» tuonò il ministro, con la voce che echeggiava in tutto il porto. «Voi che avete peccato ne siete consapevoli.» Si guardò intorno, il volto lucido di sudore, le vene che risaltavano sul collo. Pochi ebbero il coraggio di incrociare i suoi occhi.

«Ascoltate bene ciò che sto per dire. Non potete imparare lezione più importante di questa. Non crediate che quando sarà troppo tardi, che quando la vostra esistenza sarà finita e non potrete più venire a inginocchiarvi nella casa di Dio, non pensiate che nel momento in cui sarete dinanzi all'Onnipotente e verrete giudicati manchevoli, in cui il vostro corpo sarà soltanto cibo per i vermi e la vostra anima verrà condannata a bruciare per l'eternità tra mille tormenti nel fuoco dell'inferno, non pensiate, vi avverto, mentre piangerete miseramente, implorando il Signore di permettervi di pentirvi e di rimediare ai vostri errori, non osate supporre che Dio nostro Salvatore vi ascolti e accolga la vostra anima tra le file dei salvati. Non illudetevi, perché sarà troppo tardi.»

Le persone caddero in ginocchio e chinarono la testa in preghiera. Altri se ne andarono, borbottando cupamente tra loro.

«Quando avrete esalato l'ultimo respiro e sarete dinanzi a Dio, con la consapevolezza di aver sprecato ogni minuto e ogni ora mentre invece avreste potuto colmare le vostre manchevolezze, quando chiederete perdono al Redentore, non illudetevi che inginocchiandovi all'ultimo minuto come fanno alcuni in questo istante, in preda a un terrore assoluto, chiedendo all'Onnipotente di perdonare i vostri peccati, otterrete la Sua misericordia. Non è così. Non meriterete alcuna indulgenza. Le vostre urla d'angoscia e quelle dei vostri vicini vi risuoneranno per sempre nelle orecchie mentre le rocce fuse vi cadranno intorno per tutta l'eternità e i demoni dell'inferno vi tortureranno. Dio ignorerà le vostre suppliche e nemmeno i beati che in paradiso piangeranno il vostro destino saranno in grado di aiutarvi, perché sarete dannati per l'eternità, voi che non sarete stati salvati.»

Scoppiò un baruffa, con gli ascoltatori che si scagliavano l'uno contro l'altro mentre le mogli cercavano di tenere i mariti lontani dai guai. Ne approfittai per dileguarmi lungo la banchina. Gideon mi seguì.

«Mary, devo parlarti.»

Quando mi voltai, fece un passo indietro vedendo la mia espressione.

«Complimenti per lo sproloquio!» dissi. «Ti auguro di andare all'inferno con tutti gli altri. Come puoi startene lì con tanta impudenza quando mi hai lasciata ad aspettarti in chiesa per ore?»

«Sono qui, adesso.»

«A cosa serve, ormai?»

Svoltai in Downlong Row, senza far caso a dove andassi. Giù al porto, gli spettatori erano così impegnati ad azzuffarsi da essersi dimenticati di me.

«Hai tutte le ragioni per essere arrabbiata, ma ti imploro di ascoltarmi» disse Gideon, standomi alle costole. «Devo avvertirti che mia moglie è stata qui per vedere il magistrato. Il funzionario della dogana arriverà all'alba. Devi prepararti.»

«Lo so. Se fossi venuto quando avresti dovuto, sarei montata su una carrozza a Bodmin ore fa.»

«Non è stato facile liberarmi di mia moglie. Sono venuto appena possibile, attraversando la brughiera al buio con grande rischio per la mia incolumità.»

«Sì, ma solo dopo una puntatina al pub. Puoi tornare a Newlyn, per quanto me ne importa. Ne ho abbastanza dei tuoi sermoni. Ne ho fin sopra i capelli dell'amore perfetto nell'altra vita e dell'assennata fiducia in se stessi. E pensare che hai avuto il fegato di presentarti qui mezzo ubriaco!»

«Farò del mio meglio per aiutarti. Ti starò accanto in questi momenti difficili. Ti imploro di confidare nella divina provvidenza.»

«Al diavolo la provvidenza! Non eri tu a essere coperto di sputi su quel carretto.»

Raggiungemmo la porta della cappella di Gideon, che sembrava un umile fienile, isolato dalle altre case del villaggio. Frugandosi nella tasca, tirò fuori le chiavi ed entrò. Lo seguii, fiutando il puzzo dell'alcol, mescolato al profumo della segatura e del legno appena tagliato. Nella luce della luna distinsi due file di panche senza schienale, rivolte verso il pulpito, quasi invisibile nell'oscurità.

«Aspetto da mesi di entrare qui dentro» disse, percorrendo la navata. «Avevo sperato in qualcosa di più, in una manifestazione del fuoco santo, una fiamma che consuma da dentro. Non questo vuoto.»

Superammo le panche della prima fila, con i loro schienali alti, e fui assalita dalla rabbia quando immaginai gli Skewes, gli Hicks e le altre famiglie ricche sedute lì al riparo dagli spifferi. Gideon si inginocchiò davanti alla balaustra con le mani giunte.

«Dobbiamo sforzarci di credere senza segni né miracoli» affermò. «Forse il Redentore vuole farmi capire che questo è soltanto un edificio di culto e che nulla, su questa terra, dura per sempre.»

«Così sei il ritratto della devozione» ribattei, «inginocchiato in preghiera. Se fossi in te, chiederei perdono per ciò che hai fatto a me e alle altre donne. Oppure questo non avrà alcun peso nel giorno del giudizio?»

«Pensa a ciò che ho perso: la mia vocazione, il lavoro svolto in dieci lunghi anni. Questa cappella... Sai cosa significa per un uomo come me? Devo fare quello che è giusto agli occhi di Dio... Il mio equilibrio mentale... Sono venuto questa sera per compiere il mio dovere verso di te. Ti resterò accanto fino all'arrivo del conestabile cosicché tu non debba affrontare l'attesa da sola. Poi farò tutto ciò che è in mio potere per salvarti.»

«Compiere il tuo dovere verso di me? Salvarmi? Hai dimenticato che sono stata *io* a salvare te? Vorrei averti lasciato affogare. La verità, Gideon Stone, è che sei ubriaco, non so se di santità o di liquore. Ti consideri superiore a me, sempre arrogante, troppo pieno di orgoglio maschile per pensare male di te stesso. Mi salverai, dici, ma non sarai tu a essere condannato ai lavori forzati o a sentire il cappio intorno al collo. E pensare che un tempo ti ritenevo quasi un angelo!» La collera cedette il passo alle lacrime. «Credevo mi conoscessi per quella che sono, come nessun uomo aveva fatto prima» singhiozzai. «Quel giorno, tra le tue braccia, mi sono sentita privilegiata, e non me ne vergogno. Ho pensato che Dio doveva amare profondamente i Suoi figli per aver dato loro quel dono segreto.»

Alzandosi, si mise davanti a me, visibilmente commosso dalle mie parole. Aprì la bocca per parlare, ma qualcuno spalancò la porta ed entrò.

«Sono qui!» urlai. «Sono venuti a prendermi.»

«Mary, siete voi?» chiese il nuovo arrivato.

Era una voce che conoscevo bene. «Nathaniel!» esclamai. Corsi da lui e gli gettai le braccia al collo.

«Sono appena rientrato da Marazion» disse. «Ho visto le fiamme dall'altra parte della baia e ho temuto che il villaggio stesse andando a fuoco. Cos'è successo questa sera, in nome di Dio?»

«Gli uomini del re arriveranno all'alba, Nat» spiegai asciugandomi le lacrime con il grembiule. «Vogliono mettermi in prigione. Zia Madgie ha detto loro che sono il Cannibale, che mi ha vista commettere quel delitto.»

«Voi non siete il Cannibale» ribatté. «Vi conosco quanto basta per esserne sicuro.»

«Cosa devo fare?»

«C'è un posto in cui possiate andare?»

«Ho una zia a Looe.»

«Allora dobbiamo sbrigarci. Prendiamo la mia barca.»

Mentre Nathaniel parlava, Gideon uscì dalla cappella.

Dopo essere andata a prendere la cesta e aver detto addio a Tegen tra le lacrime, corsi lungo il sentiero, ansiosa di fuggire dalla baia prima che i funzionari della dogana potessero catturarmi. Ben presto, tuttavia, udii uno scalpiccio alle mie spalle e allungai il passo. L'inseguitore mi chiamò. Era una donna. Voltandomi, mi stupii di vedere Martha Tregaskis che zoppicava dietro di me, tenendosi il fianco e facendo smorfie di dolore. Puzzava di alcol. La aspettai.

«Perdonami, Mary» disse.

«Non è il momento, Martha. Ho già abbastanza problemi senza farmi carico anche dei tuoi.»

«Non sopporto più questo peso sulla coscienza» piagnucolò.

Proseguii, lasciandola indietro, ma dopo qualche altro passo colsi il significato delle sue parole e mi fermai.

«Eri tu quella mattina! Sei stata tu!» esclamai. «Sei tu il Cannibale.»

Frignò, fissando il terreno. Aveva la guancia gonfia per la caduta di poco prima. «Avevo le mani fredde» si giustificò. «Non riuscivo a muovere le dita. Dopotutto, la signora era morta. A cosa le servivano i gioielli?»

«Li hai ancora?» chiesi, pensando di potermi riscattare.

«Venduti! E i soldi, finiti da tempo. Pentecost lesina il centesimo e ho otto bocche da sfamare. Se non c'è niente nel piatto, me le suona.» Si portò le dita tremanti all'occhio, ridotto a una fessura tra le palpebre gonfie.

«Come hai potuto stare a guardare questa sera senza dire nulla?» dissi. «Vergognati! Quando arriverà il funzionario della dogana, dovrai confessare. Saranno più clementi, credo, con una donna sposata e una madre.»

Indietreggiò, guardandosi intorno come se temesse che il conestabile potesse comparire di punto in bianco. «Ma chi si prenderà cura dei miei figli?» piagnucolò.

La afferrai scuotendola forte. «Devi fare la cosa giusta, hai capito?»

«No! Non posso. Pentecost ha giurato di spezzarmi tutte le ossa se apro bocca, e di seppellirmi nella brughiera.» Si divincolò e risalì il sentiero, zoppicando e massaggiandosi il fianco dolorante.

«Aspetta!» gridai. La rincorsi, stringendole forte il

braccio. «Qualcuno ti ha vista quel mattino? Ora dimmi la verità.»

«No, nessuno.»

«Sicura?»

Annuì, mandando in frantumi la mia ultima speranza, perché nessuno avrebbe creduto alla mia parola contro la sua, non dopo la testimonianza di zia Madgie. «Che Dio ti maledica, Martha Tregaskis!» urlai.

Avevo perso minuti preziosi. Raggiungendo la banchina, mi lanciai lungo i gradini verso la spiaggia, dove le braci morenti del falò ardevano tra gli schizzi impalpabili. La luce era sufficiente per illuminare Gideon Stone accanto a una colonna d'ormeggio, proprio la stessa cui si era appoggiato quando avevamo avuto la nostra prima vera conversazione. I fiocchi di cenere gli cadevano intorno come neve. Il sentimento tornò ad assalirmi con forza e, nel mio cuore, la rabbia si mescolò al desiderio.

«Questa è l'ultima volta che ci vediamo» disse.

«Hai il mondo intero da salvare. Ti auguro buona fortuna.»

«Il mio unico desiderio è salvare la tua anima per l'eternità.»

«Non posso aspettare così a lungo. Non intendo rinunciare a tutto per l'amore perfetto nell'aldilà. Sono una donna appassionata e voglio l'amore in questa vita, perfetto o no. E se non l'amore, almeno la vita.»

«Vorrei che sapessi quanto è difficile per me.»

«Quando ti passerà la sbronza, vedrai ogni cosa in una nuova luce.»

«Ora sono sobrio, credimi, e più triste di qualunque uomo abbia mai vissuto.»

Nathaniel mi chiamò dall'oscurità: «Dobbiamo sbrigarci, Mary».

Mentre andavo verso il bordo dell'acqua, Gideon parlò di nuovo. «Ti troverò. Verrò a Looe.»

Mi voltai per guardarlo, un'ultima volta. «No, Gideon. Quando questo momento sarà volato via, ci ripenserai. Non ti aspetterò di nuovo, per poi vedere che non arrivi.»

«Salirei su quella barca con te se potessi, Mary. Dio mi è testimone! Ma tremo di terrore al solo pensiero di rimettermi in mare.»

Senza voltarmi indietro, mi avviai verso Nathaniel, che si piegò oltre la falchetta e mi sollevò portandomi a bordo. Non avevo mai navigato in vita mia e forse ero la prima donna del villaggio a farlo. Sotto i piedi, il mare non era solido e stabile come la terraferma, bensì fluido e mutevole. Mi sedetti sulla panca a prua e udii Nathaniel che, a poppa, armeggiava con i remi per poi girare la barca con qualche rapido colpo.

Ci fu un forte tonfo nell'acqua. Una figura veniva nella nostra direzione. Nathaniel fece un passo avanti, la sua sagoma scura che si stagliava contro il cielo buio. Stringeva un remo, pronto, se necessario, a colpire la testa di un funzionario della dogana. L'uomo ci raggiunse e si aggrappò alla fiancata, issandosi finché il capo e le spalle non furono all'interno. Quindi scavalcò con le gambe e atterrò rumorosamente sulla schiena, facendo oscillare la barca.

Era Gideon. Strisciò carponi sul fondo e si sedette accanto a me con un gran baccano.

«Devo buttare in acqua questo idiota?» urlò Nathaniel.

«Non ancora, Nat!» gridai. Poi mi voltai verso Gideon: «Cosa credi di fare?» dissi. «Scendi subito.»

«L'hai sentita. Salta giù, predicatore» ordinò Nathaniel. «Non abbiamo tempo da perdere.»

«Vengo con te, Mary» dichiarò Gideon.

«Sei impazzito?»

«Mi terrò forte a te, costi quel che costi» balbettò. Tremava così tanto che anche la panca sotto di noi si muoveva.

«Ci farà uccidere!» gridò Nathaniel. «Guardalo, è terrorizzato. Non avevo previsto di avere a bordo un bestione pusillanime.» Nonostante le sue parole, tuttavia, sentii i remi che raschiavano negli scalmi e si tuffavano in acqua e capii che stavamo uscendo dal porto. Da sotto lo scafo provenivano strani rumori e potei solo domandarmi cosa si nascondesse negli abissi invisibili. «Le secche sono a ovest, sicché dobbiamo preoccuparci solo di quegli scogli laggiù» gridò Nathaniel.

«Che Dio ci aiuti!» gemette Gideon.

Di lì a poco, il vento iniziò a sferzarmi le orecchie e gli schizzi freddi a pungermi il viso. Ci eravamo allontanati dal porto. La barca dondolava più di prima, scricchiolando e arrancando come se dovesse spaccarsi in due da un momento all'altro. Il mio stomaco sussultava ogni volta che ci sollevavamo su un'onda, per poi riabbassarci.

Nathaniel si spostò verso l'albero. «Stiamo guadagnando velocità, devo spiegare la vela.»

Quando tornò al timone, le onde percuotevano ormai le fiancate mentre la barca sbandava tra le raffiche. Poi mi sembrò di udire uno sparo e, per un istante fugace, temetti che gli uomini del re ci stessero alle costole, ma era soltanto la vela che sbatteva e garriva nel vento. Io e Gideon fummo scagliati da una parte all'altra, e mi dolevano le nocche a forza di aggrapparmi alla panca. Ogni volta che la barca si inclinava, scivolavamo insieme, investiti da nuovi galloni di acqua gelida. Gideon chinò la testa, e da sotto il ruggito del vento riuscii a udire che pregava.

Forse Nathaniel lo sentì, perché ci informò: «Avremo superato la penisola di Lizard prima che faccia giorno. Conosco queste acque meglio di qualunque funzionario della dogana».

Ben presto ritrovammo l'equilibrio e potei raccogliere le idee. Ricordai il giorno in cui avevo visto Gideon legato a una botte in mezzo al mare e capii quanto dovesse essergli costato salire di nuovo su una barca. E ora aveva imboccato una strada senza ritorno.

Gli avvicinai la bocca all'orecchio. «Pare che dopotutto dovremo badare l'uno all'altra.» Posai la mano sulla sua, notando la forza con cui stringeva l'orlo della panca.

Senza osare staccare le mani, si piegò verso di me, forse per baciarmi, ma in quell'istante la barca si inclinò, separandoci.

«È incredibile che sia finita così» commentò.

«Forse era destino» risposi. «Dio agisce in modo misterioso.»

Restammo seduti mentre le cime si tendevano e la vela si gonfiava, conducendoci verso il nuovo giorno sul mare mosso. A est, una sottile linea grigia all'orizzonte annunciò l'alba. Seduta con le spalle rivolte al futuro, distinsi il villaggio dove avevo passato tutta la vita. Era un'isola mal illuminata che galleggiava nella notte, mentre il resto del mondo non era altro che un sogno.

RINGRAZIAMENTI

Grazie agli scrittori e ai tutor della New Writing South, specialmente a Susannah Waters per l'aiuto con le prime bozze, e al mio agente David Headley. Grazie a tutto lo staff di HarperCollins HQ, in particolare a Kate Mills per aver condotto *Relitto* fuori dal porto, in acque sicure.

Questo volume è stato stampato nel gennaio 2019
Presso Grafica Veneta – Trebaseleghe (PD)